ullstein

Marle ist erst Anfang dreißig und schon Witwe. Obwohl der Tod ihres Mannes bereits zwei Jahre her ist, will die Erzieherin aus Hamburg noch immer nicht wahrhaben, dass ihr Leben nun ohne ihn weitergehen muss. Sie würde sich am liebsten vor der Welt verstecken, will niemanden sehen. Nur ihr Schwiegervater Wilhelm ist immer für sie da. Und ausgerechnet der möchte Marle mit sanfter Gewalt zurück ins Leben schubsen. Genauer gesagt nach Wangerooge, wo er ein kleines Haus gekauft hat. Marle muss mit. Vielleicht wird ja die frische Luft auf der Nordseeinsel die Lebens- und Liebesgeister seiner Schwiegertochter wieder wecken. Allerdings läuft Marle schon am Tag ihrer Ankunft einem Einheimischen in die Arme, der als neuer Partner ganz und gar ungeeignet scheint: Federico Carmaleonte. Der Sohn italienischer Einwanderer gilt als einer der größten Frauenhelden der Insel. Wilhelm glaubt, dass er Marle das Herz brechen wird, doch zum ersten Mal seit zwei Jahren fühlt Marle sich lebendig.

BRIGITTE JANSON heißt eigentlich Brigitte Kanitz und stammt ursprünglich aus Lübeck. Viele Jahre war Hamburg ihre Wahlheimat, wo sie als Journalistin arbeitete. Heute lebt sie als freie Autorin in den italienischen Marken.

Von Brigitte Janson sind in unserem Hause bereits erschienen:
Die Tortenbäckerin · Der verbotene Duft
Winterapfelgarten · Holunderherzen · Windmühlenträume
Die Inselfreundinnen

BRIGITTE JANSON

DER SOMMER DER INSELFREUNDINNEN

ROMAN

Ullstein

Besuchen Sie uns im Internet:
www.ullstein.de

MIX
Papier
FSC FSC® C083411

Originalausgabe im Ullstein Taschenbuch
1. Auflage Mai 2021

Umschlaggestaltung: bürosüd° GmbH, München
Titelabbildung: © www.buerosued.de
Gesetzt aus der Quadraat Pro powered by pepyrus.com
Druck und Bindearbeiten: CPI books GmbH, Leck
ISBN 978-3-548-06295-2

Für Claudia – danke für vierzig Jahre wunderbarer Freundschaft

1. Kapitel

In ihren Träumen lebte er noch. Er schalt sie liebevoll, weil sie wieder mal so schusselig war und die Autoschlüssel verlegt hatte, und er wunderte sich, dass sie deshalb so traurig war.

Marle schreckte hoch und wischte sich mit beiden Händen heftig über das Gesicht. Es half nichts. Sie sah ihn vor sich. Konstantin. Groß, mit feinen, aristokratischen Gesichtszügen, mit hellbraunem Haar, ergrauten Schläfen und zärtlichem Blick.

In ihren Träumen war er kerngesund. Tränen schlichen sich in ihre Augen.

»Verdammt!«, rief Marle laut und sprang aus dem Bett. Von draußen drangen die Rufe der Möwen in ihr Schlafzimmer. Es klang, als würden die Vögel sie auslachen.

»Ihr habt ja recht«, erklärte Marle. Sie zog sich einen Morgenmantel über und trat ans offene Fenster. »Nach all der Zeit sollte ich wirklich damit aufhören.«

Ihr Blick ging zur Elbe hinunter. Ein riesiges Kreuzfahrtschiff hatte den Hamburger Hafen verlassen und strebte der Deutschen Bucht zu. Es wurde von zwei Schleppern begleitet, die fröhlich auf den Wellen tänzelten. Zwei kleinere Schiffe waren in die entgegengesetzte Richtung unterwegs. Signalhörner erklangen, der frische Wind ließ die Fahnen knattern, und es roch nach Flusswasser, vermischt mit einem fernen, salzigen Hauch Meeresluft. Am hohen Himmel segelten weiße Schäfchenwolken nach Süden.

Früher hatte Marle diesen Ausblick geliebt. Am Tag, als Konstantin sie zum ersten Mal mit in sein Elternhaus genommen hatte, war sie sofort verzaubert gewesen. Nicht nur von der herrschaftlichen, weiß verputzten Villa aus der Gründerzeit weit oben auf dem Süllberg im vornehmen Blankenese, sondern vor allem von der Weite, die sich den Augen darbot. Es gab keine Grenzen für den eigenen Blick, keine hohe dunkelrote Backsteinfront direkt gegenüber wie in Hammerbrook, dem Arbeiterviertel, in dem Marle aufgewachsen war.

»Wunderschön«, hatte sie geflüstert und das großartige Panorama in sich aufgenommen. Es war ein bisschen wie im Märchen gewesen. Bloß dass Konstantin kein Prinz war, sondern Spross einer hanseatischen Kaufmannsfamilie – und Marle war kein armes Aschenputtel, sondern eine junge Frau, die sich in ihrem Beruf als Erzieherin ein gutes, ausgefülltes Leben aufgebaut hatte. Ihre Eltern waren viel zu früh im Abstand von wenigen Jahren gestorben. Ihr Vater bei einem Arbeitsunfall, ihre Mutter an einer verschleppten Lungenentzündung. So hatte Marle gelernt, allein und stark durchs Leben zu gehen.

Außerdem schlossen die meisten Märchen damit, dass die beiden Liebenden glücklich und zufrieden bis ans Ende ihrer Tage lebten. Wobei dieses Ende in sehr weiter Zukunft lag und nicht schon auf sie lauerte, bevor das dritte Ehejahr herum war.

Marle stieß einen tiefen Seufzer aus und wandte sich schnell ab. Diesmal kam keine Antwort von den Möwen. Offenbar waren sie weitergeflogen. Stattdessen hörte sie jetzt ein leises Klopfen an ihrer Zimmertür.

»Alles in Ordnung, Liebes?«, fragte ihr Schwiegervater.

»Aber ja«, gab sie betont fröhlich zurück. »Guten Morgen!«

»Ich habe dich rufen hören. Brauchst du etwas?«

»Nein, Wilhelm, danke. Ich komme gleich runter.« Kummer riss an ihrer Stimme. Sie hörte es selbst, konnte aber nichts dagegen tun.

Ihr Schwiegervater entfernte sich, und Marle wandte sich vom Fenster ab. Sie zog ein Paar Jeans an und streifte ein T-Shirt über. Seit mehr als zwei Jahren kleidete sie sich so. Im Winter ein Pulli zu den Jeans, im Sommer ein leichtes Hemd. Als Konstantins Freundin und spätere Ehefrau hatte sie einen eleganten Look gepflegt. Hosenanzüge, Zweiteiler, und für die Feste in der feinen Hamburger Gesellschaft natürlich geschmackvolle Abendroben. Vor dieser Zeit jedoch hatte sie Kleider geliebt. Bunt und geblümt, mit weiten Flatterröcken und in allen denkbaren Längen. Einen ganzen Schrank voll hatte sie besessen. Ihre Kolleginnen in der Kita hatten sie liebevoll »Hippiegirl« genannt und behauptet, sie sei eine Zeitreisende aus den Sechzigern.

Marle lächelte bei der Erinnerung. Manchmal fehlte ihr die Arbeit. Sie vermisste das glockenhelle Kinderlachen, die strahlenden Augen, die unschuldige Neugierde auf die Welt. Sogar der Stress ging ihr ab. Wenn einige Kinder einen schlechten Tag hatten, andere kränkelten, wenn schlechtes Wetter einen Ausflug unmöglich machte, wenn sie länger arbeiten musste. All das war ihr Leben gewesen, und sie hatte sich nützlich gefühlt.

Vorbei. Sie würde nie wieder die Kraft für diesen Job haben. Und sie könnte es auch nicht ertragen, Kinder um sich zu haben, weil sie ...

»Schluss jetzt!«, sagte sie laut. Solche Gedanken waren verboten. »Ich will nur an den heutigen Tag denken!«

Manchmal half es, sich selbst Befehle zu geben. Manchmal hatte Marle dann wirklich ein paar Stunden Ruhe vor den Erinnerungen.

Sie schlüpfte in flache Sandalen und band ihre rotblonden Haare zu einem lockeren Knoten.

Heute war ein wunderschöner Frühsommertag. Sie würde mit ihrem Schwiegervater frühstücken und dann mit ihm einen Spaziergang unternehmen. Unten am Strandweg, wo er am liebsten entlangging. Sie könnten bis zum Elbstrand laufen und sich zwei Sonnenliegen mieten. Es war schließlich Sonntag. Marle lächelte. Wilhelm war ein wunderbarer Mensch – der beste Schwiegervater, den sie sich hätte wünschen können.

Als sie ihr Zimmer verließ und die breite Marmortreppe nach unten lief, versank ihr Traum von Konstantin in ihrem Unterbewusstsein, und sie war bereit, den neuen Morgen anzugehen.

Der Frühstückstisch war im Wintergarten gedeckt. Er

gehörte zu Marles Lieblingsorten im Haus. Die große Fensterfront ließ Licht und Wärme herein, eine gemütliche Sitzecke aus Korbmöbeln lud zum Entspannen ein, und ein langer Esstisch ermöglichte Mahlzeiten hier draußen, auch in der kalten Jahreszeit. In großen Kübeln wuchsen Zitronenbäume, Palmen und purpurfarbene Bougainvillea. Weißer Sternjasmin verströmte seinen betörenden Duft, und die Blätter von zwei kleinen Olivenbäumen schimmerten silbrig im Morgenlicht.

Mit leisem Missfallen bemerkte Marle feinstes Meißener Porzellan auf blütenweißem Damast. Auch silberne Kaffee- und Teekannen standen auf dem Tisch, dazu eine Kristallkaraffe mit frisch gepresstem Orangensaft, ein großer Korb voll mit Brötchen und Hörnchen, eine Schüssel mit Obstsalat, mehrere Gläser Marmelade, Honig, Butter sowie eine Aufschnittplatte, die für eine ausgehungerte Fußballmannschaft gereicht hätte.

Prompt drehte sich ihr der Magen um, und sie wusste jetzt schon, sie würde nichts hinunterbekommen.

Warum musste Olga auch immer so übertreiben? Olga Kowalsky war die Haushälterin ihres Schwiegervaters, und Marle verstand sich gut mit ihr. Die ältere Frau war inzwischen ihre einzige Freundin – aber beim Thema Essen waren sie sich niemals einig.

Marle gab Wilhelm einen Kuss auf die Stirn und setzte sich ihm gegenüber mit dem Rücken zur Fensterfront.

»Wir hätten auch draußen frühstücken können«, sagte sie. »Es ist ein warmer Tag.« Auf der Terrasse stand der Gartentisch hinter einigen Büschen, die die Aussicht verdeckten.

Wilhelm hob kurz die Schultern. »Olga meint, der Wind wäre noch ziemlich kalt. Du weißt ja, wie sehr sie um meine Gesundheit besorgt ist.«

Er selbst passte perfekt in dieses Ambiente. Zu einem gestärkten weißen Hemd trug er eine dunkelblau melierte Weste und eine maßgeschneiderte Leinenhose. Im Kragen steckte ein seidenes Halstuch. Sein einziges Zugeständnis an den Sonntag war das Fehlen eines Sakkos.

»Ja«, erwiderte Marle. »Sie verhätschelt dich. Kaffee, Tee und Toast würden völlig ausreichen.«

Wilhelm nickte leicht. Obwohl sie aus verschiedenen Welten stammten, waren sie beide von Natur aus bescheidene Leute. Marles Vater war dreißig Jahre lang Polier auf dem Bau gewesen, Wilhelms Vorfahren hatten den Reichtum der Familie mit dem Gewürzhandel begründet. Sie seien echte Hamburger Pfeffersäcke gewesen, erzählte er gern. Vor zweihundert Jahren wurden fast alle Gewürze der Einfachheit halber Pfeffer genannt, ganz gleich, ob es sich um Ingwer, Zimt, Nelken, Safran oder Kumin handelte. Und die Hamburger Kaufleute, die damit zu Geld kamen, hießen im Volksmund schnell Pfeffersäcke.

Allerdings hatte sich eine gewisse Protzsucht seiner Ahnen spätestens bei ihm selbst verloren. Wilhelm Severin war ein Mensch, der jegliche Verschwendung hasste. Seine Vorliebe für gute Kleidung war der einzige Luxus, den er sich gönnte. Nun saß er mit leicht erschrockenem Gesichtsausdruck vor dem viel zu reich gedeckten Tisch. Von Natur aus ein hagerer, groß gewachsener Mann, hatte er noch nie zur Völlerei geneigt.

Marle legte sich eine Serviette auf den Schoß und lächelte. »Gib es zu, dir reichen eine Banane und ein halbes Brötchen mit Orangenmarmelade.«

Wilhelm erwiderte das Lächeln, und sein gütiges Gesicht legte sich in hundert Falten. »Stimmt, Liebes. Und dazu drei Tassen Earl Grey. Aber wie um Himmels willen soll ich dies der guten Olga beibringen?«

»Ich rufe gleich bei der Tafel an. Die Leute werden sich mal wieder freuen.«

Sie tauschten einen verschwörerischen Blick, dann nahm Wilhelm sich eine Banane und schälte sie bedächtig.

»Nachher machen wir einen schönen langen Spaziergang«, fuhr Marle fort. »So windig ist es gar nicht, wie Olga behauptet.«

Wilhelm runzelte die Stirn. »Wolltest du heute nicht Bewerbungen schreiben?«

Marle, die nach der Kaffeekanne greifen wollte, hielt inne.

Mist!, dachte sie. Er mag ja auf die achtzig zugehen, aber sein Gedächtnis funktioniert einwandfrei. Seit dem Winter schon drängte ihr Schwiegervater darauf, dass sie in den Beruf zurückkehrte. Es sei nicht gut, argumentierte er stets aufs Neue, dass eine junge Frau untätig zu Hause herumsaß. Und so hatte sie versprochen, sich um eine neue Anstellung zu kümmern. Zuletzt hatte sie Anfang der Woche verkündet, sie werde den Sonntag konzentriert ihren Bewerbungen widmen.

»Das stimmt«, erwiderte sie. »Aber ich dachte, es würde regnen, wie schon die ganze Woche lang. Bei diesem herrlichen Wetter wäre es eine Schande, auch nur eine Stunde drinnen zu bleiben.«

Wilhelm räusperte sich ein paarmal. »Ich fürchte, wir müssen reden.«

Sein Ton war ernst, und Marle fröstelte plötzlich. Trotzdem tat sie unbeeindruckt. »Klar, liebster Schwiegerpapa. Vielleicht auf unserem Spaziergang?«

»Nein, besser jetzt.«

Sie sah ihn an. Wilhelm erwiderte ihren Blick, ohne zu blinzeln. Seine Lippen waren zu einem schmalen Strich zusammengepresst, sein Kinn war leicht nach vorn geschoben. Zum ersten Mal bekam sie eine Ahnung davon, wie er früher gewesen sein musste. Als er noch das Bankhaus Severin leitete, das sein eigener Urgroßvater nach dem Niedergang des Gewürzhandels gegründet hatte. Ein kühler Kopf und knallharter Verhandlungspartner. Auch Konstantin hatte manchmal so ausgesehen, und das waren die Momente gewesen, in denen Marle ihm lieber aus dem Weg gegangen war.

»Was ... ist denn?«, fragte sie zaghaft und ärgerte sich, weil sie so leicht einzuschüchtern war. »Habe ich etwas falsch gemacht?«

»Ich wünschte mir, du würdest etwas falsch machen«, erwiderte Wilhelm. »Das würde nämlich bedeuten, dass du wenigstens irgendetwas versuchst. Aber du tust gar nichts.«

Marle zuckte zusammen wie unter einem Schlag.

»Ich ... bin in Trauer.«

Seine Stimme wurde weich, als er entgegnete: »Das weiß ich, Liebes. Auch ich vermisse meinen Sohn schmerzlich. Aber du trauerst jetzt seit… Wie lange ist es her? Zwei Jahre?«

»Zwei Jahre, drei Monate, eine Woche und fünf Tage«, gab sie wie aus der Pistole geschossen zurück.

»Gott im Himmel! Du zählst immer noch mit.«

»Ich will das gar nicht«, gestand sie. »Es ist wie ein Zwang.«

In Wilhelms Blick lag nun tiefes Mitgefühl, aber auch große Hilflosigkeit. »Ich weiß, Liebes, wie schwer es ist. Aber du musst es aushalten und trotzdem vom Fleck kommen. Du brauchst eine Beschäftigung.«

Einen Moment lang dachte sie über seine Worte nach. Er machte nicht klein, was geschehen war, er verstand, wie es ihr ging – dennoch wollte er ihr einen Schubs geben. Es fühlte sich gar nicht so verkehrt an.

Sie straffte die Schultern. »Du hast recht.«

Überrascht hob Wilhelm seine buschigen Brauen. Mit einer solchen Antwort hatte er offenbar nicht gerechnet.

»Das ist wundervoll«, meinte er vorsichtig. »Also wirst du wieder in deinen Beruf zurückkehren?«

Sie schüttelte den Kopf. »Nein. Ich glaube nicht.«

Nachdenklich fuhr er sich durch sein noch immer dichtes, schlohweißes Haar. »Daraus schließe ich, dass du gar nicht vorhattest, Bewerbungen zu schreiben.«

»Nein«, gestand Marle leise. »Hatte ich nicht.« Sie schaute durch die große Fensterfront nach draußen. »Aber du hast so oft nachgefragt, dass ich dir was vorgeflunkert habe.«

»Verstehe.« Sein Gesicht verschloss sich.

»Bitte nicht böse sein.« Sie sprang auf, lief um den Tisch herum, beugte sich zu ihm hinunter und legte ihm beide Arme um die Schultern. »Ich wollte dich nicht anlügen. Aber ich wusste mir nicht anders zu helfen.«

Wilhelm tätschelte ihr liebevoll den Rücken. »Ist schon gut.«

Erleichtert löste sie sich wieder von ihm, ging zu ihrem Stuhl zurück und setzte sich. »Ich weiß bloß noch nicht, was ich stattdessen tun könnte. Aber mir wird bestimmt etwas einfallen.«

»In Ordnung, Liebes.«

Marle trank noch eine Tasse Kaffee, Wilhelm schenkte sich Tee nach. Stille hatte sich über den Wintergarten gelegt, und so war der Krach, der plötzlich im Salon entstand, überdeutlich zu hören.

2. Kapitel

Ein Poltern erklang, dann ein lautes, schweres Scheppern, während die hastigen Schritte von mindestens zwei Personen näher kamen.

Marle schnappte nach Luft. Das war meine Vase, dachte sie beklommen. Sie sah das Kunstwerk aus Muranoglas vor sich, das Konstantin ihr auf ihrer Hochzeitsreise in Venedig gekauft hatte. Die hohe Vase war ganz in Blautönen gehalten und mit wellenförmigen Mustern versehen. Sie stand auf einem Tischchen aus Rosenholz und wurde von Olga jeden Morgen mit frischen Blumen bestückt.

»Verdammt!«, rief eine jugendliche Männerstimme. »Warum muss das Ding hier auch im Weg sein?«

Wilhelm stellte seine Teetasse bedächtig auf die Untertasse zurück.

»Meine Enkelsöhne«, murmelte er. Dann erhob er sich und wandte sich dem Salon zu, setzte sich jedoch nicht in Bewegung.

Marle blieb wie erstarrt sitzen. Ein Gedanke kam ihr, der ihr wie ein Stich ins Herz fuhr: Nach den Menschen gehen auch die Dinge. Sie wusste noch genau, wie sehr es sie geschmerzt hatte, als zu Ostern ihr Laptop den Geist aufgegeben hatte. Auch der war ein Geschenk von Konstantin gewesen, und sie hatte ihn wie einen Schatz gehütet.

»Du Horst!«, ließ sich eine zweite Stimme vernehmen. »Wer hat gesagt, dass wir um die Wette laufen sollen?«

»Du! Weil du dich immer vordrängelst!«

»Ich bin der Ältere!«

»Bullshit! Deine acht Minuten kannst du dir sonst wohin stecken!«

Wilhelm drehte den Kopf zu Marle. »Horst?«

»Ich glaube, das heißt in ihrer Sprache Idiot«, gab sie zurück. Konstantins Söhne waren für sie von Anfang an eine Herausforderung gewesen. Auch als sie noch lebhafte Jungs von elf Jahren gewesen waren. Damals war sie mit Konstantin noch nicht verheiratet gewesen, aber er hatte gemeint, es sei höchste Zeit, dass seine Kinder die Frau kennenlernten, die er über alles liebte. Marle hatte nur zu gern zugestimmt, schließlich war sie Erzieherin. Es würde schon alles gut werden.

Es wurde eine Katastrophe.

Konstantins geschiedene Frau Birthe hatte ihm nie verziehen, dass ihre Ehe in die Brüche gegangen war. Dabei war sie diejenige gewesen, die damals die Trennung verlangt hatte, weil ihr Mann während der Finanzkrise praktisch nicht mehr zu Hause gewesen war. Konstantin hatte Marle einmal erzählt, er hätte damals das Bankhaus Severin nur mit knapper Not vor dem Konkurs retten können.

Und obwohl er für sie und ihre gemeinsamen Söhne großzügig Unterhalt zahlte, hegte Birthe einen tiefen Groll gegen den Mann, der wenige Jahre nach ihrer Scheidung eine zwanzig Jahre jüngere Frau kennenlernte und sogar heiratete. Diesen Groll, der die neue Frau natürlich mit einschloss, impfte sie auch ihren Zwillingen ein, und so hatte Marle von Anfang an bei Patrick und Tim keine Chance gehabt.

An jenem Tag vor sechs Jahren hatten sie einen gemeinsamen Ausflug zum Heidepark Soltau unternommen. Konstantin, seine Söhne und Marle. Schon bei der Begrüßung hatten die Zwillinge finstere Gesichter aufgesetzt und waren den ganzen Tag lang unausstehlich gewesen. Dieses Benehmen war ihnen sichtlich schwergefallen, aber sie hatten durchgehalten bis zum Abend. Marle erinnerte sich genau daran, wie sehr ihr die Kinder leidgetan hatten. Ihre Mutter hatte ihnen die Chance genommen, ein normales, lockeres Verhältnis zu Marle aufzubauen.

Zwar hatte sie manches Mal in den folgenden Jahren gespürt, dass beide Jungs gern diese aufgezwungene Mauer durchbrochen hätten, aber bevor es zu einer echten Annäherung hätte kommen können, war Konstantin gestorben. Und nun war Marles Beziehung zu ihnen schwieriger denn je.

Patrick und Tim warfen sich lautstark noch ein paar weitere Beleidigungen an den Kopf, aber das war alles nur Show. Im Grunde waren sie ein Herz und eine Seele. Marle ahnte, dass die beiden zu früh hatten lernen müssen, dass sie sich am besten nur aufeinander verließen.

»Streitet nicht, Jungs«, bat Wilhelm, wurde aber nur von

Marle gehört. Er machte noch immer keine Anstalten, die paar Meter bis zum Salon zurückzulegen.

Natürlich würde er es niemals zugeben, aber seine Enkelsöhne waren ihm nicht ganz geheuer – besonders seit sie in die Höhe geschossen waren und ihn jetzt, mit siebzehn, um Haupteslänge überragten. Dabei war er selbst ein hochgewachsener Mann, aber diese doppelte Portion jugendliche Energie ließ ihn geradezu schrumpfen.

»Da bist du ja, Opa!«, rief Patrick, der Ältere, und kam in den Wintergarten gestürmt. Sein Zwillingsbruder Tim rempelte ihn an und überholte ihn geschickt.

»Hi, Opa!« Er schlug Wilhelm auf die Schulter und grinste von einem Ohr zum anderen. »Echt sorry, aber ich bin gegen dieses hässliche blaue Teil gestoßen.«

Wilhelm rieb sich die Schulter und setzte sich schnell wieder auf seinen Stuhl, bevor sein anderer Enkelsohn auf die Idee kommen konnte, ihn ähnlich handfest zu begrüßen.

»Entschuldigt euch bei Marle«, sagte er mit Schärfe in der Stimme. »Es war ihre Vase.«

»Ich habe überhaupt nichts damit zu tun«, erklärte Patrick, schnappte sich ein paar Scheiben Schinken und stopfte sie in den Mund. Tim dachte auch nicht daran, seine Stiefmutter um Verzeihung zu bitten, sondern folgte nur dem Beispiel seines Bruders, wählte ein großes Stück Käse aus und hätte nun sowieso nicht mehr reden können, selbst wenn er gewollt hätte.

Mit einer Mischung aus Ekel und Faszination sah Marle den Jungs dabei zu, wie sie sich systematisch durch das reichhaltige Frühstück kämpften. Für die Tafel würde nichts mehr übrig bleiben.

Nach ein paar Minuten setzten sich Patrick und Tim wenigstens auf zwei Stühle. Marle und Wilhelm schauten sich stumm an, froh darüber, dass die Brüder mit dem Essen beschäftigt waren. So gaben sie wenigstens Ruhe. Auch erinnerten die zwei sich an ihre Tischmanieren, und so wirkte die Szene im Wintergarten auf einmal fast wie ein normales Familienfrühstück. Dieser Meinung schien auch Olga zu sein, denn als sie mit frischem Kaffee und Tee erschien, lächelte sie beifällig in die Runde.

Wilhelms Haushälterin stammte aus Krakau, lebte aber schon seit dreißig Jahren in Hamburg und arbeitete fast genauso lange für die Severins. Mit ihrem Mann Szymon wohnte sie in einem kleinen Häuschen in Altona. Mittlerweile hatte sie das Pensionsalter erreicht, schien aber nicht daran zu denken, ihre Stelle aufzugeben.

Olga strahlte Patrick und Tim an. Sie liebte die beiden aus ganzem Herzen. Wann immer Konstantin früher mit Birthe und den Zwillingen zu Besuch gekommen war, hatte sie die Kinder nach Strich und Faden verwöhnt. Das wusste Marle von Wilhelm. Sie hätte sich damals gewünscht, Konstantin würde mit seiner Familie in der Villa leben, doch Birthe hatte davon nichts wissen wollen. Blankenese war ihr zu abgelegen, und sie bestand darauf, im mindestens ebenso vornehmen Harvestehude an der Außenalster zu wohnen.

»Wünschen die jungen Herren vielleicht Pfannkuchen?«, fragte Olga jetzt eifrig. »Die sind ganz schnell fertig. Vielleicht mit meiner selbst gemachten Heidelbeermarmelade?«

Patrick und Tim verdrehten die Augen.

»Nee«, sagten beide wie aus einem Mund.

»Schade.« Olga verzog das rundliche Gesicht und knetete ihre Schürze.

Wilhelm, der es nicht ertragen konnte, wenn jemand enttäuscht war, meinte schnell: »Du könntest sie für Marle und mich zum Mittagessen machen.«

Allein bei dem Gedanken daran drehte sich Marle bereits der Magen um. Olga kochte jedes Gericht mit sehr viel Butter, Schmalz oder Öl. Aber Marle lächelte tapfer.

Auch der Umgang mit der Haushälterin war für sie anfangs nicht leicht gewesen. Zum einen war Marle es gewöhnt, sich allein um ihre Bedürfnisse zu kümmern; zum anderen hatte Olga sie unbewusst dafür verantwortlich gemacht, dass ihre geliebten Zwillinge damals kaum noch zu Besuch kamen. Doch mit der Zeit hatte sie Marle in ihr großes Herz geschlossen, und seit Konstantins Tod bemutterte sie die junge Witwe, wo sie nur konnte.

Nun schaute Olga zweifelnd von Wilhelm zu Marle und wieder zurück. »An euch sind meine Kochkünste verschwendet.« Womit sie nicht unrecht hatte. Allzu oft pickten die beiden bloß in ihren Mahlzeiten herum. Es war, als wäre mit der Trauer auch die Appetitlosigkeit in die weiße Villa eingezogen.

Patrick war mit seinem Frühstück fertig. Er wischte sich den Mund ab und wandte sich an seinen Großvater.

»Alles gut, Opa?«

Wilhelm hob leicht die Brauen. »Nun ja. Ich freue mich,

dass ihr da seid. Das ist eine schöne Überraschung. Nicht wahr, Marle?«

»Oh ja!«, sagte sie und merkte selbst, wie übereifrig sie klang. Es gelang ihr nie, im Umgang mit den Zwillingen den richtigen Ton zu treffen. Sie wünschte, sie wäre klüger, gelassener, irgendwas.

Patrick schenkte ihr immerhin ein flüchtiges Lächeln, bevor er sich wieder an seinen Großvater wandte.

»Eigentlich sind wir nicht nur so hier ...« Kurz schien er den Faden zu verlieren. Tim verpasste ihm einen Stoß mit dem Ellenbogen. Wenn es schwierig wurde, ließ er seinen älteren Bruder gern für sie beide sprechen.

»Nur heraus damit«, forderte Wilhelm seine Enkelsöhne auf. »Was habt ihr auf dem Herzen?«

»Ähm ...« Patrick räusperte sich und spannte die Kiefermuskeln an. Für ein paar Sekunden ähnelte er auf beinahe unheimliche Weise seinem Großvater. Die Zwillinge waren eineiig und kamen ganz nach der männlichen Linie der Familie: fein geschnittene Gesichtszüge, hellbraunes Haar und haselnussfarbene Augen.

Weil Patrick schwieg, platzte Tim heraus: »Können wir die ›Katharina‹ haben?«

»Du Horst!«, zischte Patrick ihm zu.

»Schisser«, gab Tim ungerührt zurück. Dann fixierte er wieder seinen Großvater. »Du hast uns was Besonderes zum Achtzehnten versprochen!«

Wilhelm war blass geworden, und Marle wollte schon eingreifen, als der alte Mann selbst das Wort ergriff. »Ihr wisst, wie sehr ich an dem Boot hänge.«

Marle unterdrückte ein Grinsen. »Boot« war eine typische hanseatische Untertreibung für eine top ausgestattete, acht Meter lange Segeljacht. Sie lag flussabwärts im Hamburger Jachthafen vor Anker und war ein Geschenk Wilhelms an seine Frau Katharina zum vierzigsten Hochzeitstag gewesen. Als sie nur wenige Monate später starb, verlor Wilhelm seine Freude an der Jacht.

Tim wusste offenbar nicht weiter, also stieß er wieder seinen Bruder an. Patrick war der Feinfühligere von ihnen beiden, und er zögerte eine ganze Weile.

Schon hoffte Marle, die Zwillinge würde das Thema vielleicht fallen lassen. Sie wusste, wie schwer es für Wilhelm sein würde, sich von der Segeljacht zu trennen. Ihm ging es bestimmt wie ihr selbst, und er versuchte, wenigstens die Dinge zu bewahren, wenn er schon die Menschen nicht hatte halten können.

Doch dann überraschte ihr Schwiegervater sie gewaltig.

»In Ordnung. Ich schenke sie euch.«

Den Zwillingen fielen in derselben Sekunde die Unterkiefer herab, Marle riss die Augen auf.

Wilhelm schien nichts Besonderes zu bemerken. »Ihr dürft ja ohnehin schon damit rausfahren, wann immer ihr wollt. Also, warum nicht?«

Was war nur in ihren Schwiegervater gefahren? Erst forderte er sie auf, endlich einen Neuanfang zu wagen, dann verschenkte er die »Katharina«.

Was kam als Nächstes? Vielleicht plante er ja eine Weltreise. Oder er schrieb sich bei einer Partnerbörse für Senioren ein. Diesem alten Mann war auf einmal alles zuzutrauen.

Marle versuchte, Wilhelms Blick aufzufangen, doch der beobachtete seine Enkelsöhne und schmunzelte in sich hinein.

»Ich schlage jedoch vor«, fügte er hinzu, »wir warten mit der Schenkung bis zum ersten August. An eurem Geburtstag bekommt ihr die Besitzurkunde.«

Patrick und Tim sprangen auf und wollten ihn umarmen, aber er hob abwehrend die Hände. »Lieber nicht, Jungs. Ich fühle mich heute ein wenig klapprig.«

Folgsam setzten sie sich wieder. In der Familie Severin galt es als Glücksfall, dass die Zwillinge am selben Tag wie ihr Großvater geboren worden waren, sechzig Jahre nach ihm. Als Kinder waren die Jungs stolz darauf gewesen, das wusste Marle von Konstantin.

»Krass!«, stieß Tim aus. »Mann! Voll krass!«

Wilhelm lachte leise. »Ihr habt wohl gedacht, ich weigere mich?«

»Äh ...«, begann Patrick. »Mama meinte ...« Er presste schnell die Lippen zusammen, aber es war auch so klar, was er hätte sagen wollen. Birthes Groll schloss auch Wilhelm mit ein, weil er die junge neue Schwiegertochter damals mit offenen Armen empfangen hatte. Wahrscheinlich hatte sie behauptet, der geizige alte Pfeffersack werde sich nie und nimmer von der wertvollen Jacht trennen.

»Ist ja egal«, fügte Patrick schnell hinzu. »Danke, Opa. Du bist der Beste.«

Wilhelm hob kurz die Schultern, als gehöre es zu seinem täglichen Geschäft, Geschenke im höheren sechsstelligen Bereich zu machen. Noch immer vermied er es, über den

Tisch hinweg zu Marle zu schauen, und sie gab es schließlich auf.

Es ist in Ordnung, sagte sie sich. Er kann mit seinem Besitz anstellen, was er will. Am Reichtum lag ihr ohnehin nicht viel. Zwar lebte sie gern in der Villa, aber sie wusste, sie wäre mit Konstantin auch in einer Wohnung irgendwo in der Innenstadt oder in einem Häuschen auf dem Land glücklich geworden.

Tim bedankte sich ebenfalls bei seinem Großvater, stieß aber im nächsten Moment einen genervten Laut aus. Da nutzte Wilhelm nämlich die Gelegenheit, um seine Enkelsöhne nach ihren Plänen für die Zukunft zu fragen.

»Ihr müsst doch wissen, was ihr studieren wollt, wenn ihr nächstes Jahr mit der Schule fertig seid. Ich war schon im Alter von zehn Jahren sicher, dass ich meinem Vater in die Bank folgen würde.«

Die Zwillinge tauschten einen schnellen Blick.

»Wissen wir«, sagte Patrick. »Und Papa war kaum aus den Windeln raus, als er sein BWL-Studium angefangen hat.«

Wilhelm hob mahnend den Zeigefinger. »Das ist nicht lustig, Patrick. Ich erwarte etwas mehr Respekt für euren Vater.«

Beide Brüder wurden rot vor lauter Verlegenheit und Frustration.

Erneut fragte sich Marle, ob sie eingreifen sollte. So lieb sie Wilhelm auch hatte, in diesem Augenblick hätte sie ihn gern an den Schultern gepackt und kräftig geschüttelt. Merkte er denn nicht, wie sehr auch Patrick und Tim noch immer um Konstantin trauerten? Er war doch sonst so feinfühlig. Die Jungs mochten laut und unbeherrscht sein – tief im Innern waren sie noch immer unglückliche Kinder, die viel zu früh ihren Vater verloren hatten.

Sie atmete auf, als Patrick sagte: »Sorry, Opa. Aber wir wissen beide wirklich noch nicht, was wir studieren wollen. Es ist nicht so leicht, die richtige Wahl zu treffen. Außerdem haben wir bis zum Abi noch ein Jahr Zeit.«

Marle betete, Wilhelm würde es vorerst dabei belassen. Auf seiner Stirn jedoch stand eine tiefe Falte, und seine Hände auf dem Tisch waren zu Fäusten geballt.

Da hatte sie auf einmal genug. Sie wollte keinem Familienkrach beiwohnen, ihr fehlte die Kraft dazu. Daher fragte sie schnell: »Soll ich euch zum Jachthafen fahren? Ihr wollt doch bestimmt einen Törn machen.«

Drei Paar haselnussbrauner Augen schauten sie überrascht an.

Tim fing sich als Erster. »Kennst du denn den Aufenthaltsort deiner Autoschlüssel?«

Sein Bruder verpasste ihm eine Kopfnuss und sagte zu Marle: »Nicht nötig. Wir sind mit den Mopeds hier. Aber danke. Tschüs denn.«

Er zog seinen Bruder mit sich hoch und verließ mit ihm den Wintergarten durch eine hohe Fenstertür. Auf dem abfallenden Rasen drehten sich beide noch einmal um, und es schien Marle, als würde ihr Patrick zuzwinkern, bevor er mit seinem Bruder um die Hausecke verschwand.

• • •

»Nanu«, sagte Wilhelm staunend. »Die waren aber schnell weg.« Er rückte sein Halstuch zurecht, obwohl es perfekt saß. »Diese Planlosigkeit der Jungs ist unerträglich!«

»Ich weiß«, erwiderte sie sanft. »Das muss schwer für dich sein. Aber nicht alle Menschen sind gleich. Die beiden müssen ihren eigenen Weg finden.«

»Das ist mir wohl bewusst. Nur werde ich entscheiden müssen, was aus dem Bankhaus wird.«

Marle erschrak. »Wie meinst du das?«

»Gegenfrage: Warum sollte die Bank im Familienbesitz bleiben, wenn niemand sich dafür interessiert?«

»Aber ... du kannst sie doch nicht einfach verkaufen«, erklärte Marle entschieden. Gleichzeitig dachte sie: Oh doch, er kann. Genauso, wie er die Segeljacht verschenkt.

Wilhelm stützte die Ellenbogen auf dem Tisch ab, legte die gespreizten Finger zusammen und bildete mit den Händen ein Dach. Im Treppenhaus hing ein Ölgemälde, das ihn in genau dieser Haltung zeigte. Auch Konstantin hatte so an seinem Schreibtisch gesessen, wenn er intensiv über etwas nachgedacht hatte.

»Das Bankhaus Severin ist eine Erfolgsgeschichte«, dozierte Wilhelm. »Aber nur, weil die Männer einer jeden Generation stets mit vollem Einsatz dafür gearbeitet haben. Insofern war es auch ein Fluch.«

Marle schwieg dazu. Sie wusste, worauf ihr Schwiegervater anspielte. Als Konstantins erste Ehe nach der Finanzkrise gescheitert war, da war Wilhelm untröstlich gewesen, weil er seine Enkelsöhne kaum noch sah. Zu jener Zeit war auch seine geliebte Katharina gestorben, und als Mittsechziger hatte sich Wilhelm wie ein alter, verbrauchter Mann gefühlt, der kein Glück mehr erwarten durfte.

»Und bitte halte mich nicht für einen frauenfeindlichen alten Knacker. Hätte ich eine Tochter statt eines Sohnes gehabt, wäre ich genauso stolz gewesen, wenn sie die Tradition fortgeführt hätte.«

»Natürlich«, warf Marle ein.

In seinem Blick lag die Bitte um Verständnis, als er fortfuhr: »Ich möchte nicht, dass dieses Schicksal auch Patrick und Tim ereilt.«

»Das verstehe ich jetzt nicht«, sagte Marle. »Willst du, dass die Jungs ins Bankgeschäft eintreten, oder lieber doch nicht?«

Wilhelm stieß einen langen Seufzer aus. »Um ehrlich zu sein, bin ich in diesem Punkt hin- und hergerissen. Natürlich würde es mich freuen, wenn sie beide, oder wenigstens einer von ihnen, die Tradition fortführten. Andererseits sollen sie auch Freude am Leben haben.«

»Patrick und Tim werden immer darauf achten, dass ihnen genug Freizeit bleibt.«

Er lächelte verschmitzt. »Ja, du magst recht haben. Die zwei haben ein doppeltes Talent dafür, ohne allzu großen Aufwand ihre Ziele zu erreichen. Und bis die Jungs so weit sind, habe ich einen fähigen Direktor.«

»Also bleibt das Bankhaus im Familienbesitz?«, fragte Marle hoffnungsvoll.

Wilhelm löste seine Finger voneinander und legte die Hände auf das weiße Tischtuch. Der Vorgang der Entscheidungsfindung war somit beendet.

»Vorläufig ja. Sollen die Jungs erst einmal ihr Abitur machen«, setzte Wilhelm hinzu. »Und vielleicht ein wenig reisen. Ich könnte mir vorstellen, nächsten Sommer wollen sie mit der ›Katharina‹ einmal um die ganze Welt segeln.«

»Du kennst sie ziemlich gut«, entgegnete Marle grinsend.

Wilhelm lächelte. »Als junger Mann war ich nicht ganz so strebsam, wie ich es heute gern erzähle.«

»Ist ja ein Ding!«, rief sie in gespielter Entrüstung aus. »Was hast du angestellt?«

»Sagen wir mal so: Es waren die Sechzigerjahre.«

»Gab es etwa eine Zeit, in der du keine maßgeschneiderten Anzüge getragen hast? Und hast du gekifft, Gitarre gespielt und Blumen im langen Haar getragen? «

Nun lachte Wilhelm laut und vergnügt. »Ganz so schlimm war es nicht. Aber ich werde mich hüten, dir davon zu erzählen.«

Wilhelm wurde wieder ernst und schaute sie mit tiefer Zärtlichkeit im Blick an. »Habe ich dir schon einmal gesagt, wie sehr du mich an meine Katharina erinnerst?«

»Nein«, gab Marle überrascht zurück. Im Treppenhaus hing auch ein Ölgemälde von Wilhelms verstorbener Frau. Sie war dunkelhaarig, rundlich und klein gewesen. Noch nie hatte Marle bei sich selbst irgendwelche Ähnlichkeiten zu ihrer Schwiegermutter entdeckt.

»Weil du sie nicht kennengelernt hast«, erklärte Wilhelm, nachdem sie diesen Gedanken laut ausgesprochen hatte. »Und ich meine natürlich nicht das Aussehen. Du bist fast einen Kopf größer als sie und ein nordischer Typ, während meine Katharina stolz auf einige Spanier in ihrer Ahnenreihe war.«

»Oh«, machte Marle nur.

»Aber sie besaß ein ähnlich freundliches Wesen wie du«, fuhr Wilhelm fort. »Meine Katharina hat es immer bestens verstanden, zwischen mir und Konstantin zu vermitteln. Egal, worum es ging, als er noch ein wilder Hamburger Jung war. Auf Katharina war Verlass.«

Marle versuchte, sich Konstantin als wilden Hamburger Jung vorzustellen. Es gelang ihr nicht. Sie hatte ihn kennengelernt, als er Mitte vierzig war; ein reifer Mann – strebsam, gelassen und selbstsicher.

»Nun, wir werden sehen, was aus den Zwillingen wird«, sagte Wilhelm. »Im Augenblick mache ich mir mehr Gedanken um dich.«

»Um mich?«, fragte Marle mit einem flauen Gefühl in der Magengegend zurück. »Warum?«

»Meiner Meinung nach musst du hier weg. In der Villa erinnert dich alles nur an Konstantin. Das ist nicht gut für dich. Du musst zurück ins Leben. Andere Menschen sehen, neue Erfahrungen machen.«

Ein paar Augenblicke lang schwiegen sie, und keiner rührte sich. Als hätten sie beide Angst, ihre nächsten Worte oder eine falsche Bewegung könnten das Band ihrer Freundschaft durchtrennen.

»Was ist nun mit unserem Spaziergang?«, fragte Wilhelm schließlich lächelnd. »Meine müden alten Knochen brauchen Bewegung. Und wir reden einfach nicht mehr von früher, abgemacht?«

Marle erwiderte sein Lächeln. »Abgemacht.«

Erleichtert hakte sie sich bei ihm ein. Sie folgten dem Beispiel der Zwillinge und verschwanden durch die Fenstertür. Ohne sich abzusprechen, waren sie sich darin einig, dass sie Olga lieber nicht begegnen wollten. Die Haushälterin hätte nur darauf bestanden, dass Direktor Severin eine warme Jacke über Hemd und Weste zog – sie benutzte grundsätzlich seinen früheren Titel, obwohl sie ihn manchmal duzte, weil er seit Jahren darauf bestand. Außerdem hätte sie Marle ermahnt, mit dem armen Mann nicht zu weit zu laufen und bald wieder heimzukommen. Am besten könnten sie doch gleich dableiben und nur ein wenig im großen Garten promenieren.

3. Kapitel

Langsam suchten sie sich ihren Weg durch das Treppenviertel hinunter zum Elbufer. Marle ging vorweg – nur für den Fall, dass Wilhelm stolpern sollte. An manchen Stellen waren die Stufen sehr steil. Ganz bewusst wählte sie eine andere Strecke als jene, die sie früher mit Konstantin gegangen war. Das hatte seine Gründe, und Wilhelm akzeptierte es schweigend, obwohl dieser Umweg beschwerlicher für ihn war. Sie kamen an weiteren weißen Villen vorbei, aber auch an alten, winzigen Kapitänshäuschen mit Reetdach und an größeren Häusern für zwei oder gar drei Familien aus rotem Backstein.

»Zurück nehmen wir aber eine Bergziege«, sagte Wilhelm ein wenig atemlos, als sie unten am Strandweg angelangt waren. Damit meinte er einen der wenigen Kleinbusse der Hamburger Verkehrsbetriebe, die nur in Blankenese fuhren.

Marle lachte. »Na klar.«

Sie wandten sich elbabwärts und gingen nun flott weiter. Beide machten sie lange Schritte und liefen in perfekter Harmonie. Der Strandweg war breit genug, um anderen Spaziergängern und Radfahrern auszuweichen, der Wind hatte nachgelassen, die Sonne schien warm vom sommerlichen Himmel.

Marle genoss die Nähe zu ihrem Schwiegervater. Ungefähr eine Viertelstunde lang. Bis er nämlich stehen blieb und ein Paar in den Siebzigern begrüßte, das ihnen entgegenkam.

Marle wollte nicht unhöflich sein, aber Wilhelm traf sehr oft Bekannte, und sie verspürte im Moment absolut keine Lust auf Konversation mit Fremden. Also ging sie ein Stück weiter, setzte sich in den Sand und schaute zufrieden auf den Fluss hinaus. Am anderen Ufer erstreckte sich das wunderschöne Alte Land mit seinen Obstplantagen.

Ein riesiges Containerschiff schlich vorbei in Richtung Nordsee. Es ragte dunkel vor ihren Augen auf und jagte ihr einen kalten Schauder über den Rücken. Ihr Herzschlag dröhnte in ihren Ohren, und es war, als würde alle Farbe aus der Welt gesogen. Unwillkürlich schlang Marle sich die Arme um den Oberkörper und kämpfte gegen den Sog an, sich in sich selbst zurückzuziehen. Es schien eine Ewigkeit zu dauern, bis der Riese vorbei war und ihr wieder den Blick auf die Elbe freigab.

Doch ihre friedvolle Stimmung war dahin.

Ein paar Minuten später stand Wilhelm vor ihr.

»Das war nicht sehr nett von dir«, mahnte er sanft, als Marle sich aufrappelte und den Sand von den Hosen klopfte.

»Nicht böse sein«, bat sie. Er marschierte los, ohne weiter darauf einzugehen, sagte aber nach einer Weile: »Die Richters sind langjährige Kunden der Bank und gute

Freunde. Sie haben mir erzählt, dass ihr jüngster Sohn von einem längeren Auslandsaufenthalt zurück ist. Er ist in deinem Alter.«

Marle wusste nicht, ob sie fluchen oder lachen sollte.

Also tat sie keins von beidem, sondern sagte nur mit bemüht ruhiger Stimme: »Lass es sein, Wilhelm. Ich möchte nicht verkuppelt werden.«

Wilhelm schwieg dazu. Aber sein Gesicht bekam wieder diesen entschlossenen Ausdruck, und Marle fragte sich mit zunehmender Verzweiflung, was an diesem verflixten Sonntag bloß mit ihm los war.

• • •

Sie gingen weiter, doch ihrer beider Schritte hatten an Schwung verloren.

»Schau«, sagte Marle und deutete auf das Heck des Containerfrachters. Der Ozeanriese wirkte nicht mehr ganz so bedrohlich wie noch vor ein paar Minuten, dennoch fröstelte sie.

Wilhelm legte ihr einen Arm um die Schultern.

»Denk nicht mehr daran.«

Marle nickte, aber es war unmöglich. Manche Erinnerungen waren verschwommen, fühlten sich nicht einmal echt an. Andere hatten sich unauslöschlich in ihre Seele gebrannt.

»Das Schiff damals sah genauso aus«, murmelte sie.

»Marle. Nicht.«

Sie wurden von einem flott ausschreitenden Pärchen

überholt. Kurz sah Marle ihre Gesichter. Der Mann war um einiges älter als die Frau.

Vielleicht zwanzig Jahre, dachte Marle und musste hart schlucken. Auch Konstantin war zwanzig Jahre älter als sie gewesen. Es hatte ihr nie etwas ausgemacht. Im Gegenteil. Als sie einander begegnet waren, vor sieben Jahren in einer Cocktailbar in Eppendorf, hatte sie die Nase voll gehabt von den jungen Männern ihres Alters, die grundsätzlich unentschlossen waren, die sich nicht festlegen wollten – weder auf eine Karriere noch auf eine Beziehung. Konstantin war das genaue Gegenteil gewesen, und er hatte sehr bald keinen Zweifel daran gelassen, dass er sein Leben mit Marle verbringen wollte.

Wilhelms Arm lag noch immer auf ihrer Schulter. Inzwischen waren sie so langsam geworden, dass sie schließlich stehen blieben. Es war, als hätten die Gedanken an Konstantin ihre ganze Energie mitgenommen.

»Möchtest du zurückgehen?«, fragte Marle.

Wilhelm verneinte und wies auf eine Bank, die gerade frei wurde. Sie setzten sich, den Blick auf die Elbe gerichtet, wo im Moment nur kleinere Schiffe, Segeljachten und Barkassen der Hafenrundfahrt unterwegs waren.

»Es war nicht deine Schuld«, setzte Wilhelm an. »Wie oft muss ich das noch wiederholen?«

Marle wusste, er meinte es gut, doch er vermochte nicht die Last von ihrem Herzen zu nehmen.

»Wenn ich nicht mit ihm gestritten hätte, wenn ich bescheidener gewesen wäre, wenn ich bloß nicht so viel von ihm gefordert hätte …«

Sie brach ab, als sie sah, dass Wilhelm die Kiefermuskeln angespannt hatte. Doch es war zu spät. Das wusste sie, bevor er sich ihr zuwandte.

Da war er wieder, der Mann, der er einmal gewesen sein musste. Der knallharte Banker. Zwar stand in seinen Augen ein Hauch von Mitleid, aber die Lippen waren zu einem festen Strich zusammengepresst, die Augen waren schmale Schlitze.

Mit einem Schlag wusste Marle: Dies hier war ein Wendepunkt. Wilhelm war im Begriff, etwas zu sagen, das ihr Leben auf den Kopf stellen würde. Schon seit Wochen ahnte sie, dass etwas in ihm vorging.

Aber weil er noch schwieg und offensichtlich nach den richtigen Worten suchte, redete sie einfach drauflos: »Du hast ja recht, liebster Wilhelm. Ich hänge immer noch viel zu sehr in der Vergangenheit fest. Und das werde ich ändern, ehrlich. Ich weiß nur noch nicht, was ich tun werde, aber mir fällt bestimmt bald etwas ein, und …«

»Hol zwischendurch mal Luft, Marle.«

Sie keuchte, atmete tief ein und aus, setzte dann erneut an. »Ich weiß genau, dass ich eine Aufgabe brauche. Sobald ich wieder etwas Richtiges zu tun habe, wird es mir bestimmt viel besser gehen. Nur – mit Kindern kann ich derzeit nicht arbeiten. Das würde mich zu sehr daran erinnern, dass ich …«

Sie brach ab. Sprich es nicht aus, mahnte sie sich selbst. Verrate deinem Schwiegervater nicht, wie unglücklich du bist, weil du kein Kind von Konstantin bekommen hast.

Wilhelm würde sich dann noch mehr sorgen. Deshalb setzte sie nur vage hinzu: »Das wäre noch zu viel Trubel für mich.«

»Verstehe«, sagte Wilhelm. »Nun, vielleicht sollte ich den Anfang machen. Es gibt da eine Neuigkeit.«

Marles Herz krampfte sich zusammen, aber sie nickte tapfer.

»Ich weiß, dass Olga dir eine gute Freundin geworden ist.«

»Ja«, erwiderte Marle überrascht. Worauf wollte er hinaus?

»Ich denke auch, dir ist bekannt, dass sie nach mehr als dreißig Dienstjahren mehr Zeit mit ihrem Mann verbringen möchte. Seit Szymon in Rente gegangen ist, beklagt er sich offenbar, weil sie nie zu Hause ist.«

»Das stimmt.«

»Nun, ich kann dir versichern, dass ich entsprechende Vorkehrungen getroffen habe.«

»Vorkehrungen?«, fragte Marle verblüfft. »Was denn für welche?«

»Olga weiß es noch nicht, deswegen bitte ich dich, noch ein paar Tage zu warten, bis ich selbst mit ihr gesprochen habe. Aber ich bin sicher, sie wird sich freuen.«

»Ich verstehe nicht, worum es hier wirklich geht«, murmelte sie.

Ihr Schwiegervater, der mittlerweile wieder auf die Elbe geschaut hatte, wandte ihr erneut den Kopf zu.

»Eben waren wir uns einig, dass du dir ein neues Leben aufbauen wirst.«

Marle lehnte sich vor, stützte die Ellenbogen auf die Knie und vergrub das Gesicht in den Händen.

»Aber was hat das mit Olga zu tun?«, fragte sie gepresst.

Wilhelm ließ sich lange Zeit mit einer Antwort. Ein paarmal räusperte er sich, schien reden zu wollen, tat es dann doch nicht. Schließlich hielt Marle es nicht mehr aus. Sie richtete den Oberkörper wieder auf, schaute ihren Schwiegervater von der Seite an und zwang sich zu einem kleinen Lächeln.

»Komm schon, raus mit der Sprache.«

»Ach, Liebes. Ich möchte nur, dass du ins Leben zurückkehrst. Wir können uns nicht beide für alle Zeiten in dieser Villa vergraben.«

»Warum nicht?«, wagte sie zu fragen.

Wilhelm seufzte. »Ich bin ein alter Mann, aber du bist jung, Marle. Erst dreiunddreißig. Du …«

»Stopp!«, rief sie. »Sag nicht, ich habe mein Leben noch vor mir! Das halte ich nicht aus!«

Er hob nur kurz die Schultern.

»Wir kommen doch gut miteinander aus«, fügte Marle hastig hinzu. »Ich … liebe das Haus, und dich habe ich auch sehr, sehr lieb.«

»Auch ich habe dich lieb, Kind. Aber du musst da endlich raus.«

»Schon klar. Du hast genug von mir.«

»Herrgott …« Seine Hand zitterte, als er sich verstohlen über die Wangen wischte.

Marle fühlte sich augenblicklich schuldig. Sie hatte einen schönen Tag mit Wilhelm verbringen wollen, und nun stritten sie, und ihm kamen die Tränen.

»Es tut mir leid«, flüsterte sie. »Ich will dir keinen Kummer bereiten. Verzeihst du mir?«

Um seine Lippen spielte ein trauriges Lächeln. »Du brauchst dich nicht zu entschuldigen. Ich denke, der größte Teil der Verantwortung liegt ohnehin bei mir.«

»Unsinn«, protestierte sie, aber er hob eine Hand, um sie zum Schweigen zu bringen. Sein Gesicht nahm wieder diesen entschlossenen Ausdruck an, und er sagte mit fester Stimme: »Doch, Marle. Als Konstantin starb, habe ich dich gebeten, noch eine Weile hier wohnen zu bleiben. Erinnerst du dich?«

Sie nickte, aber in Wahrheit wusste sie kaum noch etwas aus jenen Tagen und Wochen. Es gab zwar noch einige klare Aufnahmen in ihrem Gedächtnis, – die Bitte Wilhelms, bei ihm zu bleiben, gehörte jedoch nicht dazu.

Er hatte inzwischen weitergeredet, doch sie war von ihren lückenhaften Erinnerungen abgelenkt gewesen, daher wunderte sie sich nun über seine abschließende Frage: »Es ist also in Ordnung für dich?«

Marle rieb sich kurz über die Stirn. »Was? Wovon redest du?«

Wilhelm nahm ihre Hand in seine. »Hast du mir nicht richtig zugehört? Ich habe die Villa verkauft.«

Ein paar Sekunden lang konnte sie ihn nur anschauen, ohne etwas zu begreifen. Erst als er fest ihre Hand drückte, sickerte die Neuigkeit in ihr Bewusstsein.

»Das … ist … nicht … wahr«, stammelte Marle. »Bitte,

sag mir, dass es nicht wahr ist. Du willst mir nur einen Schrecken einjagen, richtig?«

»Nein, ganz gewiss nicht.«

»Aber das kann doch nicht sein!«

Sie entzog ihm ihre Hand, sprang auf, tigerte vor ihm auf und ab.

»Die Villa? Unser Zuhause? Verkauft? An wen? Warum? Wie kannst du mir das antun? Wer zum Teufel trennt sich einfach so von seinem Familiensitz? Verdammt! Bis du schlagartig verrückt geworden?«

Marle biss sich auf die Lippen. Sie hätte alles dafür gegeben, die letzten Sätze zurücknehmen zu können. Aber der Schock war zu groß. Sie hatte sich nicht beherrschen können.

»Bitte entschuldige«, sagte sie hastig. »So habe ich das nicht gemeint.«

Seit Marle ihren Schwiegervater kannte, war noch nie ein böses Wort zwischen ihnen gefallen. Wilhelm war ein vornehmer Mann, der keine Kraftausdrücke verwendete, und sie selbst hatte aus Respekt und Liebe zu ihm stets auf ihre Ausdrucksweise geachtet.

Wilhelm sah zu ihr auf. »Ist schon gut. Ich verstehe, dass dich die Neuigkeit sehr mitnimmt. Aber bitte setz dich wieder. Dann erkläre ich dir alles in Ruhe. Wenn du so vor mir hin und her rennst, wird mir nur schwindelig, und ich kann nicht mehr klar denken.«

Nach einigem Zögern tat Marle, wie ihr geheißen, aber sie ließ einen halben Meter Abstand zwischen ihnen. Ihr schien, als hätte sie es auf einmal mit einem völlig fremden Menschen zu tun.

»Ich höre«, sagte sie dumpf.

Wilhelm fuhr sich langsam durch sein weißes Haar. »Ich bin doch im März zur Kur gefahren.«

»Ja, und? Ich verstehe nicht. Was hat das eine mit dem anderen zu tun?«

Ihr Schwiegervater hatte sich zu Weihnachten eine Erkältung eingefangen, von der ein böser Husten zurückgeblieben war. Sein Hausarzt hatte ihm schließlich zu einem vierwöchigen Aufenthalt auf einer der ostfriesischen Inseln geraten.

Marle wusste noch zu gut, wie einsam sie sich in jener Zeit allein in der Villa gefühlt hatte. Schon nach einer Woche hatte sie Wilhelm nachreisen wollen, aber der Arzt hatte sie davon abgehalten. Sein Patient brauche absolute Ruhe, hatte er gesagt, und er müsse einmal Abstand von allem gewinnen. Also war Marle in Hamburg geblieben und hatte die Wochen und Tage gezählt, bis Wilhelm wiederkam. Bei seiner Rückkehr war er regelrecht verjüngt, und seine Bronchitis hatte er komplett auskuriert.

Wilhelm lächelte. »Ich habe dir erzählt, wie gut es mir dort gefallen hat.«

»Das weiß ich noch«, erwiderte Marle argwöhnisch und versuchte sich daran zu erinnern, auf welcher der verflixten Inseln er gewesen war. Norderney? Spiekeroog? Langeoog?

Wangerooge! Jetzt wusste sie es wieder. Und ihr klang noch im Ohr, wie oft er vom herrlichen Strand, von den Dünen und den Salzwiesen geschwärmt hatte – obwohl er zu der Jahreszeit die Schönheiten Wangerooges nur dick vermummt hatte bewundern können.

Sein Blick ging in die Ferne, und er lächelte verträumt, als könnte er über die Elbe und die Landmasse hinweg direkt bis zum Wattenmeer schauen. »Habe ich schon einmal erwähnt, dass die Insel die Form eines Seepferdchens hat?«

»Ich glaube, ja.« Marle zwang sich, ruhig zu bleiben. Sie wollte wissen, ob er den Verkauf der Villa wieder rückgängig machen konnte.

»Wangerooge ist die östlichste und zugleich die zweitkleinste der sieben ostfriesischen Inseln«, fuhr Wilhelm fort. »Viele Gäste sind besonders deshalb gern dort.«

»Wie bitte?« Wieder hatte Marle nicht richtig zugehört. Sie fragte sich, was aus ihr werden sollte, und sie wollte nicht noch mehr über eine Insel erfahren, auf die sie sowieso im Leben keinen Fuß setzen würde. Sie war ein Stadtmensch durch und durch, und sie wusste noch genau, dass sie heimlich Wilhelms Arzt dankbar gewesen war, weil er sie von einem Besuch abgehalten hatte.

Ihr Schwiegervater lächelte geduldig. »Die Urlauber wissen es zu schätzen, dass die meisten Entfernungen nur zweihundertfünfzig Meter betragen. Also zum Beispiel vom Bahnhof zum Zentrum und vom Zentrum zum Badestrand.«

»Verstehe.«

In ihr wuchs die Verzweiflung. Wie bekam sie Wilhelm bloß von diesem Thema weg?

»Seitdem sehne ich mich dorthin zurück«, sagte er mit leiser, träumerischer Stimme.

Marle starrte ihn an. »Das ... hast du aber bisher nie erwähnt.«

»Nun, ich wollte deine Gefühle nicht verletzen. Du hängst so sehr an der Villa, an unserem gemeinsamen Leben. Aber ich ... ich habe mich auf Wangerooge zum ersten Mal seit Jahren wieder frei und leicht gefühlt. Ein wunderbares Gefühl.«

»Weil ich nicht dabei war?«, fragte Marle traurig.

»Aber nein, Liebes. Du hast damit gar nichts zu tun. Es liegt an der Villa. Sie ist ein verdammtes Mausoleum geworden, und ich fühle mich darin wie begraben. Zusammen mit meiner Frau und meinem Sohn.«

Marle starrte zu Boden. Das durfte doch alles nicht wahr sein! Wilhelm ließ ihre Welt in Trümmer fallen, und es gab nichts, was sie dagegen tun konnte.

Oder? Moment mal!

»Wieso konntest du die Villa einfach verkaufen?«, fragte sie gepresst. »Sie gehört zum Teil auch mir. Du hättest mich fragen müssen.«

»Nein«, entgegnete Wilhelm ruhig. »Konstantin und du – ihr hattet einen Ehevertrag. Darin wurde festgelegt, dass du keinen Anspruch hast. Nur Wohnrecht, solange sich die Villa im Familienbesitz befindet.«

Ach, verdammt, dachte sie. Die Sache mit dem Ehevertrag hatte sie nie ganz verstanden. Hatte Konstantin wirklich geglaubt, sie würde auf sein Geld aus sein? Das war ein Stachel in ihrer Liebe gewesen, den sie nie ganz hatte herausziehen können. Wenigstens war sie davon ausgegangen, dass die Villa für immer ihr Zuhause sein würde.

Nicht zu fassen!, dachte Marle. Und ich hatte nicht den geringsten Verdacht! Sie wandte den Blick ab, schaute auf den breiten Fluss und fühlte auf einmal eine große Leere in sich.

»Deshalb hast du den Jungs auch die ›Katharina‹ so leicht überlassen.«

Das war im Augenblick vielleicht nicht die wichtigste Erkenntnis, aber es half ihr, ein wenig Logik in die ganze verrückte Angelegenheit zu bringen.

»So ist es. Eine Zeit lang habe ich darüber nachgedacht, sie mitzunehmen. Aber wozu? Ich segele ja nicht mehr.«

»Mitnehmen?«, fragte sie nach, wurde aber glatt überhört.

Wilhelm sprach bereits weiter. »Als ich auf Wangerooge war, habe ich mich mit einem Immobilienmakler angefreundet. Friedrich Stolze. Bis vor zwei Jahren hat er ein großes Büro hier in Hamburg geführt, aber dann ist er nach Wangerooge gezogen. Stell dir vor, der Liebe wegen.«

»Aha«, murmelte Marle dumpf. Was ging sie das Leben fremder Leute an?

»Und er hat mir erzählt, dass es in seinem Freundeskreis noch mehr Paare gibt, die auf Wangerooge zusammengekommen sind. Ist das nicht schön?«

»Wilhelm. Bitte. Was hat das mit mir zu tun? Ich verliere mein Zuhause, und du erzählst mir romantische Geschichten von irgendwelchen Insulanern.«

»Wart's ab, Liebes. Also Friedrich – wir sind schnell zum Du übergegangen – hat mir ein Haus auf Wangerooge vermittelt und auch den Verkauf der Villa übernommen. Er ist natürlich auch noch in Hamburg tätig und ...«

»Stopp!« Marle sprang wieder auf. »Soll das heißen, es ist alles schon unter Dach und Fach?«

»Aber ja. Ich habe dir doch gleich gesagt, die Villa ist verkauft.«

»Und du willst nach Wangerooge ziehen?«

Wilhelm ließ sich nicht aus der Ruhe bringen. »Richtig.«

»Wann?«, fragte Marle beklommen. Sie wollte schreien, so laut schreien, dass ihr ganzer Kummer, ihre ganze Angst davonflogen. Aber sie presste fest die Lippen aufeinander, bis sie schmerzten.

»Am dritten Juli. Das ist ein Samstag.«

Oh Gott!

Sogar das Datum stand schon fest! In einem Monat!

Marle sackte zurück auf die Bank und ließ die Schultern hängen.

»Du hast alles entschieden, ohne mich einzuweihen«, sagte sie. »Das hätte ich dir niemals zugetraut.«

»Ich ... wusste mir nicht anders zu helfen. Du hättest dich mit Händen und Füßen gewehrt.«

Eine Antwort erübrigte sich, also schwieg Marle.

»Es tut mir leid, Liebes. Ich hätte dich nicht so damit überfallen dürfen.« In seiner Stimme klang echtes Bedauern mit.

Sie blieb weiterhin stumm.

Unsicher fuhr Wilhelm fort: »Aber als ich die Entscheidung getroffen habe, war ich fest davon überzeugt, du würdest es im Laufe dieses Frühjahrs endgültig schaffen, ein neues Leben zu beginnen.«

Marle schwieg noch immer, und sie spürte, wie sehr ihm das zu schaffen machte. Doch sie stand unter Schock, und ihr fiel nichts Vernünftiges ein, das sie noch hätte sagen sollen.

Auch Wilhelm verfiel schließlich in Schweigen, und die Stille zwischen ihnen wurde drückend und schwer.

Endlich, als Marle nicht mehr ein noch aus wusste, sagte sie: »Du willst mich also auch verlassen.«

Wilhelm zuckte zusammen. »So darfst du das nicht sehen. Du liegst mir am Herzen, Kind.«

»Trotzdem ziehst du fort.«

Er nickte bedächtig.

»Und was soll aus mir werden?«

Wilhelm wandte ihr den Blick zu, musterte sie lange und nachdenklich. Endlich leuchteten seine alten Augen auf. »Warum kommst du nicht mit?«

»Ich? Mit dir? Nach Wangerooge?«

»Ja. Aus der Villa musst du auch raus, das ist keine Frage. Aber womöglich musst du gar nicht von mir weg, um neu anzufangen. Vielleicht täte es dir gut, ganz woanders zu leben.«

Marle tippte sich mit dem Zeigefinger gegen die Stirn. »Das kannst du gleich wieder vergessen! Ich ziehe auf keine gottverlassene Insel im Wattenmeer. Im Leben nicht!«

4. Kapitel

Ein frischer Wind wehte an der Nordseeküste und jagte am Himmel hohe Wolkentürme vor sich her. Marle stand etwas verloren im Hafen von Harlesiel herum. Sie fröstelte und kroch tiefer in ihre Windjacke. Für Anfang Juli war es verflixt kalt. Von den anderen Passagieren schien niemand zu frieren. Einige unterhielten sich lautstark, lachten miteinander und warteten fröhlich auf das Signal zum Einsteigen. Die weiße Fähre mit dem spitzen Bug dümpelte gemütlich am Pier, ein Krabbenkutter tuckerte in den Hafen. Begleitet wurde er von einem hungrigen Möwenschwarm.

Lustlos knabberte Marle an einem Lachsbrötchen mit Remouladensoße, das Wilhelm ihr vor ein paar Minuten in die Hand gedrückt hatte.

»Schön aufessen«, hatte er gesagt. »Du hast seit unserer Abfahrt aus Hamburg nichts zu dir genommen.«

»Du auch nicht«, hatte sie erwidert.

»Ich bin ein alter Mann. Ich brauche nicht mehr so viel Nahrung.«

»So ein Quatsch.«

Er hatte nichts entgegnet, sondern war zur Gepäckannahme gegangen, um sich zu vergewissern, dass auch alle ihre Koffer eingeladen wurden. Wilhelm überließ nichts dem Zufall.

Er hätte einen prima General abgegeben, fand Marle und fragte sich zum ungefähr tausendsten Mal, wieso um Gottes willen sie bloß eingewilligt hatte, mit ihrem Schwiegervater nach Wangerooge zu ziehen. Die Antwort war jedes Mal dieselbe: aus Angst, ganz allein zurückzubleiben, aus Liebe zu Wilhelm und ein kleines bisschen vielleicht auch aus Abenteuerlust. Je schneller die Tage im Juni vorangeschritten waren, desto weniger verrückt war ihr Wilhelms Plan erschienen. Zumal er ihren Umzug generalstabsmäßig in die Wege leitete. Ein General eben.

Marle lächelte in sich hinein. Mit seinen siebenundsiebzig Jahren hatte Wilhelm Severin eine Energie entwickelt, um die ihn sogar seine Enkelsöhne beneideten.

• • •

Patrick und Tim hatten beide mit offenen Mündern dagesessen, als ihr Großvater ihnen die Neuigkeit erzählte. Als er ihnen dann die Höhe ihres Anteils aus dem Verkauf der Villa nannte, waren sie erst blass geworden und hatten sich dann wie verrückt gegenseitig auf die Schulter geklopft. Zu guter Letzt hatten sie ihm versichert, dass sie kein Stück an dem alten Kasten hingen. Außerdem würden sie von dem Geld ihr Studium finanzieren können, sofern sie sich entschieden, was sie studieren wollten.

Zu Marle waren sie ungewohnt freundlich gewesen, aber

sie hatte sich nichts darauf eingebildet. Wahrscheinlich waren die Jungs froh, sie endlich los zu sein.

Birthes Reaktion war wohl um einiges feindseliger ausgefallen. Aus dem wenigen, das Wilhelm ihr erzählte, schloss Marle, dass Konstantins Ex-Frau eine Art Tobsuchtsanfall bekommen hatte. Offenbar war sie trotz aller Regelungen stets davon ausgegangen, dass ihr noch ein großer Anteil am Erbe zustand.

»Sie wird sich damit abfinden müssen«, hatte Wilhelm eines Abends gesagt. Zu dem Zeitpunkt war der Juni schon seinem Ende zugegangen, und der Hausstand, der mit nach Wangerooge sollte, war bereits eingepackt gewesen. Am nächsten Tag würde ein Umzugsunternehmen einen kleinen Transporter schicken, mit dem die Sachen in das neue Haus auf der Insel gebracht werden sollten.

Marle hatte genickt und ihren Blick über die vielen Kartons, die gut umwickelten Kleinmöbel und die auseinandergenommenen Schränke gleiten lassen. Es hatte sie verblüfft, wie wenig davon ihr selbst gehörte, und sie hatte sich gefragt, ob sie sich auf Wangerooge jemals heimisch fühlen würde – wo es keine Erinnerung an ein gemeinsames Leben mit Konstantin gab.

• • •

Einzig Olga und ihr Mann Szymon waren zum Abschied gekommen – die Haushälterin mit tränenfeuchten Wangen, aber auch voller Dankbarkeit über die Abfindung ihres Arbeitgebers. Wilhelm war äußerst großzügig gewesen. Eine anständige Summe hatte Olga auf einen Schlag erhalten, zusätzlich war eine monatliche Zahlung für sie eingerichtet worden, mit der sie, zusammen mit ihrer staatlichen Rente und der Pension ihres Mannes, ein sorgenfreies Leben führen konnte.

Olga hatte Marle noch mit Anweisungen überschüttet und ihr eine ganze Liste von Dingen mitgegeben, die Direktor Severin tunlichst vermeiden sollte, damit er gesund bliebe.

Letztlich lief es darauf hinaus, dass Wilhelm sich in seinem neuen Haus auf Wangerooge vergraben sollte und nur nach draußen gehen durfte, wenn mindestens 25 Grad im Schatten herrschten und kein Lüftchen ging. Ein Zustand, den eine Nordseeinsel maximal an einem Tag in zehn Jahren erreichte.

Marle hatte sich hinter das Steuer ihres Kleinwagens gesetzt und fast so etwas wie Stolz empfunden, weil sie sich wenigstens in einem Punkt gegen ihren Schwiegervater behauptet hatte: Der Wagen blieb in ihrem Besitz und wurde dauerhaft in Carolinensiel geparkt. Wangerooge gehörte zu den autofreien Inseln, und Wilhelm hatte gemeint, es sei klüger, auch den Wagen zu verkaufen. Doch Marle war hart geblieben. Sie hatte gewusst, sie brauchte diese Möglichkeit, jederzeit fortfahren zu können.

• • •

Marle seufzte schwer und streifte mit aller Kraft ihre trüben Gedanken ab. Sie hatte sich entschieden, und nun war es sinnlos, der Vergangenheit nachzuweinen. Zaghaft nahm sie einen weiteren winzigen Bissen von ihrem Lachsbrötchen. Ihr Magen war wie zugeknotet, die Soße war ihr viel zu fett. Aber sie wusste, Wilhelm würde sie ausschimpfen, wenn sie es nicht aufaß. Olga hatte ihnen beiden auch streng befohlen, sich künftig besser zu ernähren.

»Wenn ich euch hoffentlich irgendwann einmal wiedersehe, möchte ich nicht zwei Klappergestelle in die Arme nehmen.«

Die Erinnerung daran brachte Marle zum Lächeln. Wilhelm schien Olgas Auftrag zu beherzigen, zumindest in Bezug auf seine Schwiegertochter. Er selbst hatte genauso wenig Appetit wie sie.

Angestrengt schaute sie zur Gepäckannahme. Sämtliche Koffer, Fahrräder, Kinderwagen und Sportgeräte wurden vor Betreten der Fähre dort abgegeben. So konnten die Gäste ihre Überfahrt genießen und am Hafen von Wangerooge ohne schweres Gepäck in die Inselbahn umsteigen. Erst am Bahnhof im Ortskern nahmen sie ihre Habseligkeiten wieder in Empfang oder ließen sie direkt zu ihrer Unterkunft bringen.

Wilhelm traute dem System nicht über den Weg, so viel war klar. Marle grinste. Wahrscheinlich fürchtete er, ein paar seiner maßgeschneiderten Anzüge würden versehentlich im Wattenmeer versenkt. Warum er überhaupt so viel teure Kleidung mitgenommen hatte, war ihr ein Rätsel. Andererseits: Wieso sollte ein alter Mann nicht den Stil bewahren, den er ein Leben lang gepflegt hatte?

Sie entdeckte seinen weißen Haarschopf, und eine Welle aus Liebe und Zärtlichkeit stieg in ihr hoch.

Er hätte mich auch zurücklassen können, überlegte sie. Er hätte ohne Ballast noch einmal ganz von vorn anfangen können.

Vermutlich hatte Wilhelm selbst so seine Bedenken gehabt, ob es klug gewesen war, Marle zum Mitkommen zu überreden. Aber er hing auch an ihr mindestens so sehr wie sie an ihm. Sie beide waren nun mal eine Schicksalsgemeinschaft, und keiner konnte sich leichten Herzens vom anderen trennen.

Unruhig lief Marle ein paar Schritte auf und ab. Sie wünschte, sie könnten schon an Bord gehen. Wenn sie sich erst mal auf der Fähre befand, würde der Drang, fortzulaufen, hoffentlich verschwinden. Sie konnte sich jedenfalls nicht vorstellen, einfach über die Reling zu klettern, ins Wasser zu springen und zum Festland zurückzuschwimmen.

Unwillkürlich musste sie daran denken, wie heftig sie sich anfangs gegen Wilhelms Vorschlag gewehrt hatte. Aber nach und nach war ihr die Idee immer verlockender erschienen. Mochte ihr Schwiegervater glauben, er würde sie zurück ins Leben holen – Marle kam irgendwann zu dem Schluss, sie könnte sich auf einer nicht besonders großen Insel ebenso gut vor allem verstecken wie in einer Villa auf dem Süllberg. Dies, so gestand sie sich nun ein, war der wichtigste Grund für ihre Zustimmung gewesen. Er kam noch vor ihrer Zuneigung zu Wilhelm und weit vor einer möglichen Abenteuerlust.

Der Fluchtinstinkt blieb jedoch trotzdem, und inzwischen fühlte sich Marle so durcheinander, dass sie gar nicht mehr wusste, was sie eigentlich wollte.

Ein kräftiger Windstoß fuhr ihr plötzlich ins Haar, und ein paar lange Strähnen lösten sich aus ihrem lockeren Knoten. Schnell streckte Marle den Arm von sich weg, damit ihre Haare nicht in die Remouladensoße gerieten.

Da setzten ein paar vorwitzige Möwen zum Tiefflug an. Marle schrie leise auf. Sie warf ihr Lachsbrötchen in weitem Bogen ins Hafenwasser, duckte sich und schützte ihren Kopf mit den Armen.

Jemand lachte. Es war eine Männerstimme. Klangvoll und tief.

Ganz langsam erhob sie sich wieder, nahm die Arme vom Kopf und sah sich um. Sie stand ein Stück abseits der übrigen Passagiere, daher konnte sie nicht gleich erkennen, wer sie da ausgelacht hatte. Stattdessen beobachtete sie mit Schrecken, wie sich die Möwen nun auf das im Hafenwasser schwimmende Brötchen stürzten und es in Sekundenschnelle verschlangen.

»Springen Sie lieber nicht hinterher«, sagte jemand in ihrem Rücken. »Es wurden schon Haie im Hafenbecken gesichtet.«

Marle zuckte vor Schreck zusammen. Dann wirbelte sie herum und funkelte den Mann an. »Veräppeln kann ich mich allein!«

Er wich einen Schritt zurück und hob lachend die Hände, als wollte er sich ergeben. »Sorry, aber der Anblick mit den Möwen war einfach herrlich.«

Keine Frage, er war derjenige, der eben über sie gelacht hatte.

»Schön, dass Sie sich amüsieren.«

Sie wollte ein paar heftige Flüche hinterherschicken, Worte, die sie seit Jahren nicht mehr benutzt hatte und die viel besser in ein Hamburger Arbeiterviertel als nach Blankenese passten, als sie den Kerl plötzlich bewusst wahrnahm.

Ihr stockte der Atem, und sie brachte keinen Ton mehr heraus. Vor ihr stand der wohl schönste Mann, dem sie je begegnet war. Er war ungefähr in ihrem Alter, vielleicht ein paar Jahre jünger. Auch war er nicht übermäßig groß, überragte Marle nur um ein oder zwei Zentimeter, besaß aber eine Präsenz, die ihn größer erscheinen ließ. Er hatte breite Schultern und schmale Hüften, und unter seinem T-Shirt zeichnete sich ein wahrhaft prachtvolles Sixpack ab. Seine Gesichtszüge wirkten wie gemeißelt: hervorstehende Wangenknochen, eine kantige Kieferpartie und ein verblüffend voller Mund. Das Kinn sprang ein winziges Stück zu weit vor, die Nase war einen Hauch schief, die Stirn einen Tick zu breit, um perfekt zu sein. Dennoch ergab sich ein Gesamtbild, das Marle nur stumm in sich aufnehmen konnte. Um alles noch schlimmer zu machen, besaß der Mann auch noch nachtschwarze Locken, die ihm vorwitzig ins Gesicht fielen, und einen perfekt getrimmten Dreitagebart.

Am bemerkenswertesten jedoch waren seine Augen. Ein so helles Blau hatte Marle noch nie gesehen. Fast durchsichtig wirkte es und hätte sie erschrecken können, zog sie zu ihrer maßlosen Überraschung jedoch magisch an. Ein leises

Zittern überlief sie, und sie konnte es nicht einordnen, bis sie endlich begriff: Sie fand diesen Mann attraktiv! Sie fühlte sich von ihm mit aller Macht angezogen!

Ungläubig rieb Marle sich die Schläfen. So etwas war ihr seit vielen Jahren nicht mehr passiert. Oder – sie dachte angestrengt nach – nein, es war ihr tatsächlich noch nie passiert. Früher hatte sie sich zu Männern hingezogen gefühlt, hatte sie gemocht, hatte sich auch eingebildet, verliebt zu sein.

Und was ist mit Konstantin?, fragte eine leise Stimme in ihrem Herzen.

Marle ließ die Hände sinken. Ja, sie hatte Konstantin geliebt, und ja, sie war damals in der Cocktailbar sofort von ihm beeindruckt gewesen. Ein gut aussehender, selbstsicherer Mann. Welche Frau wäre nicht vollkommen von ihm fasziniert gewesen? Ihre Gefühle hatten anfangs jedoch nichts mit der starken körperlichen Reaktion zu tun gehabt, die sie in diesem Augenblick empfand.

Mit leisem Entsetzen musste Marle nun die Hände fest hinter dem Rücken verschränken. Zu groß war die Gefahr, sie könnte den Mann berühren wollen, um zu prüfen, ob seine Bauchmuskeln wirklich so straff waren, wie sie schienen. Schlimmstenfalls würde sie ihn sogar umarmen, um auszuprobieren, ob sein Bart die zarte Haut ihrer Wangen kitzelte.

Der Fremde schien von ihrer Reaktion nichts mitzubekommen, oder er kannte seine Wirkung auf Frauen und war deren überdrüssig. Er grinste nur frech und fragte: »Wollten Sie noch etwas hinzufügen?«

»Nein«, presste Marle hervor.

»Okay«, sagte er leichthin. »Aber denken Sie bitte daran, es ist verboten, die Möwen zu füttern.«

Wut wallte in ihr auf. »Ich habe die Viecher nicht gefüttert! Die haben mich angegriffen!«

Der Fremde runzelte die Stirn, was ihn nur noch attraktiver machte. »Man kann es den Vögeln nicht verübeln, dass sie immer frecher werden. Die Touristen haben sie verdorben.«

Touristen sprach er wie ein Schimpfwort aus, und Marle begriff, dass er sie zu dieser Kategorie zählte.

»Ist mir egal!«, fauchte sie ihn an. »Lassen Sie mich einfach in Ruhe!«

Sie wandte ihm den Rücken zu. Zu ihrer größten Erleichterung verlor er jegliche Wirkung auf sie, nun, da sie nicht mehr in seine Augen blickte. Sie hörte, wie seine Schritte sich entfernten. Sie hörte auch noch, wie er mit jemandem lachte, aber gleich darauf war er zum Glück weit genug weg.

»Machen Sie sich nichts draus.« Neben ihr tauchte eine große Frau mit kurzen schwarzen, von grauen Strähnen durchzogenen Haaren auf. Sie mochte Mitte, Ende fünfzig sein und lächelte Marle freundlich an. »Manche Männer sind einfach ungehobelt. Das wird auch nicht mehr besser.«

Marle fand die Frau auf Anhieb sympathisch. Trotzdem entgegnete sie: »Danke, aber mit so einem werde ich schon selbst fertig.«

»Daran zweifle ich nicht.« Die Schwarzhaarige schien noch etwas sagen zu wollen, zwinkerte ihr dann aber lediglich zu und entfernte sich.

Wo blieb bloß Wilhelm? Keine Sekunde länger hielt es Marle mehr auf diesem Pier aus.

Sie waren gewarnt worden, dass die Fähre nur auslief, wenn die Flut hoch genug war, damit das Schiff gut durch die Fahrrinne kam. Aber niemand hatte Marle darauf vorbereitet, dass schon hier in Harlesiel das Schicksal sich einen gemeinen Scherz mit ihr erlauben würde.

Auf einmal war ihr hundeelend zumute. Wie hatte sie auch nur eine Sekunde lang einen anderen Mann attraktiv finden können!

Sie ballte die Fäuste und beschwor Konstantins Bild herauf. Erst als sie ihn wieder genau vor Augen hatte, sein freundliches Gesicht, seinen zärtlichen Blick, beruhigte sie sich ein wenig. Dieses schreckliche Gefühl, ihn betrogen zu haben, und sei es auch nur in Gedanken, verflüchtigte sich, und sie konnte wieder freier atmen.

Schon im nächsten Moment war sie davon überzeugt, dass alles nur die Schuld der Möwen war. Der plötzliche Angriff hatte ihre Sinne durcheinandergebracht, und sie war von einem Kerl geblendet gewesen, der vermutlich in Wahrheit ganz durchschnittlich aussah.

Derart beruhigt, suchte sie wieder nach Wilhelm. Doch ihr Schwiegervater machte noch immer keine Anstalten, zu ihr zu kommen.

Irgendwo tief in ihrem Rucksack klingelte ihr Handy. Als Marle es herausgefischt hatte und den Namen des Anrufers auf dem Display las, holte sie ein paarmal tief Luft, bevor sie sich meldete.

»Hallo, Olga«, sagte sie, um Gelassenheit bemüht.

Seit ihrer Abfahrt am frühen Morgen aus Hamburg war dies der fünfte Anruf. Die Haushälterin war so voller Sorge um ihren angebeteten Direktor Severin, dass ihr ständig neue Ratschläge einfielen. Zuletzt – da hatten Marle und Wilhelm gerade den Hafen erreicht – war ihr eingefallen, dass ihr inzwischen ehemaliger Arbeitgeber sich unbedingt eine gelbe Windjacke anschaffen sollte. Diese sogenannten Friesennerze sollten angeblich wunderbar warm und trocken halten. Marle hatte darüber nur lachen können. Als ob ein feiner Hanseat wie Wilhelm Severin jemals etwas Knallgelbes anziehen würde!

Nun erwartete sie die nächste Mahnung und bereute es schon, überhaupt rangegangen zu sein. Doch Olga überraschte sie.

»Etwas habe ich vollkommen vergessen, Marle«, sagte sie aufgeregt.

»Ja?« Geduld, wiederholte sie im Stillen. Hab Geduld. Sie macht sich eben Sorgen um den alten Mann. Nach bald vierzig Jahren in seinen Diensten ist das verständlich.

»Es geht um dich.«

»Um mich?«, fragte Marle überrascht.

Olga hob die Stimme. »Ganz recht. Ich wollte dir nämlich sagen, wenn es zu schwierig wird für dich, wenn du es nicht aushältst auf der Insel, dann kannst du jederzeit zu uns kommen. Wir haben ein Gästezimmer, und mein Szymon und ich sind immer für dich da. Du kannst so lange bleiben, wie du willst.«

Tränen stiegen Marle in die Augen.

»Abgemacht?«, fragte Olga.

»Das ist sehr lieb von dir«, flüsterte sie. Obwohl sie verschiedenen Generationen angehörten, und obwohl sich Marle oft genug über Olga aufregte, so waren sie doch Freundinnen, und nun verspürte Marle tiefe Dankbarkeit.

»Abgemacht«, versprach sie. »Wenn es nicht klappt, dann komme ich vorübergehend zu euch.«

Olga lächelte, das war irgendwie sogar durchs Telefon zu hören.

»Du bist ein wunderbarer Mensch, Marle. Und ich kann mir denken, wie viel Angst du hast. Deshalb sollst du wissen, dass du in Hamburg noch Freunde hast.«

Marle beendete schnell das Gespräch. Sie durfte auf keinen Fall hier in aller Öffentlichkeit losheulen. Am Ende sorgte sie nur für erneutes Gelächter.

5. Kapitel

Als Wilhelm zurückkehrte, kämpfte Marle noch um ihre Fassung. Ein dicker Kloß saß in ihrem Hals und machte ihr das Schlucken schwer.

»Alles in Ordnung, Liebes?«

Sie nickte, obwohl sie wusste, wie leicht er sie durchschaute.

Wilhelm legte ihr eine Hand auf den Arm. »Du überlegst es dir nicht im letzten Augenblick noch anders?«

Marle schüttelte den Kopf. Ihrer Stimme traute sie noch nicht.

»Gut.« Er lächelte beruhigt. »Mit dem Gepäck dürfte nun alles in Ordnung sein. Mehr kann ich jedenfalls nicht tun. Jeder einzelne unserer sechs Koffer ist verladen worden. Wir werden sie hoffentlich auf der Insel wieder vorfinden.«

Endlich wurde Marle den Kloß los. Fast hätte sie gekichert. Von den Koffern gehörte nur ein einziger ihr selbst. Die restlichen fünf enthielten Wilhelms Garderobe. Er dachte gar nicht daran, sich zu ändern, bloß weil er auf eine Insel zog.

»Es wird schon nichts verloren gehen«, beruhigte sie ihren Schwiegervater.

Er wirkte wenig überzeugt, dann ließ er seinen Blick über den kleinen Rucksack schweifen, den sie sich über den Arm gehängt hatte.

»Fehlt da nicht etwas?«

»Was meinst du?«, fragte sie alarmiert.

»Nun, wenn ich mich nicht irre, hattest du noch so ein kleines Schminkköfferchen dabei.«

»Oh, verflixt!« Marle blickte um sich, als könnte das Köfferchen aus der Luft vor ihr auftauchen. Dann zuckte sie mit den Achseln. »Ich hab's wohl im Auto vergessen. Aber das macht nichts. Ein paar Cremes kann ich mir bestimmt auch auf Wangerooge kaufen.«

Sie verschwieg Wilhelm, dass der Inhalt des Köfferchens größtenteils ohnehin vertrocknet oder abgelaufen war. Sie hatte es bloß aus alter Gewohnheit mitgenommen. Dabei schminkte sie sich schon lange nicht mehr.

»Hauptsache, du vergisst eines Tages nicht deinen hübschen Kopf«, meinte ihr Schwiegervater gutmütig.

Marle lachte pflichtschuldig und wies dann zur Fähre. »Da, siehst du? Wir können an Bord. Endlich!« Erste Passagiere überquerten bereits die kurze Gangway.

Wilhelm musterte sie aufmerksam. »Wirklich keine Flucht in letzter Sekunde?«

»Nein«, erklärte sie fest. »Ich bin mit dir bis hierher gekommen, nun lasse ich dich ganz bestimmt nicht auf der letzten Etappe allein.«

Sein Gesicht legte sich in tausend Falten, als er lächelte.

»Wunderbar. Und du hast sogar aufgegessen. Das ist ein gutes Zeichen.«

Marle verzichtete darauf, ihn über das wahre Schicksal des Lachsbrötchens aufzuklären.

Sie reihten sich in die Schlange der Wartenden ein und strebten auf der Fähre dann nacheinander zum oberen Deck. Die meisten Gäste wollten von dort aus die einstündige Überfahrt genießen. Nur der schwarzhaarige Fremde stieg eine steile Treppe hinab ins geschlossene Unterdeck – zusammen mit einer Gruppe junger Leute. Marle beobachtete ihn dabei, und sie verspürte einen leisen Widerhall dieser beängstigenden Anziehungskraft, obwohl er ein ganzes Stück von ihr entfernt war und sie ihm nicht in die Augen blickte. So fiel ihr die Entscheidung für das Oberdeck noch leichter.

Sie hatten Glück und fanden einen Sitzplatz direkt an der Reling.

Wilhelm wickelte sich einen warmen Schal um den Hals. »Bist du sicher, dass wir hier oben gut aufgehoben sind? Ich meine, die Aussicht ist zwar prachtvoll, aber der Wind weht ziemlich kräftig.«

Marle funkelte ihn belustigt an. »Du redest schon wie Olga. Das bisschen frische Luft wird uns schon nicht umbringen.«

»Wie du meinst, Liebes. Aber ich warne dich. Der Wellengang wird weiter draußen zunehmen. Nicht, dass dir schlecht wird.«

»Ach was. Seekrank werde ich nur auf Segelbooten. Diese große Fähre ist doch was ganz anderes.«

Insgeheim war sie jedoch den Möwen dankbar, die sie zwar furchtbar erschreckt, aber auch davor bewahrt hatten, das Lachsbrötchen aufzuessen.

Als die Fähre nun langsam den Hafen verließ, bewies Wilhelm, wie gut er sich schon über viele Aspekte seiner neuen Wahlheimat informiert hatte. Angefangen bei der Überfahrt.

»Wie du vielleicht weißt, findet der Fluss Harle hier seinen Durchlass in der Deichanlage und fließt hinaus ins Wattenmeer.«

»Mhm.« Marle hörte nur mit halbem Ohr zu. In Gedanken war sie bei dem Fremden. Sie hoffte, er sei bloß ein Tagesausflügler und sie würde ihn auf Wangerooge niemals wiedersehen. Ihr Instinkt sagte ihr jedoch etwas anderes. Er hatte sich benommen wie ein Einheimischer und über die Touristen geschimpft. Dabei sah er kein bisschen wie ein Mann aus dem Norden aus. Nein, er musste Südländer sein. Seine Familie stammte sicherlich aus dem Mittelmeerraum. Nur diese hellblauen Augen passten nicht ins Bild.

Verflixt! Heimlich kniff sie sich in den Arm. Sie musste aufhören, an den Mann zu denken! Auf der Stelle! Das war ja nicht normal.

Aber was war schon normal in ihrem Leben? Marle hörte auf, sich zu kneifen. Es tat bloß weh und half sowieso nichts. Eine dreiunddreißigjährige Witwe zog mit ihrem Schwiegervater auf eine Insel im Wattenmeer, um sich dort noch besser vor der Welt zu verstecken, als sie es vorher schon in einer einsamen weißen Villa getan hatte.

Allein diese Tatsache würde vermutlich ausreichen, damit andere Leute sich gegen die Stirn tippten. Aber sollten sie dann noch erfahren, dass diese Witwe seit mehr als zwei Jahren keinen anderen Mann mehr angesehen hatte, würden dieselben Leute vermutlich einen besonders mitleidigen Ausdruck bekommen, der signalisierte: Der armen Frau ist nicht mehr zu helfen.

Seit zwei Jahren, vier Monaten, einer Woche und einem Tag, um ganz genau zu sein.

»Wo bist du mit deinen Gedanken, Marle?«

Sie fühlte sich ertappt und spürte, wie sie rot wurde. »Ganz bei dir.«

Schluss jetzt!, befahl sie sich im Stillen. Kein Gedanke mehr an einen faszinierenden Fremden mit hellblauen Augen!

Wilhelm lächelte nachsichtig. »Den Eindruck habe ich zwar nicht, aber du bist sehr lieb, mir etwas vorzuflunkern.«

»Ach, bitte, erzähl mir mehr.«

Sie zwang sich, ihrem Schwiegervater aufmerksam zu lauschen.

Kurz zögerte er noch, aber es machte ihm eindeutig viel zu viel Spaß, sein Wissen mit ihr zu teilen, als dass er damit hätte aufhören können. »Der Kurs zur Insel führt über ein gutes Stück durch das Bett der Harle«, dozierte er. »Das geht ziemlich im Zickzack. Hier finden die Schiffe nämlich eine genügend tiefe Fahrrinne. Siehst du die Markierungen? Die Tonnen? Und diese Stangen mit den Zweigbüscheln daran? Die nennt man Pricken. Dafür werden auch junge Birken verwendet. Der Kapitän muss sich nur an diesen Kurs halten, dann kann nichts geschehen.«

Marle fand das zwar nicht sonderlich beruhigend, aber sie vertraute einfach darauf, dass die Seeleute schon wissen würden, was sie taten, damit die Fähre nicht irgendwo auf Grund lief.

Tief sog sie die gesunde, salzhaltige Luft ein. Körperliche Beschwerden konnten hier bestimmt gut geheilt werden. Aber würde auch ein Herz wieder ganz werden? Obwohl es in tausend kleine Stücke zersprungen war? Marle glaubte nicht daran.

»Freust du dich?«, fragte sie ihren Schwiegervater unvermittelt.

Wilhelm hob die buschigen Brauen. Sie konnte ihm ansehen, dass er noch einiges mehr zu berichten hatte, aber er hielt sich zurück. »Um ehrlich zu sein, bin ich noch nicht dazu gekommen. Ich glaube, in den letzten Wochen habe ich nie wirklich eine ruhige Minute gehabt, und wenn ich abends endlich im Bett lag, bin ich sofort eingeschlafen.«

»Mir ging es ganz ähnlich«, erwiderte Marle und nahm seine Hand. »Aber ich war viel zu beschäftigt, um mich zu fürchten.«

Wilhelm drückte ihre Hand. »Nun, dann schenke ich dir meine Freude und übernehme deine Furcht.«

Wenn das nur so einfach wäre, überlegte Marle.

Laut sagte sie: »Du bist ein Schatz. Aber das ist nicht nötig. Du sollst glücklich werden auf der Insel.«

»Du doch auch.«

Sie zuckte mit den Schultern. »Ich komme schon klar.«

Das war nicht genug, und sie wussten es beide, aber mehr hatte sie im Moment nicht anzubieten.

• • •

Eine Weile schwiegen sie einträchtig, während die Fähre langsam an Geschwindigkeit zulegte. Um sie herum herrschte fröhliches Treiben. Kinder liefen über das Deck und mussten von ihren Eltern ermahnt werden, vorsichtig zu sein. Familien planten ihre Aktivitäten auf der Insel, junge Paare tauschten verliebte Küsse, alte Leute saßen dicht nebeneinander und ähnelten einander, wie es nur nach vielen gemeinsam verbrachten Jahrzehnten möglich war.

Marle bemerkte, dass Wilhelms Blick ein Paar etwa in seinem Alter streifte. Schnell wandte er den Kopf ab, zog die Schultern ein winziges Stück hoch und schaute wieder auf das Wattenmeer hinaus.

Als er zu einer weiteren Rede ansetzte, schenkte sie ihm ihre volle Aufmerksamkeit. Wenn es ihm guttat, über Fakten zu reden, dann sollte er das tun.

In den vergangenen Jahren hatte sie vielleicht manchmal vergessen, wie groß der Verlust war, den ihr Schwiegervater erlitten hatte. Erst seine geliebte Ehefrau, dann sein einziger Sohn. Ihr eigener Kummer war ihr so mächtig erschienen, dass jeder andere dagegen abfiel. Diesen Fehler wollte sie nie wieder begehen.

»Siehst du?«, fragte er und deutete auf eine Stelle, wo das Wasser um einiges flacher war. Marle glaubte, den Meeresgrund darunter sehen zu können. »Das ist eine Sandbank. Du musst bedenken, dass Wangerooge wie alle ostfriesischen Inseln ursprünglich auch nur eine Sandbank war. Erst im Laufe vieler Tausend Jahre wurden die Eilande daraus, wie wir sie heute kennen.«

»Okay«, erwiderte Marle augenzwinkernd. »Hauptsache, wir bleiben nicht stecken. Sonst wär's vorbei mit unserem neuen Leben, bevor wir unser Ziel erreicht haben.«

Wilhelm schmunzelte. »Keine Sorge, Liebes. Die Sandbank liegt weit entfernt von der Fahrrinne. Es besteht überhaupt keine Gefahr.«

»Wenn du es sagst«, entgegnete Marle. »Aber ich gehe lieber mal etwas überprüfen.« Sie stand auf und lief zur Reling auf der anderen Seite. Dort sah sie nur tiefes Wasser, solange sie auch schaute, und sie kehrte lachend zu Wilhelm zurück. »In Ordnung, dann will ich dir mal glauben.«

Ihr Schwiegervater lachte ebenfalls.

Marle fragte: »Und aus so einer mickrigen Sandbank sind richtige Inseln entstanden?«

»Ja, das ist den Gezeiten zu verdanken. Dank Ebbe und Flut wurden Ablagerungen von Pflanzen und der Dung von Tieren angespült. Außerdem setzte sich Strandgut aller Art fest. Seetang, Schilf und Treibholz, Schneckenhäuser, Muscheln und Krebse.«

»Interessant«, sagte Marle, die im Augenblick lieber nicht so genau über Meeresfrüchte nachdenken wollte. Der Wellengang nahm tatsächlich zu, und in ihrem Magen rumorte es. Sie verstand allerdings nicht, wie zwei winzige Bissen Lachsbrötchen eine solche Wirkung haben konnten.

»Nach und nach entstanden die ersten Dünen, kleine Salzpflanzen festigten mit ihrem Wurzelwerk den Boden, und … Marle, was ist los? Du bist ganz bleich.«

Sie zwang sich zu einem Grinsen. »Mir geht es gut, erzähl weiter. Aber vielleicht kannst du ein paar Jahrtausende überspringen? Die Überfahrt soll eine Stunde dauern, nicht einen Monat.«

Wilhelm erwiderte ihr Grinsen mit einem schmalen Lächeln. »Ich langweile dich.«

»Überhaupt nicht. Aber mich interessiert, wie Wangerooge heute so ist.«

»Nun«, sagte er schmunzelnd, »die Insel ist nach wie vor in Bewegung.«

Sie schnappte nach Luft. »Was? Bitte, Wilhelm, sag mir die Wahrheit. Werde ich auf einer Insel leben, die demnächst aufs offene Meer hinaussegelt?«

Er lachte leise. »Aber nein, Liebes. Früher war die sogenannte West-Ost-Drift sehr stark. Wind- und Meeresströmungen trugen im Westen Sand und Erde ab, während im Osten Land hinzugewonnen wurde. Tatsächlich mussten mehr als einmal die Siedlungen im Westen aufgegeben und im Osten wieder angelegt werden.«

Marle schaute ihn groß an, unentschieden, ob sie verängstigt oder belustigt sein sollte. »Und wo bitte ist das Haus, das du gekauft hast? Wird es überhaupt noch da sein, wenn wir ankommen?«

»Es steht im Norden«, sagte Wilhelm schnell. »Aber du musst dir deshalb wirklich keine Sorgen mehr machen. Inzwischen sorgen Deiche und Dünen dafür, dass Wangerooge unbeschädigt bleibt. Und ich habe auch gelesen …«

Sie hob die Hand, um ihn zu unterbrechen. »Ich …

glaube, mir wird jetzt doch ein kleines bisschen schlecht. Entschuldigst du mich bitte?«

Schon war sie aufgesprungen und drängte sich an den anderen Passagieren vorbei. Die Waschräume waren irgendwo auf dem Unterdeck. Sie hatte vorhin ein paar Hinweisschilder gesehen.

»Soll ich mitkommen?«, rief Wilhelm ihr nach.

Sie drehte sich noch einmal zu ihm um und schenkte ihm ein beruhigendes Lächeln.

»Nein, lass nur. Ich bin gleich wieder da.« Es war einfacher, sich allein den Weg zu bahnen, und sie wollte auch nicht, dass Wilhelm die steile Treppe hinabstieg, wenn es nicht unbedingt sein musste.

• • •

Nun, da Marle in Bewegung war, ließ die Übelkeit schlagartig nach, aber je näher sie dem Niedergang kam, desto schneller klopfte auf einmal ihr Herz. Sie achtete nicht weiter darauf, fand die Treppe, ging nach unten und verschwand in der Damentoilette.

Lange ließ sie sich kaltes Wasser über die Handgelenke laufen, wusch sich auch ein paarmal das Gesicht und trocknete sich mit Papiertüchern ab. Dann löste sie ihren Knoten und fuhr mit den Fingern durch ihr rotblondes Haar, bis es fröhlich und ein bisschen wild ihre Schultern umspielte.

Kritisch betrachtete sie ihr Spiegelbild. Wann waren bloß diese feinen Fältchen in den Augenwinkeln aufgetaucht? Und warum hatte sie vorher nie diese zwei Linien bemerkt, die ihre Mundwinkel nach unten zogen? Wieso schminkte sie sich nicht mehr? Wann hatte sie aufgehört, wenigstens eine deckende Tagescreme, etwas Mascara und Lipgloss zu benutzen?

Äußerst wichtige Fragen, fand Marle, kam aber auf keine zufriedenstellende Antwort. Außer vielleicht: Die Zeit war über sie hinweggeflogen, ohne dass sie es bemerkt hätte, und hatte einen Teil ihrer Jugend und ihr Selbstbildnis als Frau mitgenommen.

Sie zog ihrem Spiegelbild eine Grimasse und wunderte sich, woher auf einmal solche Fragen kamen.

Schließlich wandte sie sich ab und verließ den Waschraum. Ihr Unwohlsein war verflogen, was auch daran liegen mochte, dass die Fähre nun wieder ruhig vor sich hin tuckerte. Der Boden unter ihren Füßen schwankte nicht mehr, und Marle schickte sich an, wieder nach oben zu gehen.

Zu dumm nur, dass sie vorher ihren Blick einmal über das Unterdeck schweifen ließ. Fast alle Sitzreihen waren leer. Nur ganz vorn saß eine Gruppe Senioren, und hinten am Heck – quasi als Gegenpol – eine Clique von jungen Leuten.

Sie schienen bester Laune zu sein, denn sie schwatzten fröhlich durcheinander, lachten und legten sich gegenseitig die Arme um die Schultern. Auch der fremde Mann mit dem schwarzen Lockenkopf befand sich unter ihnen. Er hielt ein dunkelhaariges Mädchen im Arm und gab einem anderen einen Kuss auf den Scheitel.

Brennende Sehnsucht erfüllt Marle. Vielleicht nach diesem Fremden, vielleicht aber auch nur nach dem Zusammensein von Gefährten.

Früher einmal, in einem anderen Leben, da war sie mit Arbeitskolleginnen und Freundinnen ausgegangen und hatte fröhliche Feste gefeiert. Da hatte sie gelacht und getanzt, geflirtet und geküsst. Früher einmal war sie die lustige Marle gewesen. Die weite Blumenkleider trug, die für jeden Spaß zu haben war, die ein bisschen schusselig war und über sich selbst am lautesten lachen konnte.

Später dann war sie aus Liebe zu Konstantin ein ganzes Stück erwachsen geworden – ihr heiteres Naturell hatte sie sich jedoch bewahrt, und genau das war es auch gewesen, was er so an ihr bewundert hatte: ihre Fähigkeit, ihn nach einem langen, harten Tag in der Bank zum Lachen zu bringen.

Ausgerechnet hier, auf dem Unterdeck einer Fähre im Wattenmeer, wurde Marle bewusst, dass sie viel mehr verloren hatte als nur ihren geliebten Mann. Sie war auch sich selbst abhandengekommen.

Und plötzlich fühlte sie sich schrecklich. Was stand sie hier herum und starrte die lustige Truppe an? Hoffte sie etwa, der schöne Fremde würde sich aus der Umarmung seines Mädchens lösen, zu ihr gehen und sie einladen, sich ihnen anzuschließen?

Verrückt! Sie musste verrückt geworden sein, anders war ihr Verhalten nicht zu erklären.

Marle bohrte ihre Fingernägel in die Handflächen und drehte sich entschlossen weg. Doch sie hatte noch keine zwei Schritte in Richtung Treppe gemacht, als sie hinter sich seine Stimme hörte.

»Ciao, bella! Bist du auf der Flucht vor den Möwen?«

Sie erstarrte. Ciao, bella? Zu ihr? Und wieso duzte er sie einfach? Und das Gelächter, das jetzt aufbrandete – musste er sie wirklich noch einmal vor seinen Freunden lächerlich machen?

Plötzlich stieg Wut in ihr auf und verscheuchte jegliches Gefühl von Sehnsucht und Melancholie. Marle drehte sich um, ging langsam auf die hintere Sitzreihe zu, blieb einen Meter vor dem Fremden stehen. Der hatte inzwischen seine Freundin losgelassen und empfing Marle mit einem amüsierten Grinsen.

Sie zwang sich, ihm nicht in die Augen zu schauen. Auf keinen Fall durfte er noch einmal Macht über sie gewinnen.

»Sie sind ungehobelt, schlecht erzogen und gemein«, sagte sie, so ruhig es ihr möglich war. »Sie sollten sich was schämen. Ein erwachsener Mann, der sich wie ein Teenager aufführt, ist einfach nur erbärmlich.«

Das Lachen in der Gruppe wuchs noch an, jemand sagte: »Das hast du nicht besser verdient, Tiziano.«

Marle hielt die Lider gesenkt.

»Vielleicht schauen Sie mich wenigstens an, wenn Sie mich beleidigen«, schlug er vor. Seine Stimme klang jetzt ausgesprochen kühl.

Marle dachte gar nicht daran. »Sie haben damit angefangen.«

»Recht hat sie«, sagte jemand anders.

Auf einmal stand ihr Schwiegervater hinter ihr. Marle merkte es zunächst an der Reaktion der jungen Leute. Alle richteten sich auf und strafften die Schultern.

Nur eine vornehme Erscheinung wie Wilhelm Severin konnte solche Reaktionen auslösen. Selbst der Fremde namens Tiziano wirkte beeindruckt.

»Ist alles in Ordnung, Marle?«, fragte Wilhelm sanft und trat neben sie. »Du bist lange nicht wiedergekommen.«

Sie hakte sich bei ihm ein. »Es geht mir gut. Ich habe mich nur ein bisschen unterhalten.«

»Verstehe. Ich fühle mich schuldig, weil ich dir offenbar so viel Angst eingejagt habe.«

»Ach was. Das war bloß die Schaukelei. Aber du hättest dir die steile Treppe ersparen sollen.«

Er lachte. »Du vergisst wohl, wo wir herkommen. So ein paar Stufen können mich nicht schrecken.«

Sie strahlte ihn von der Seite an. »Stimmt.«

In diesem Augenblick liebte sie ihn mehr denn je. Er sprach, als hätte auch seine Schwiegertochter ihr Leben auf dem Süllberg verbracht.

Wilhelm nickte den jungen Leuten freundlich zu.

»Gehen wir wieder nach oben?«, fragte er Marle.

»Ja, sehr gern.«

Sie wollte sich schon umdrehen, als sie den Fehler beging, doch einmal kurz in die Augen ihres Widersachers zu blicken.

Wilde Freude regte sich in ihr, als sie spürte, wie ihre Seelen sich begegneten. In der nächsten Sekunde schaute sie weg, und die altbekannte Leere traf sie mit voller Wucht.

6. Kapitel

Ein kräftiger Schlag auf die Schulter ließ Tiziano zusammenzucken.

»Hey, Kumpel, mach dich locker. Der olle Admiral ist von Deck gegangen.«

Dazu lachte Sören brüllend los, und die Gruppe stimmte prompt in sein Gelächter ein. Sie alle hatten beim Anblick des alten aufrechten Herrn mehr oder weniger strammgestanden. Sie waren Mitte, Ende zwanzig und verfügten über ein gesundes Selbstbewusstsein. Aber einer solchen Persönlichkeit begegneten sie nicht alle Tage.

Sogar Jette, die Sekunden vorher wie frischer Pizzateig an Tiziano geklebt hatte, war ein Stück von ihm abgerückt und hatte den Rücken durchgebogen.

Unauffällig rieb Tiziano sich die Schulter. Sören vergaß manchmal, dass er stark wie ein Seebär war. Jetzt machte der Freund ein zerknirschtes Gesicht und ließ sich zusammen mit dem Rest der Clique wieder auf die Sitzbank fallen. Nur Jette blieb stehen.

Nachdenklich sagte Tiziano: »Ziemlich beeindruckend, der Typ.«

Alle nickten einmütig und lachten oder kicherten noch, beruhigten sich erst langsam.

»Ist bestimmt ein stinkreicher Schnösel, der unsere schöne Insel aufkaufen will.« Jette zog ihre glatte Stirn in angestrengte Falten. Sie war ein süßes, unkompliziertes Mädchen, und Tiziano war gern mit ihr zusammen. Nur manchmal wünschte er sich, sie wäre ein bisschen klüger und ein bisschen weniger anhänglich. Er unterdrückte ein Seufzen, als sie sich jetzt wieder an ihn kuschelte und ihm verliebt zuzwinkerte. Vielleicht ließ sie ja von ihm ab, wenn er sich zu Sören und den anderen auf die Sitzbank quetschte.

Fehlanzeige. Jette kletterte auf seinen Schoß und legte ihm die Arme um den Hals. Es fühlte sich an, als würden ihn zwei Schraubstöcke umklammern.

Tiziano zog angespannt die Brauen zusammen. Was war nur auf einmal los mit ihm? Bis vor ein paar Minuten hatte er ihre Gesellschaft genossen. Es war ihm noch nicht einmal unangenehm gewesen, als die anderen ihn neckten und fragten, wann denn die Hochzeitsglocken läuten würden.

Jette war bei der Frage dunkelrot geworden, und Sören hatte auf einmal einen glasigen Blick bekommen.

Tiziano stutzte und musterte seinen besten Freund aus den Augenwinkeln. Auch jetzt war dessen Blick schwer zu deuten. Über Jettes dunklen Scheitel hinweg versuchte Tiziano, Sören eine stumme Frage zu stellen. Bist du etwa eifersüchtig?

Aber der Freund starrte jetzt auf den abgewetzten Teppichboden und ignorierte ihn.

Verdammt!, dachte Tiziano. Der kleine Landausflug mit

seiner Clique sollte nicht mit einem Missklang enden. Gestern Abend hatten sie seinen dreißigsten Geburtstag gefeiert, und trotz aller Probleme in seinem Leben war es ein fröhliches Fest geworden. Zwar nur in einem Club in Wittmund, aber wenigstens nicht auf Wangerooge, wo jeder jeden kannte und wo alles, was er tat, sofort seiner Familie zu Ohren kam. Tiziano presste die Zähne aufeinander. Dreißig! Wurde es nicht endlich Zeit, sich gegen seinen Vater zu behaupten? Wie hatte die fremde junge Frau ihn eben genannt? Erbärmlich? Sie ahnte ja gar nicht, wie recht sie hatte.

Er dachte an den gescheiterten Plan, seinen Geburtstag in Bremen zu begießen. Im »Viertel«, wo ein Szenelokal am anderen lag, hätte er sich würdig von seinen Zwanzigern verabschieden können. Bloß wären mindestens eine, wenn nicht sogar zwei Übernachtungen nötig gewesen, und keiner seiner Freunde war in der Hauptsaison für ein ganzes Wochenende abkömmlich. Die meisten von ihnen arbeiteten in Hotels, Restaurants und Cafés. Wie er selbst ja auch. Papà Giuseppe hätte einen Tobsuchtsanfall gekriegt, wenn Tiziano von Freitag bis Sonntag verschwunden wäre.

So war nur Wittmund geblieben. Sie hatten durchgemacht, ausgiebig gefrühstückt und waren dann am Strand von Harlesiel einer nach dem anderen eingeschlafen. Inzwischen war es früher Nachmittag. Sie waren verkatert, aber bester Stimmung.

Einzig Tiziano bemerkte, wie seine Laune schlechter und schlechter wurde. Am liebsten hätte er Sören beiseitegenommen und ihm gestanden, dass er nicht wegen des alten Herrn so erstarrt war, sondern wegen der überwältigenden Frau. Mit Jette auf dem Schoß natürlich ein unmögliches Unterfangen.

Schon vorhin am Anleger war sie ihm aufgefallen. Nicht nur, weil ihr dieses Malheur mit dem Brötchen passierte. In der Sekunde, in der sie sich wütend zu ihm umgedreht hatte, war es ihm so vorgekommen, als befände er sich schlagartig auf hoher See und nicht auf dem festen Pier von Harlesiel. So heftig war sein Schwindelgefühl gewesen, dass er es nur mit ein paar unfreundlichen Bemerkungen hatte überspielen können.

Dabei war die Frau gar nicht besonders hübsch. Nicht im Geringsten entsprach sie seinem Schönheitsideal. Tiziano mochte kleine, rundliche, dunkelhaarige Mädchen.

Marle hingegen – so hatte der Admiral sie eben genannt – war groß, fast so groß wie Tiziano selbst, und klapperdürr. Die Haare konnten sich nicht entscheiden, ob sie rot oder blond sein wollten. Ihre Gesichtszüge waren zwar harmonisch, aber auch nicht übermäßig reizvoll.

Was ihn dagegen so getroffen hatte, war ein Blick in ihre großen runden Augen. Auch hier herrschte eher Chaos vor statt einer klaren Farbe. Grau? Grün? Ein bisschen von beidem? Doch auch dieser Mix hatte nicht den Ausschlag gegeben. Es war die Tiefe darin. Das waren die Augen eines Menschen, der großes Leid erfahren hatte.

Woher Tiziano das wusste, vermochte er nicht zu sagen. Es war eher ein instinktives Erfassen denn ein echtes Erkennen.

Als er an Bord gegangen war, hatte er gehofft, die

Fremde wäre bloß eine Tagestouristin und er würde sie niemals wiedersehen. Zugleich hatte er sich nichts sehnlicher gewünscht, als noch einmal in diese Augen zu schauen. Und als sie dann eben aus den Waschräumen gekommen war, hatte er sich wieder nicht beherrschen können.

Ihr Haar war ihr offen auf die Schultern gefallen, wodurch sie jünger gewirkt hatte als vorhin auf dem Pier. Ihre Bewegungen jedoch waren die einer alten, müden Frau gewesen, und das hatte er nicht ertragen können.

Auf einmal hatten Welten zwischen ihnen gelegen, und Tiziano war nichts Besseres eingefallen, als ihr einen dummen Spruch zuzurufen, damit sie herüberkam in seine Welt.

Ihre Augen hatten vor Zorn gefunkelt, und ihre Worte waren scharf und verletzend gewesen. Dennoch hätte er noch Stunden mit ihr so dastehen können, versunken in ihren Anblick, obwohl sie ihn nicht einmal anschaute.

Ihr Großvater – Tiziano ging einfach davon aus, dass es sich bei dem imponierenden alten Mann um ihren Großvater handelte – hatte ihrem kleinen Streit dann ein Ende bereitet, was Tiziano zutiefst bedauerte.

Aber als sie ihn schließlich doch einmal ansah, ganz kurz nur, oder eine Ewigkeit lang, da wusste er, sie hätte ihm kein größeres Geschenk machen können. In diesem Moment waren ihre zwei Welten miteinander verschmolzen, und er hatte einen Frieden in sich gespürt, den er noch nie erfahren hatte.

Nun war sie fort, und er fühlte sich innerlich wie zerrissen.

Jette knabberte an seinem Ohrläppchen, und Tiziano

zwang sich, ruhig und liebevoll zu handeln. Er löste ihre Arme von seinem Hals, was ihn einige Anstrengung kostete, stand auf und schob sie von seinem Schoß auf die Sitzbank. Dort rückte Sören sofort näher an sie heran, während Jette einen Schmollmund zog.

»Was hast du denn?«

»Nichts«, log Tiziano. »Ich brauche nur ein bisschen frische Luft. Eins von den dreißig Bierchen gestern war wohl schlecht.«

Er grinste dazu, aber Jette ging nicht darauf ein.

»Du hast bloß genug von mir.« Sie mochte nicht die klügste Frau sein, aber dumm war sie auch nicht. Instinktiv erfasste sie, was in ihm vorging.

»Nein«, erwiderte er so sanft, wie es ihm möglich war. »Ich will nur ein paar Minuten für mich haben.«

»Lügner! Du bist scharf auf diese Tussi mit den komischen Haaren. Wir haben alle gemerkt, wie du sie angestarrt hast.«

Jette blickte in die Runde der Freunde. Einige grinsten, andere, vor allem die Mädchen, zuckten mit den Achseln. Tiziano hielt es nie lange mit einer Frau aus – das war allgemein bekannt.

Es hatte nur eine einzige ernsthafte Beziehung in seinem Leben gegeben, und die lag schon bald zehn Jahre zurück. Damals war ihm das Herz gebrochen worden, und er hatte nie mehr die Absicht gehabt, sich noch einmal so zu verlieben.

Normalerweise konnte er mit dieser Erklärung gut leben, half sie ihm doch, sich mit gutem Gewissen aus Beziehungen zu lösen, die ihm zu eng wurden. Doch im Moment fühlte er sich wie der letzte Mistkerl.

»Ich bin gleich zurück«, versicherte er, wandte sich ab und ging mit langen Schritten los. Er kam bis zur Treppe, bevor Jette ihn einholte.

Ihre Hand krallte sich um seinen Unterarm.

»Jetzt warte doch mal!«

Tiziano ergab sich in sein Schicksal und drehte sich zu ihr um. Zu seinem größten Erschrecken stellte er fest, dass er nichts mehr für sie empfand. Wie war das möglich? Noch vor ein paar Minuten war er davon überzeugt gewesen, dass er gern mit ihr zusammen war. Jette brachte ihn zum Lachen, Jette war anschmiegsam, Jette nervte ihn nicht mit zu vielen Forderungen. Über den Scherz mit den Hochzeitsglocken hatte sie am lautesten gelacht – trotz ihrer roten Wangen.

Verwirrt strich er sich eine Locke aus der Stirn. Was geschah mit ihm? Wie konnte ein Gefühl von Sympathie und Zuneigung sich so schnell in dieses absolute Vakuum auflösen?

Ihm kam der schreckliche Verdacht, dass er vielleicht vergessen hatte, wie das ging, jemanden zu lieben. Dann jedoch dachte er an die bezaubernde Marle, und er wusste, diese Fähigkeit schlummerte noch in ihm – nur gut versteckt unter den Erfahrungen von vielen unbedeutenden Affären.

Jettes Griff wurde fester. »Hallo? Tiziano? Bist du noch da?«

Er riss sich zusammen und konzentrierte sich auf seine

Freundin. »Entschuldige. Zwei Stunden Schlaf am Strand waren einfach zu wenig. Ich bin wahrscheinlich bloß müde.«

»Rede keinen Stuss. Wir haben alle kaum gepennt. Aber bevor diese Fremde auftauchte, warst du völlig normal.«

Ihm fiel kein Argument dagegen ein, also schwieg er.

»Schon vorhin auf dem Pier warst du auf einmal so komisch. Das war dieselbe Frau, oder? Die mit den Möwen?«

Er nickte. Sinnlos, etwas zu leugnen.

»Und du hast dich Knall auf Fall in die verliebt? DU?«

»Quatsch!«

Jette ließ ihn endlich los und stemmte wütend die Fäuste in die Hüften. »Hältst du mich für blöd? Seit du diese Frau gesehen hast, existiere ich nicht mehr für dich.«

Ihre Stimme überschlug sich, und er betete im Stillen, sie würde jetzt nicht in Tränen ausbrechen. Er hasste Szenen, aber er hasste auch sich selbst, weil er ein nettes Mädchen verletzte.

Zum Glück bekam sie ihre Gefühle in den Griff. Sie schluckte, atmete ein paarmal tief ein und aus und meinte schließlich: »Ich habe ja gewusst, dass es mit uns nicht lange dauern kann, aber – verflucht, Tiziano – drei Wochen? Nach drei Wochen willst du mich schon abservieren? Ich bin doch keine Touristin, die du mal eben so nebenbei mitnimmst.«

Mit Touristinnen, hätte er sie gern berichtigt, blieb er selten länger als ein paar Tage zusammen. Manchmal sogar nur eine Nacht. Er zog es jedoch vor, den Mund zu halten. Außerdem war ihm dieser Lebensstil ja selbst zuwider geworden, je näher sein dreißigster Geburtstag gerückt war.

Eben deshalb hatte er sich mit Jette Prieks zusammengetan. Einer Bäckerstochter, die schon lange zu seinem Freundeskreis gehörte. Er hatte gedacht, diesmal könnte er es besser machen, und hatte bloß übersehen, dass er sich offenbar nicht von heute auf morgen ändern konnte.

Kaum sah er eine andere Frau, die ihn faszinierte, war es auch schon vorbei mit seinen guten Vorsätzen.

Jette blitzte ihn aus dunklen Augen an. »Hast du nichts zu sagen?«

In einer hilflosen Geste hob Tiziano die Hände. »Es tut mir leid. Ich habe dich wirklich sehr gern, aber …«

»Wenn das alles ist, dann halte bloß die Klappe! Erspar mir deine blöden Floskeln! Die kennen wir alle auf der Insel zur Genüge.«

»Was denn für Floskeln?«, fragte er und gab sich überrascht. In Wahrheit jedoch fühlte er sich ertappt.

Jette lächelte schmal. »Du bist eine wunderbare Frau, aber ich empfinde einfach nicht genug für dich, um weiterzumachen. Na, klingelt es?«

Tiziano schwieg betreten.

»Der Spruch hier ist auch berühmt: Ich wünschte so sehr, ich könnte dich lieben, aber meinem Herzen kann ich nichts befehlen.«

Ihm fiel beim besten Willen keine Entgegnung ein. Er hatte nicht gewusst, dass man im Freundeskreis die Sätze kannte, mit denen er am liebsten Schluss machte. Und ja, er musste zugeben, er hatte sie gut geübt.

»Einen habe ich noch«, sagte Jette kalt. »Ich bin nicht gut

genug für dich. Du hast einen besseren Mann als mich verdient.«

Sie tat, als würde sie sich den Finger in den Hals stecken. »Zum Kotzen, Tiziano! Also bitte, lass es gut sein. Ich gehe dann mal zu Sören. Der mag mich wenigstens wirklich.«

Schweigend sah er zu, wie sie zur letzten Sitzbank zurückkehrte. Hoffte sie, ihn eifersüchtig zu machen?

Wenn sie wüsste, dachte er bedrückt. Wenn sie nur wüsste, wie leid es mir tut und wie sehr ich ihr wünsche, glücklich zu sein.

Anstandshalber wartete er ab, bis Jette sich wieder neben Sören gesetzt hatte. Der Freund wirkte verwirrt, aber auch zufrieden. Es dauerte keine halbe Minute, bis er den Arm um Jettes Schultern gelegt hatte.

7. Kapitel

Endlich stieg Tiziano die Treppe nach oben. An Deck angekommen, widerstand er der Versuchung, nach der Frau zu suchen, die ihn so faszinierte. Er hatte Jette nicht angelogen. Er brauchte wirklich einen Moment für sich. So wandte er sich zum spitzen Bug, ging ganz bis nach vorn und ließ sich den kräftigen Wind um die Nase wehen. Seit mal ein verliebtes Paar beim Nachspielen der berühmten »Titanic«-Szene ins Wasser gefallen war, durften die Touristen sich hier nicht mehr aufhalten. Aber Tiziano kannte den Fährkapitän gut, und er wusste, man würde ihn in Ruhe lassen.

In der Ferne war bereits Wangerooge zu erkennen, ein schmaler Inselstreifen, der mit jeder Minute größer wurde.

Schon glaubte er, die wuchtigen, quadratischen Formen des Westturmes zu sehen, aber das war vermutlich nur Einbildung.

Tiziano vergrub die Hände in den Hosentaschen. Er wusste, es war albern, doch er fühlte sich wie ein Verurteilter, der nach kurzer Flucht ins Gefängnis zurückkehrte.

Dabei war die Insel ein hübsches Fleckchen Erde und zog jährlich Tausende und Abertausende Besucher an.

Nur er selbst, der seit seinem sechsten Lebensjahr hier wohnte, sehnte sich fort.

Weil er undankbar war, wie sein Vater Giuseppe ihm immer wieder vorhielt. Weil er ein Idiot war, wie sein Bruder Lorenzo sagte.

Einzig seine Mutter Rosanna hielt sich aus solchen Streitereien heraus, die in der Familie Carmaleonte an der Tagesordnung waren. Insgeheim stand sie auf Tizianos Seite, doch sie war auch eine Neapolitanerin alten Schlages. Niemals würde sie sich offen gegen ihren Ehemann stellen. Mit ihm war sie vor fünfundzwanzig Jahren in den hohen Norden gezogen. An seiner Seite hatte sie eine Existenz aufgebaut. Ihm zuliebe war sie in den ersten schweren Jahren nicht verzweifelt, als ihr die warme Sonne des Südens wie die Luft zum Atmen fehlte und als die wortkarge Art der Insulaner ihr natürliches Temperament in sich zusammenfallen ließ wie einen welken Salat.

Rosanna und Giuseppe blieben unzertrennlich. Auch, als ihre kleinen Söhne sich anpassten und mehr und mehr zu Deutschen wurden. Auch, als die Winterstürme auf Wangerooge sie um ihr Leben bangen ließen. Auch, als die deutschen Gäste eine köstliche neapolitanische Pizza verschmähten und stattdessen einen ganz anderen Teigfladen wollten – einen nach ihrem Geschmack. Zwei Finger dick und knusprig und nicht etwa nur mit Tomaten, Mozzarella und Büffelkäse und Basilikum belegt. Nein, sie verlangten nach Schinken und Salami, nach Muscheln und Krabben, nach Paprika und Ananas.

Ananas! Tiziano grinste unwillkürlich. An jenem Tag vor

vielen Jahren, als ein Gast es tatsächlich gewagt hatte, eine solche Pizza zu bestellen, da war Giuseppe Carmaleonte kreideweiß durch die Küche gewankt und hatte gesagt: »Das ist mein Tod.«

Der Familienvater überlebte jedoch den Vorfall und passte sich an. Pizza wurde gebacken, wie die Gäste sie wünschten, bei den Nudelgerichten regierte bald die Sahne. So wurde die Pizzeria »O Sole Mio« an der Oberen Strandpromenade rasch zu einem beliebten Restaurant für Einheimische und Touristen. Allerdings beobachtete Tiziano seit geraumer Zeit, dass manche Gäste bei einem Blick auf die Speisekarte die Nase rümpften. Einmal hatte er gehört, wie ein Mann zu seiner Freundin sagte: »Vollkommen retro. In Ostfriesland ist die Nachricht noch nicht angekommen, dass wir durchaus die echte italienische Küche schätzen.«

Genau, hatte Tiziano gedacht. Ganz genau. Aber jeder Versuch, mit seinem Vater darüber zu reden, wurde im Keim erstickt. Giuseppe hatte sich vor Jahren komplett umgestellt. Er panierte den Fisch und ertränkte ihn in Butter; er ließ den Risotto so lange köcheln, bis er eine weiche Pampe war. Nein, Giuseppe Carmaleonte würde es nicht schaffen, noch einmal ganz anders zu kochen.

Tiziano stieß einen leisen Fluch aus. So saßen sie in der Zwickmühle, und es war nur eine Frage der Zeit, bis die Gäste ausbleiben würden, weil sie keine Lust mehr auf Sahnebrei oder Pizza mit Ananas hatten.

Nicht einmal mit seinem Bruder hatte er bisher darüber reden können. Lorenzo war der perfekte Sohn; der ganze Stolz seiner Eltern, der Älteste, auf den sie sich jederzeit hundertprozentig verlassen konnten. Derjenige auch, der voll und ganz hinter den Entscheidungen des Vaters stand. Als Tiziano ihn im März darauf aufmerksam gemacht hatte, dass die Pizzeria seit Weihnachten kaum noch ausgebucht war, da hatte Lorenzo nur gelacht und ihm geraten, das Geschäftliche ruhig den Leuten zu überlassen, die etwas davon verstünden. Die Hauptsaison werde wie jedes Jahr alles rausreißen. Da hatte Tiziano die Zähne zusammengepresst und war zu einem langen Spaziergang bis zu den Seehundbänken im Westen der Insel aufgebrochen.

• • •

Ein großer Schwarm Wildenten flog über die Fähre hinweg, und Tiziano stellte sich vor, wie hinter ihm an Deck Smartphones gezückt wurden, um Videos zu drehen und Fotos zu machen. Ob diese fremde Frau wohl auch eine Naturliebhaberin war? Nein, dachte er. Wer Angst vor Möwen hatte, war wohl eher ein Stadtmensch.

Ein halbes Lächeln schlich sich in seine Mundwinkel, und er merkte, wie seine Stimmung sich hob – nur, weil er an diese besondere Frau dachte.

Marle. Ein schöner Name.

Doch schon im nächsten Moment kehrten seine Gedanken zu seiner Familie zurück, und erneut trübte sich seine Stimmung. Der perfekte Lorenzo. Manchmal glaubte Tiziano, er würde es keinen Tag länger aushalten, seinen Bruder ständig als leuchtendes Vorbild sehen zu müssen. Tiziano, der Zweitgeborene, konnte sich noch so anstrengen –

es war nie genug. Zumindest in den Augen seines Vaters war er ein Versager. Wunderte es da, dass er es inzwischen aufgegeben hatte, sich anzustrengen? Nach seiner letzten Diskussion mit Lorenzo hatte er kein Wort mehr gesagt, seinen Job gemacht und sich ansonsten von der Pizzeria ferngehalten. Doch er lebte, als tanze er auf einem Vulkan, und die vielen Bilder des Vesuvs, die im Gastraum hingen, machten die Sache nicht besser.

Sein Handy klingelte, und nach einem Blick auf das Display war er davon überzeugt, dass seine Mutter über telepathische Fähigkeiten verfügte.

»Figlio mio!«, rief sie. »Mein Sohn! Wann kommst du endlich zurück?«

Im Hintergrund hörte er die Geräusche des Mittagsbetriebes. Teller klapperten, Töpfe schlugen gegeneinander, jemand rief laute Anweisungen auf Italienisch.

»Hallo, Mamma«, sagte er und lächelte unwillkürlich. Rosanna hatte ihn immer vorbehaltlos geliebt. Sie stellte keine Forderungen an ihn, sie war niemals von ihm enttäuscht.

»Die Fähre legt in ungefähr zwanzig Minuten an«, sagte er. »Dann brauche ich noch die halbe Stunde mit der Inselbahn und den Fußweg. Warum?«

»Madonna mia!«

Tiziano stutzte. Wenn seine Mutter die heilige Madonna anrief, war irgendwas passiert.

»Was ist denn los?«

»Bei uns ist jeder Tisch besetzt, und Lorenzo ist nicht aufgetaucht.«

Es dauerte einen Augenblick, bis Tiziano die Neuigkeit begriffen hatte. Lorenzo? Verschwunden? Sein perfekter Bruder ließ die Familie im Stich? Mitten in der Hauptsaison?

Unmöglich!

»Hatte er einen Unfall?«

Das war die einzige Erklärung, die Tiziano einfiel. Lorenzo war leidenschaftlicher Kitesurfer. Rosanna stand regelmäßig Todesängste aus, und niemand konnte sie davon überzeugen, dass dies ein ganz normaler Sport war, der nur spektakulär aussah. Sie fand es unnatürlich, mit einem Brett und einem Fallschirm durch die Luft zu fliegen, und insgeheim gab ihr Tiziano recht.

»Nein!«, rief sie ins Telefon. »Er ist weg!«

»Wie ... weg«, sagte er dümmlich. Er war doch derjenige, der ständig verschwinden wollte und es auch regelmäßig tat. Nicht Lorenzo. Der konnte doch nicht einfach ihre Rollen vertauschen!

Seine Mutter seufzte auf. »Was sollen wir jetzt bloß tun? Wir haben nur Vicki als Aushilfskellnerin, und sie bringt jetzt schon alles durcheinander.«

Tiziano musste grinsen. Vicki, mit vollem Namen Victoria Michaelis, war eine Food-Bloggerin, die seit zwei Jahren auf Wangerooge lebte. Sie betrieb außerdem mit zwei Freundinnen ein Hotel mit wenigen Zimmern in einem alten Schulgebäude und fand trotzdem Zeit, an einigen Tagen in der Pizzeria zu arbeiten.

»Bitte reg dich nicht auf, Mamma«, bat er seine Mutter inständig. »Ich bin so schnell da, wie ich kann.«

Er wusste jedoch, dass dies nicht in seiner Macht lag.

Selbst wenn er vom Bahnhof aus rennen würde, würde er nach dem Mittagsbetrieb ankommen.

»Ja, bitte«, flehte sie. »Dein armer Vater schnauft schon wie ein Walross.«

Fast hätte Tiziano gelacht. Aber dann versicherte er seiner Mutter, er werde tun, was er könne, und legte auf.

• • •

Inzwischen erhob sich Wangerooge schon sichtbar vor ihm, dennoch musste er sich in Geduld üben.

Sein Herz jedoch flog voraus zu seiner Mutter. Er konnte nur hoffen, sie würde den Stress gut überstehen.

Rosanna hatte sein Leben lang auf seiner Seite gestanden – soweit es ihre Solidarität ihrem Mann gegenüber erlaubte.

So hatte sie früh erkannt, dass Tiziano klüger war als sein Bruder, und durchgesetzt, dass er Abitur machen und später studieren durfte. Er knirschte mit den Zähnen, als er dachte, wie glücklich er damals gewesen war. In Bremen hatte er ein ganz neues Leben anfangen wollen, fern der despotischen Herrschaft seines Vaters. Er hatte Jura studiert und war sicher, eine große Anwaltskarriere stünde ihm offen. Nur war nichts draus geworden, und als er das Studium abbrach und geschlagen heimkehrte, war ihm der Spott von Vater und Bruder sicher gewesen.

Mit fünfundzwanzig hatte er einen zweiten Anlauf unternommen und war nach Hamburg gegangen. Drei Jahre später war er wieder zurückgekehrt – diesmal nicht, weil er versagt hatte, sondern weil seine Mutter einen Unfall erlitten hatte und seine Hilfe brauchte. Sie war in der Küche zu schnell hin und her gerannt und schließlich über ihre eigenen Füße gestolpert. Der rechte Knöchel war gebrochen, und sie würde frühestens nach sechs Wochen wieder arbeiten können. So hatte Tiziano seine eigenen Träume hintangestellt und angefangen, wie früher in der Pizzeria zu arbeiten. Als Küchenhilfe wie seine Mutter, als Kellner, als Mädchen für alles.

Inzwischen war Rosanna Carmaleonte wieder ganz die Alte, nur manchmal hinkte sie ein wenig nach einem besonders langen Tag. Manchmal drängte sie Tiziano dazu, noch einmal fortzugehen. Er könne niemals froh werden auf Wangerooge. Er sei anders als Lorenzo. Er mache nur deshalb all diese Mädchen unglücklich, weil er selbst so verzweifelt sei.

Ja, Rosanna kannte ihren Jüngsten ziemlich gut. Doch Tiziano brachte es nicht fertig, einen dritten Neuanfang zu wagen.

Basta!, befahl er sich selbst. Es half nichts, ständig über sein verfahrenes Leben nachzugrübeln. Er musste die gegenwärtige Krise bewältigen – seiner Mutter zuliebe.

Während hinter ihm an Deck nun Unruhe entstand, weil erste Passagiere sich bereit zum Aussteigen machten, rief Tiziano bei seinem Bruder an. Er hatte nicht erwartet, dass Lorenzo tatsächlich antworten würde, deshalb schwieg er überrascht, als sein Bruder sich nach zweimaligem Klingeln meldete.

»Was willst du, Kleiner?«, fragte Lorenzo ungehalten. »Und mach's kurz, ich bin beschäftigt.«

»Womit denn?«, fragte Tiziano. »Und wieso hast du Mamma und Papà im Stich gelassen?«

»Fragt der Richtige!«, schoss Lorenzo zurück, ohne auf die Fragen einzugehen.

Tiziano bemühte sich um Gleichmut. »Hör mal, hätte ich gewusst, dass du heute Mittag was vorhast, wäre ich mit der ersten Fähre zurückgekommen. Warum hast du nicht einfach Bescheid gegeben?«

»Damit du mit dem Kater deines Lebens in der Küche noch mehr Unheil stiftest als sonst? Du bist ja schon nüchtern nicht fähig, Gemüse zu schneiden, ohne dir den halben Finger abzuhacken.«

Tizianos Gleichmut geriet ins Wanken, doch er sagte nichts. Vor ein paar Wochen hatte er sich tatsächlich einmal in den Finger geschnitten. Aber die Wunde war nicht besonders tief gewesen, und schuld war nur das stumpfe Messer gewesen. Außerdem war es manchmal schwierig, sich dumm anzustellen, damit seine Familie bloß keinen Verdacht hegte.

»Du musst nicht gleich eingeschnappt sein, Kleiner.« Lorenzo lachte ein raues Lachen. »Finde dich damit ab, dass du niemals an mich heranreichen wirst. Du bist und bleibst ein hoffnungsloser Fall.«

Erneut schwieg Tiziano. Sein Bruder wusste nicht, was er da sagte. Auch auf den spöttischen Spitznamen »Kleiner« ging er nicht ein. Tiziano war seit der Pubertät einen halben Kopf größer als Lorenzo.

Er atmete einmal tief ein und aus, dann gleich noch einmal. Schließlich sagte er freundlich: »Kannst du nicht schnell runtergehen und noch helfen? Mamma klang eben sehr verzweifelt. Papà dreht schon durch, und Vicki schafft es nicht allein, die Gäste zu bedienen.«

Lorenzo wohnte in der Mansarde über der Pizzeria, während die Eltern im ersten Stock lebten. Nur Tiziano hatte sich aus dem Haus und dem engen Familienleben regelrecht befreit, als er sich eine eigene Wohnung im Ort genommen hatte.

Im nächsten Moment fiel ihm ein, wie dumm die Frage war. Bestimmt hatte Rosanna als Erstes in der Mansarde nachgesehen.

Lorenzo räusperte sich umständlich, bevor er entgegnete: »Unmöglich. Ich bin nicht zu Hause.«

»Wo bist du dann?«

»Geht dich nichts an, Kleiner. Ciao.«

Damit beendete sein Bruder das Gespräch und ließ Tiziano mit mehr Fragen als vorher zurück.

Seit wann fehlte Lorenzo unentschuldigt bei der Arbeit? Seines Wissens war das nur einmal vorgekommen. Irgendwann im Winter, als Lorenzo von seiner Verlobten verlassen worden war. Silvana war eine temperamentvolle Frau aus Neapel gewesen, die sich auch nach mehreren Jahren im Norden nie wirklich wohlgefühlt hatte. Schließlich war sie in die Heimat zurückgekehrt. Damals hatte sich Lorenzo einen Tag lang in seiner Wohnung eingeschlossen und auf keine Anrufe und kein Klingeln reagiert. Als er wieder aufgetaucht war, hatte er so getan, als wäre nichts passiert, und war zur Tagesordnung übergegangen.

Nie wieder hatte er ein Wort über die Angelegenheit verloren, und Rosanna war wochenlang todunglücklich gewesen, weil die für das Frühjahr geplante große Hochzeit abgesagt werden musste.

Giuseppe hatte sich aus allem rausgehalten. Tiziano hatte ein paarmal versucht, mit seinem Bruder zu reden. Er verstand ihn vielleicht am besten, war ihm doch vor Jahren selbst das Herz gebrochen worden. Lorenzo jedoch war unnahbar gewesen und hatte ihm erklärt, er solle sich gefälligst um seinen eigenen Kram kümmern. Dabei hatte er einen schwer verbitterten Eindruck auf Tiziano gemacht.

Nachdenklich fuhr er sich durchs Haar. Wenn er jetzt so darüber nachdachte, hatte sich Lorenzo seit damals verändert. Es war ihm bloß nie so aufgefallen, weil er sich selten mit seinem älteren Bruder beschäftigte. Und doch: Lorenzo war stiller geworden, wirkte oft in sich gekehrt und sehr nachdenklich. Aber dass er einfach so seine Pflichten vernachlässigte? Nein, das passte trotzdem nicht.

Als die Fähre im Inselhafen anlegte, war Tiziano kein bisschen klüger.

8. Kapitel

Einer nach dem anderen verließen die Passagiere die Fähre und sammelten sich auf der langen Kaimauer. Ein Stück entfernt wartete bereits die historische Inselbahn, die sie alle in den Ort bringen würde. Ein paar Touristen hatten auf der vorgelagerten Sandbank schon vom Schiff aus eine kleine Gruppe Kegelrobben entdeckt. Nun hockten sie sich am äußersten Ende der Kaimauer hin, um Bilder zu schießen.

Unwillkürlich suchte Tiziano unter den Hobbyfotografen nach der schönen Fremden, konnte sie aber nirgends entdecken. Sofort schimpfte er sich einen Idioten. Er sollte im Moment wirklich Wichtigeres im Kopf haben als einen Flirt mit einer Touristin.

Ein Teil von ihm wehrte sich gegen diesen Gedanken. Diese Frau mit der ungewöhnlichen Haarfarbe war etwas Besonderes. Das spürte er.

Dennoch.

Er hatte sich gerade erst von Jette getrennt. Was sagte es über ihn aus, wenn er sich gleich mit der nächsten Frau einlassen wollte?

Definitiv nichts Schmeichelhaftes. Noch vor einem Jahr,

oder gar vor ein paar Monaten, hätte er sich keine Fragen dieser Art gestellt.

Vielleicht war ja an der Zahl dreißig etwas dran. Vielleicht wurde er langsam erwachsen, wie es ihm sein Vater immer mal wieder voller Verachtung vorschlug.

Tiziano lachte einmal kurz und bitter auf.

Schließlich verließ er als einer der letzten Passagiere die Fähre, betrat die Kaimauer und sah sich nach seinen Freunden um.

Sören, Jette und die anderen strebten dem ersten Waggon zu. Klar, für sie war diese Fahrt ungefähr das Gleiche wie für einen Berliner eine Fahrt mit der U-Bahn. Sie bestaunten weder die rote Lokomotive noch die blau-weißen Eisenbahnwagen. Sie stießen keine entzückten Schreie über fluffige Robbenbabys aus und standen auch nicht mit ausgebreiteten Armen da und sogen die gute Luft tief in ihre großstadtgeschädigten Lungen. Sie waren Kinder der Insel, und sie waren nach der durchfeierten Nacht immer noch müde. Sie wollten nur schnell Sitzplätze ergattern und dann noch ein Nickerchen machen.

Tiziano lenkte seine Schritte bereits in Richtung des Waggons, blieb jedoch auf halbem Weg schlagartig stehen. Es war anzunehmen, dass er dort nicht sonderlich willkommen war. Vermutlich hatte Jette kein gutes Haar an ihm gelassen, und ihm stand nicht der Sinn nach bösen Blicken oder Vorwürfen.

Als er sich schon abgewendet hatte, um sich woanders einen Platz zu sichern, hörte er schnelle Schritte hinter sich. Bevor er reagieren konnte, bekam er den zweiten heftigen

Schlag innerhalb einer halben Stunde auf die Schulter verpasst.

Tiziano stöhnte auf. Wenigstens hatte Sören diesmal die andere Schulter gewählt.

»Du willst mich wohl umbringen«, knurrte er.

Sören grinste. »Sorry, Kumpel. Habe dich mit ’nem Monsterkabeljau verwechselt.«

Sören war der jüngste Spross einer alteingesessenen Fischersfamilie und fuhr mit seinem Vater auf einem der letzten Krabbenkutter.

Tiziano rieb sich die schmerzende Stelle. »Danke auch. Mit einem Kabeljau hat mich wirklich noch nie jemand verwechselt.«

»Wäre aber mal eine Idee. Dann würdest du vielleicht öfter die Klappe halten.« Sörens Grinsen verschwand aus seinem gutmütigen Gesicht. »War das nötig? Jette ist stinksauer auf dich. Du bist nämlich ein billiger italienischer Aufreißer, auf den keine anständige Frau reinfallen sollte.«

»Dann doch lieber ein Fisch«, murmelte Tiziano. Bei sich dachte er: Das ist gut. Wenn Jette wütend ist, dann ist sie nicht allzu traurig.

Als hätte er seine Gedanken erraten, fuhr Sören fort: »Ich hatte eigentlich gedacht, sie würde sich die Seele aus dem Leib heulen. Aber die ist einfach nur stinkig, und als wir eben ausgestiegen sind, hat sie auch schon wieder gelacht.«

»Gelacht? Wirklich?« Ein kleines bisschen war Tiziano nun in seiner männlichen Ehre gekränkt, obwohl er sich sagte, er könne froh sein, wenn er so glimpflich aus der Sache rauskam.

»Und ob. Da lief ihr nämlich diese rotblonde Schönheit über den Weg, und Jette hat sie so richtig giftig angezischt. Die ist fast von der Gangway gefallen.«

»Verdammt!« Somit war klar, dass er die faszinierende Frau nicht mehr wiedersehen durfte. Eine weitere Begegnung konnte nur peinlich werden.

»Aber das ist noch nicht alles, Kumpel.« Sören feixte wieder, und das ließ nichts Gutes ahnen. »Zufällig stand ich direkt neben Jette und habe genau gehört, was sie gesagt hat.«

Zufällig, dachte Tiziano. Wer's glaubt. Bestimmt blieb der Freund ganz bewusst an Jettes Seite. Konnte ja möglich sein, dass sie sich aus ihren Gefühlen für Tiziano wie eine prächtige Nordseescholle aus einem Schleppnetz befreite und dann erkannte, was für ein toller Kerl dieser junge Fischer war.

Tiziano schwieg jedoch und wartete darauf, dass Sören weitersprach. Der Freund legte eine kunstvolle Pause ein, hielt es dann aber selbst nicht länger aus: »Jette hat ihr gesagt, sie solle gefälligst die Finger von ihrem Mann lassen.«

»Was?« Tiziano starrte Sören an.

»Hast schon richtig gehört. Sie hat dich mal eben schnell geheiratet.«

»Das ist jetzt ein Witz, oder?«

»Nö, Kumpel. Unterschätze niemals die Rachegelüste einer Frau.«

»Aber sie kann doch nicht einfach solche Lügen verbreiten.«

»Kann sie. Hat sie. Und anschließend hat sie sich halb schlapp gelacht.«

Wut stieg in Tiziano auf, und er musste sich mit aller Kraft zurückhalten. Zu groß war sein Verlangen, zu Jette zu laufen und ihr ordentlich die Meinung zu sagen.

Sören packte ihn am Arm. »Du siehst aus, als wolltest du sie umbringen. Lass gut sein, Kumpel. Ich kümmere mich darum. Jette wird sich schon wieder einkriegen, und du hast ja sowieso nicht vor, schon wieder was mit 'ner Touristin anzufangen, oder? Gestern Nacht hast du hoch und heilig geschworen, dass du von nun an ein erwachsenes Leben führen willst.«

»Hab ich das?«

»Jo. Hattest ein paar Biere und Schnäpse intus, hast aber ganz nüchtern geklungen. Jette hat dir das sogar abgekauft, wir anderen eher weniger. Aber ich dachte mir, vielleicht meinst du es diesmal ernst.«

Sören war normalerweise nicht der Typ für lange Reden, und Tiziano begriff, er wollte ihn so lange zutexten, bis seine Wut verraucht war.

»Ist schon gut«, sagte er und lockerte seine Nackenmuskeln, die er unbewusst angespannt hatte. »Das war gemein von Jette, aber ich lasse sie mal lieber in Ruhe. Wahrscheinlich habe ich es sowieso nicht besser verdient.«

»Kluger Kabeljau!« Sören hob den Arm, aber Tiziano duckte sich weg, bevor der Freund noch einmal zuschlagen konnte.

»Geh schon«, sagte er zu ihm. »Wir sehen uns später. Vielleicht auch erst morgen. Zu Hause gibt es Stress.«

»Den gibt es bei dir ja immer«, erwiderte Sören, wandte sich ab und strebte mit langen Schritten dem ersten Waggon zu.

Tiziano drehte sich einmal um die eigene Achse und entdeckte schließlich einen rotblonden und einen weißen Haarschopf am Gepäckwagen. Der Admiral schien mit einem der Bahnangestellten zu diskutieren, während die junge Frau offenbar versuchte, ihn wegzuziehen. Neugierig ging Tiziano näher heran.

Den Angestellten kannte er nur vom Sehen, so wie alle Insulaner flüchtig miteinander bekannt waren. Aber er musste grinsen, als er sah, dass dieser Mann genauso strammstand wie vorhin er selbst und seine Freunde. Dennoch blieb der Bahnangestellte hart.

»Nein. Ich wiederhole: Sie dürfen den Gepäckwagen nicht betreten. Aber ich versichere Ihnen, dass keiner Ihrer sechs Koffer verloren gegangen ist. Davon können Sie sich gleich nach unserer Ankunft am Bahnhof persönlich überzeugen.«

Sechs Koffer, dachte Tiziano überrascht. Tagestouristen waren das schon mal nicht. Aber selbst wer eine vierwöchige Kur antrat, hatte normalerweise nicht so viel Zeug dabei. Wahrscheinlich war die junge Frau eine verwöhnte Göre, die für jeden Tag ein anderes Kleid brauchte.

Obwohl – so einen Eindruck machte sie eigentlich nicht auf ihn. An diesem Reisetag war sie jedenfalls schlicht gekleidet, während der Admiral an Stil und Eleganz kaum zu überbieten war.

»Und wer garantiert mir, dass auf der Bahnfahrt nichts verloren geht?«, fragte der Admiral scharf.

»Normalerweise werden bei uns keine Gepäckstücke aus dem Fenster geworfen. Zumal wir durch den Nationalpark Wattenmeer fahren.«

»Wir fahren über Wasser?«, warf die rotblonde Schönheit ängstlich ein.

Tiziano sah, dass der Mann langsam überfordert war, und mischte sich ein.

»Nein, keine Sorge. So heißt nur das ganze Gebiet. Die Bahnfahrt verläuft auf Schienen und führt durch die Salzwiesen.«

Sie wirbelte herum, starrte ihn an, und für den Bruchteil einer Sekunde war da ein Feuer in ihren Augen, das all seine Sinne auflodern ließ. Dann senkte sie den Blick und wandte sich abrupt hab.

»Danke für die Auskunft. Komm, Wilhelm. Lass uns einsteigen.«

Wie vom Donner gerührt stand Tiziano da. Sein Puls raste, sein Gesicht fühlte sich heiß an. In seinem ganzen Leben hatte noch keine Frau eine solche Wirkung auf ihn gehabt. Nicht einmal Susanne, damals in Bremen, in die er sich rettungslos verliebt hatte und die ihn erst betrogen und dann verlassen hatte.

Sämtliche Passagiere waren nun eingestiegen, die Inselbahn würde gleich losfahren – nur er stand einsam und ratlos auf der Kaimauer.

Dieser Blick!

Er hatte das Gefühl gehabt, in ihren graugrünen Augen zu versinken. Obwohl sie ihn wütend anfunkelte – was nicht zuletzt Jette zu verdanken war –, schien es ihm erneut, als würden ihre beiden Welten zu einer einzigen zusammenfinden.

Bis sie sich abgewandt hatte und mit ihrem Großvater in einen der hinteren Waggons eingestiegen war.

Er hatte darauf gewartet, dass sie sich noch einmal umdrehte oder dass sie aus einem Fenster zu ihm hinausschaute.

Nichts.

Endlich normalisierte sich sein Puls, und Tiziano beeilte sich, noch in den Zug zu kommen.

Er wählte den Waggon in der Mitte, weit genug weg von Jette auf der einen und der fremden Frau auf der anderen Seite.

Marle.

Tiziano ließ sich auf einen Sitz fallen und schaute nach draußen. Alle Besucher, die zum ersten oder auch zum wiederholten Mal nach Wangerooge kamen, genossen den traumhaften Ausblick auf den Hafen, den Leuchtturm und den mächtigen Westturm.

Die Salzwiesen waren von unnachahmlicher Schönheit, und der Himmel wölbte sich groß und weit über dieser spektakulären Landschaft.

Nur Tiziano sah nichts davon. Nicht nur, weil der Anblick zu seinem Alltag gehörte. Wo er auch hinschaute, erblickte er Marle. Ihre hohe Gestalt, der schlanke, fast magere Körper, die rotblonden Haare, die sich vorwitzig aus einem Knoten gelöst hatten … Er wünschte sich, einfach durch den Gang nach hinten zu laufen, wo sie mit ihrem Großvater saß, und ihr sanft eine Strähne hinters Ohr zu streichen.

Die Zeit verstrich quälend langsam, im nächsten Augenblick schien sie zu rasen. Er wusste: Nach dieser Bahnfahrt würde ihn nichts mehr mit Marle verbinden. Vielleicht würde er sie nicht mal mehr wiedersehen. Wangerooge war zwar nicht groß, trotzdem traf man sich nicht so leicht zufällig. Und diese Frau würde es bestimmt vermeiden, ihm zu begegnen. Sie hielt ihn ja nicht nur für erbärmlich, sondern mittlerweile auch für verheiratet. Falls sie Jettes Behauptung geglaubt hatte.

Tiziano rollte mit den Schultern. Erneut hatte sich seine Nackenmuskulatur angespannt.

•••

Schließlich kam der Ort Wangerooge in Sicht. Hier wurde das Panorama von dem alten Leuchtturm dominiert, der direkt neben dem Bahnhof stand.

Das historische Bauwerk aus der Mitte des neunzehnten Jahrhunderts diente heute als Heimatmuseum. Jedes Mal, wenn Tiziano von einem Besuch auf dem Festland auf die Insel zurückkehrte und diesen Leuchtturm sah, stiegen alte, böse Erinnerungen in ihm hoch.

Als kleiner Junge hatte er sich vor diesem Ding gefürchtet, das wie ein riesiger roter Finger in den Himmel reichte.

Damals, als die Familie zum ersten Mal nach Wangerooge gekommen war, hatte er sich geweigert, aus der Bahn auszusteigen, weil ihm dieser Turm eine so große Angst einjagte. Er war erst fünf, und in seiner Welt kamen solche Ungeheuer nicht vor. Außerdem wollte er nach Hause zurück, wo es warm war, wo immer die Sonne schien, wo seine Nonna ihm Brot röstete und dick mit selbst gemachter Feigenmarmelade bestrich.

Der vier Jahre ältere Lorenzo hatte ihn ausgelacht, das wusste er noch genau. Und sein Vater Giuseppe hatte sich den brüllenden Tiziano einfach unter den Arm geklemmt und aus dem Zug getragen.

Einzig Rosanna hatte ihn mitleidig angeschaut, und ein paar Tränen waren ihr über die Wangen gelaufen. Aber vielleicht hatte sie ja genau wie er wegen der Nonna geweint, die ihre Mutter war und die sie hatte zurücklassen müssen.

Der Gedanke an Rosanna half Tiziano, endlich wieder zu sich zu kommen. Er befreite sich mit Gewalt aus dem Bann, den Marle über ihn geschlagen hatte, sprang auf und wartete ungeduldig an der Tür, bis die Inselbahn in den Bahnhof einfuhr.

Dann stieg er als einer der ersten Passagiere aus, schaute weder nach rechts noch nach links, sondern lief los, mitten durch die Zedeliusstraße nach Norden.

9. Kapitel

Während die Inselbahn im Schritttempo durch die ebenso fremdartige wie faszinierende Landschaft fuhr, lehnte Marle den Kopf gegen die Fensterschreibe und schaute hinaus. Sie entdeckte buschartige Pflanzen und lange Gräser, bunte Blüten, Wasserkanäle und Lagunen. Der Wind hatte etwas nachgelassen, und die Wolken am Himmel segelten mit mehr Ruhe dahin. Nicht weit entfernt entdeckte sie eine Gruppe schöner schwarz-weißer Vögel, die sich von dem vorbeifahrenden Zug in keiner Weise stören ließen.

»Das sind Austernfischer«, erklärte Wilhelm. »Du erkennst sie an ihren roten Beinen. Sie gehören zu den weitverbreiteten heimischen Vogelarten.«

»Interessant«, murmelte Marle. In ihren Gedanken war sie jedoch ganz woanders. Bei einem gewissen großen, blauäugigen Mann, dem sie im Laufe der letzten anderthalb Stunden dreimal begegnet war und der sie jedes Mal aufs Neue aus dem Gleichgewicht gebracht hatte.

Bei einem verheirateten blauäugigen Mann, fügte sie im Stillen hinzu.

»Die Salzwiesen sind etwas ganz Besonderes«, dozierte

unterdessen ihr Schwiegervater. »Sie bilden den Übergang zwischen Land und Meer. Zwar bieten sie vielen Pflanzen und Tieren einen Lebensraum, aber sie werden regelmäßig vom Wasser überspült.«

Er deutete auf einen wuchtigen quadratischen Ziegelbau mit steilem Zeltdach, der langsam am Fenster vorbeizog. Er wirkte düster, fand Marle.

»Das ist das Wahrzeichen Wangerooges. Der Westturm. Sehr majestätisch, nicht wahr? Und gute sechsundfünfzig Meter hoch. Er hat eine interessante Geschichte.«

Marle wandte sich ihrem Schwiegervater zu. »Erzähl sie mir.« Fakten über die Insel waren besser als sinnloses Grübeln über fremde Männer, das sich ja doch nur im Kreis drehte.

Wilhelm zögerte einen Moment, bevor er fortfuhr. »Es gab schon einen ähnlichen Turm, vermutlich im vierzehnten Jahrhundert. Er war ein Kirchturm. Der zweite wurde Anfang des siebzehnten Jahrhunderts mitten im alten Inseldorf errichtet.«

Marle war nicht sicher, ob sie den Rest hören wollte. Sie ahnte schon, es war keine schöne Geschichte.

Wie sie befürchtet hatte, sagte Wilhelm nach einem langen, forschenden Blick auf sie: »Am Neujahrstag 1855 ereignete sich eine schwere Sturmflut. Der Ort musste aufgegeben werden und wurde schließlich in der Mitte Wangerooges neu aufgebaut.«

»Wie schrecklich«, warf sie ein. »Die armen Leute.«

»Ja«, stimmte Wilhelm ihr zu. »Das Leben auf diesen Inseln ist niemals einfach gewesen. Aber du musst dich nicht sorgen, Liebes. Dir wird nichts passieren.«

Sie neigte den Kopf und lehnte sich kurz an ihn. »Und der Turm wurde damals auch zerstört?«

»Nein. Er stand noch bis zum Beginn des Ersten Weltkrieges dort am Weststrand.«

»Und dann?«, fragte Marle. Diesmal konnte sie ein Frösteln nicht mehr unterdrücken und schlang die Arme um den Oberkörper.

»Die Marine des Kaiserreiches ließ ihn sprengen, damit feindliche Schiffe sich nicht an ihm orientieren konnten. 1932 wurde schließlich südlich von der Stelle ein neuer Turm nach historischem Vorbild gebaut. Seitdem wird er als Jugendherberge genutzt.«

Wilhelm zeigte nach draußen und lächelte bedauernd. »Weil du mir so aufmerksam zugehört hast, hast du den Anblick des neuen Leuchtturmes verpasst.«

»Halb so wild. Hauptsache, du erzählst mir nicht, dass sein Vorgänger fortgespült oder auch in die Luft gejagt wurde.«

Wilhelm winkte ab. »Nein. Der steht noch am Bahnhof. Er ist das älteste Bauwerk auf Wangerooge, aber er genügte den Anforderungen der modernen Schifffahrt nicht mehr, deshalb wurde Ende der Sechzigerjahre der neue Leuchtturm in Betrieb genommen.«

So langsam schwirrte Marle der Kopf vor lauter Türmen. Aber immerhin, sie näherten sich ihrem Ziel, und ihr Schwiegervater hatte sie erfolgreich aus ihrem Gedankenkarussell geholt.

Als sie jedoch am Bahnhof ausstiegen, schaute sie sich unwillkürlich nach dem fremden Mann um. Zunächst bemerkte sie jedoch nur die große, schwarzhaarige Frau, die zielstrebig und mit langen Schritten das Gebäude verließ. Sie trug nur eine kleine Reisetasche bei sich und schien genau zu wissen, wohin sie wollte.

Seltsam. Marle wünschte auf einmal, sie wäre auf dem Pier nicht so abweisend zu ihr gewesen. Die Fremde wirkte energisch und selbstsicher – womöglich hätte sie in ihr eine Freundin finden können.

Ach, Unsinn, rief Marle sich selbst zur Ordnung. Du hast so viel Angst vor der Zukunft, dass du wahrscheinlich auch eine Robbe zur Freundin wählen würdest.

Noch einmal sah sie sich um. Dann entdeckte sie den Mann für ein, zwei Sekunden. Er lief los, als sei jemand hinter ihm her.

Seine Frau vielleicht?

Marle fand es merkwürdig, dass die beiden nicht gemeinsam weggingen. Auf der Kaimauer waren sie auch nicht zusammen gewesen. Nun bemerkte sie, wie die kleine, rundliche Frau gemeinsam mit der Freundesgruppe den Bahnhof verließ.

Dicht an ihrer Seite hielt sich ein kräftiger, blonder Kerl. Er legte ihr sogar einen Arm um die Schultern, aber sie tauchte unter ihm weg und sagte irgendetwas. Der Blonde schnitt ein beleidigtes Gesicht, blieb aber neben ihr. Kurz darauf verlor Marle die Gruppe aus den Augen.

Seltsam, dachte sie. Dann entschied sie, dass sie den Blauäugigen und seine undurchsichtigen Familienverhältnisse vergessen musste. Jetzt und hier. Gut, er hatte sie durcheinandergebracht. Okay, er sah blendend aus. In Ordnung, er wirkte verletzlich unter seiner arroganten Schale …

Marle stutzte. Verletzlich? Wie kam sie denn jetzt bloß darauf?

»Komm«, sagte Wilhelm. »Dort drüben ist die Gepäckausgabe. Ich hoffe doch sehr, dass alle Koffer noch da sind.«

Marle nickte und folgte ihm, während sie entgegen ihren eben gefassten Vorsätzen weiter über den Blauäugigen nachdachte. Doch, es stimmte. Da war etwas gewesen in seinem Blick. Etwas Weiches, Liebenswertes.

»Verflixt!« Sie rieb sich die Schläfen.

Hör damit auf, Marle!, befahl sie sich selbst. Der Mann ist unverschämt und eingebildet.

Und verheiratet.

Mit aller Kraft beschwor sie Konstantins Bild herauf. Er war ein so feiner und höflicher Mensch gewesen. Nie hatte er über sie gelacht, auch nicht, als Marle zu Beginn ihrer gemeinsamen Zeit bei gesellschaftlichen Anlässen den einen oder anderen Fauxpas begangen hatte. Als sie über den Saum eines bodenlangen Ballkleides gestolpert war, als sie eine Champagnerflöte über seinen Hosen ausgekippt hatte … Ach, sie hätte Dutzende Beispiele nennen können.

Konstantin war stets geduldig gewesen und hatte sie mit Respekt behandelt. Ja, das zwischen ihnen war echte Liebe gewesen, und nie – niemals – würde sie ein solches Glück wiederfinden.

Ein Schluchzen stieg in ihrer Kehle auf, aber sie drängte es schnell wieder hinunter. Auf keinen Fall wollte sie ihrem

Schwiegervater diesen ersten Tag im neuen Leben verderben. Die Vergangenheit musste zurückbleiben. Auf dem Festland.

Nur – was blieb ihr noch, wenn sie nicht an Konstantin denken durfte?

Marle fand keinen Ausweg.

Wilhelms leicht erhobene Stimme befreite sie wieder einmal aus ihren Grübeleien.

»Aber ich hatte einen Gepäckservice reserviert!«, sagte er scharf.

Der Mann an der Kofferausgabe hob bedauernd die Schultern. »Bedauere sehr. Da muss etwas durcheinandergekommen sein. Wir haben nur zwei Leute dafür, und die sind jetzt beide mit ihren Elektrowagen unterwegs. Einer zur Jugendherberge, der andere zum Hotel ›Zur Alten Schule‹. Wenn Sie vielleicht eine halbe Stunde warten mögen ...«

»Ausgeschlossen!«, unterbrach Wilhelm den Mann brüsk. »Ich kann hier nicht meine Zeit vertun. Nennen Sie mir auf der Stelle Alternativen.«

Fünf Minuten später standen Marle und ihr Schwiegervater mit zwei voll beladenen Handkarren vor dem Bahnhofsgebäude.

Wilhelm wirkte immer noch verärgert. Er fand es eindeutig erniedrigend, seine Koffer selbst befördern zu müssen. Aber im nächsten Moment hatte er seine gute Laune schon wiedergefunden. »Das nenne ich ein Abenteuer!«

Marle grinste. »Und es gibt hier keine Berge.«

»Tja«, erwiderte Wilhelm. »Da haben wir wohl noch einmal Glück gehabt. Na los, Liebes, ziehen wir unsere vielen Koffer nach Hause.«

Marle verzichtete darauf, ihn daran zu erinnern, dass der Großteil des Gepäcks ihm gehörte.

Voller Bewunderung betrachtete sie das Bahnhofsgebäude. Es war aus Backstein errichtet und verfügte über einen großen Uhrenturm.

»Jugendstil«, sagte Wilhelm, der ihren Blick bemerkt hatte. »1906 gebaut und vor bald zwanzig Jahren mit viel Liebe zum Detail restauriert.«

»Wunderschön. Gibt es viele so prachtvolle Bauten auf der Insel?«

»Leider nicht. Aber das erzähle ich dir ein anderes Mal. Ich fürchte, jetzt brauche ich meine ganze Puste. Unser neues Haus wird dir aber gefallen. Versprochen.«

Marle gab sich damit zufrieden.

»Du gehst vor«, bestimmte Wilhelm.

»Hast du Angst, ich verliere einen Koffer?«, fragte sie und grinste von einem Ohr zum anderen.

»Unsinn«, entgegnete er, wirkte aber nicht sehr überzeugend. »Und nun: Abmarsch!«

»Jawoll, Herr General!«, rief Marle. Die Sache machte ihr auf einmal mehr Spaß, als sie zugeben mochte.

Wilhelm zog die Brauen zusammen, bis sie nur noch einen geraden Strich bildeten. »General?«

»Entschuldige. Manchmal wirkst du nur so ... befehlend. Besonders seit wir heute früh abgefahren sind.«

Sein Gesicht entspannte sich. »Nun, ich bin wohl nervöser, als ich dachte. Da neige ich dazu, die Menschen rumzukommandieren. Diese jungen Leute vorhin auf der Fähre haben mich Admiral genannt. Das habe ich noch gehört, bevor wir das Unterdeck verlassen haben. Und es schien mir, als hätten sie allesamt Haltung angenommen, als ich aufgetaucht bin.«

Marles Grinsen verwandelte sich in ein lautes, herzhaftes Lachen. »Tja, Admiral passt jetzt natürlich besser. So mitten im Ozean.«

Kurz stimmte Wilhelm in ihr Lachen ein, dann wies er mit dem Arm nach Norden.

»Immer geradeaus diese Straße lang, bis zu dem runden Gebäude ganz am Ende. Das ist das berühmte Café ›Pudding‹. Siehst du es? Es liegt auf einer großen runden Düne.«

Prompt knurrte Marles Magen. »Vielleicht können wir dort eine Pause machen und etwas essen? Mir ist überhaupt nicht mehr schlecht.«

»Erst bringen wir das Gepäck nach Hause. Vom Café ›Pudding‹ aus ist es nicht mehr weit.«

»Aye, aye, Herr Admiral«, gab Marle zackig zurück, packte den Handgriff ihrer Karre und begann, mit einiger Anstrengung zu ziehen.

Sie hörte Wilhelm in ihrem Rücken erneut leise lachen. Bald aber verstummte er, und sie vernahm besorgt, wie er mit jedem zurückgelegten Meter stärker keuchte. Die Handkarren waren gummibereift, trotzdem strengte es sie beide an, zumal sie ständig Schwung verloren, wenn sie anderen Fußgängern ausweichen mussten. Marle machte das nicht viel aus, obwohl sie bewusst die schwerere Last genommen hatte. Aber ihr Schwiegervater hatte eindeutig zu kämpfen.

Unwillkürlich dachte sie an Olga und an deren Mahnungen. Sollte Wilhelm sich schon an diesem ersten Tag überanstrengen, wäre das ganz allein Marles Schuld. Fieberhaft überlegte sie, was sie tun könnte, doch ihr fiel keine Lösung ein.

Viel war auf der Hauptstraße nicht los – die meisten Touristen hielten sich zu dieser frühen Nachmittagsstunde bestimmt an den Stränden auf. Doch ein paar Leute kamen ihnen trotzdem entgegen oder überholten sie, sodass ein gleichmäßiges Ziehen der Karren immer schwieriger wurde, je mehr sie sich ihrem ersten Ziel näherten.

Schließlich blieb Marle einfach stehen, beugte sich vor und tat, als müsste sie Luft schnappen. Wilhelm folgte ihrem Beispiel. Nur dass er tatsächlich dringend verschnaufen musste. Er lehnte sich gegen seinen Karren, tupfte sich mit einem Stofftuch den Schweiß von der Stirn und atmete schwer.

Ihr kam der Gedanke, dass seine schwere Bronchitis vielleicht Spuren hinterlassen hatte. Als er im Frühjahr von seiner Kur zurückgekommen war, schien er vollkommen wiederhergestellt zu sein. Aber was bedeutete eine solche Erkrankung bei einem älteren Menschen? War womöglich ein Schaden zurückgeblieben, der Wilhelm schwächte? Und hatte Olga davon gewusst und war deshalb so schnell damit einverstanden gewesen, dass Direktor Severin auf die Insel zog, die ihm so gutgetan hatte?

Wieder einmal begriff Marle, dass sie viel zu sehr in ihrer Trauer gefangen gewesen war, um sich wirklich um ihren Schwiegervater zu kümmern.

Sie entdeckte eine runde Holzbank, führte Wilhelm dorthin und zog dann nacheinander die Handkarren neben sie.

»Mir geht es gut«, protestierte er, schien aber erleichtert. Marle holte eine Wasserflasche aus ihrem Rucksack und reichte sie ihm.

Als sie sah, dass er sich ein wenig erholt hatte, deutete sie auf das große runde Gebäude am Ende der Straße und bat: »Erzähl mir mehr darüber.« In Wahrheit interessierte sie sich nicht weiter dafür, aber sie wusste, wenn Wilhelm mit seinem Wissen punkten konnte, dann blieb er noch eine Weile sitzen.

Ihr Schwiegervater atmete nun wieder gleichmäßig. »Ursprünglich stand auf der Düne ein Bunker aus dem Zweiten Weltkrieg. Der wurde nach und nach umgebaut, und im Laufe der Jahre entstand das Café mit seiner schönen Aussichtsterrasse. Natürlich wurde es immer wieder renoviert und vergrößert. Es gehört zu den Wahrzeichen Wangerooges und bietet einen herrlichen Ausblick über die Insel und die Nordsee.«

»Und es gibt dort besonders guten Pudding?«

Wilhelm trank noch einen Schluck Wasser, bevor er weitersprach. »Nein, daher kommt der Name nicht. In dieser Gegend sagt man, ›Ich gehe mal um den Pudding‹, wenn man einfach nur rausgeht, um frische Luft zu schnappen. Und schon immer sind die Leute auf Wangerooge um die Düne herumgelaufen, wenn sie zum Strand wollten. So einfach ist das.«

Er machte Anstalten aufzustehen, aber Marle hielt ihn

fest. Sie wollte unbedingt erreichen, dass er sich noch ein wenig ausruhte. Also fragte sie mit einer weit ausholenden Geste: »Die Gebäude wirken alle nicht besonders alt. Wie kommt das?«

Wilhelm winkte ab. »Das führt jetzt zu weit. Ich erzähle es dir ein anderes Mal.«

Insgeheim nahm Marle sich vor, in ihrer nächsten freien Minute selbst die Geschichte der Insel nachzulesen. Allerdings fürchtete sie sich davor, auf weitere Katastrophen zu stoßen, die ihr ein Leben auf Wangerooge verleiden konnten.

Während sie noch überlegte, wie sie ihren Schwiegervater etwas länger auf der Bank halten konnte, klingelte ihr Handy im Rucksack. Überzeugt davon, Olga in Hamburg habe gespürt, dass es dem alten Mann nicht besonders gut ging, zögerte Marle, den Anruf entgegenzunehmen.

»Bitte, geh ran«, sagte Wilhelm. »Das könnte Friedrich Stolze sein.«

»Wer?«, fragte sie verwirrt.

»Der Makler. Ich habe ihm deine Nummer gegeben. Nur für alle Fälle. Du weißt, ich bin kein Freund moderner Geräte.«

»Ja, leider.«

Im Frühjahr, bevor er nach Wangerooge fuhr, hatte Marle ihm ein Mobiltelefon geschenkt. Wilhelm hatte es nie in Betrieb genommen, und es war nicht leicht gewesen, mit ihm in Kontakt zu bleiben.

»Marle Severin«, meldete sie sich, da ihr die Nummer auf dem Display tatsächlich unbekannt war.

»Schönen guten Tag. Friedrich Stolze hier«, erklang eine freundliche Männerstimme. »Darf ich fragen, ob Sie mit Herrn Severin demnächst eintreffen? Ich erwarte Sie am Haus und wundere mich ein wenig, dass Sie noch nicht da sind.«

Marle erklärte ihm die Sache mit den Koffern und den Handkarren. »Für meinen Schwiegervater ist das ziemlich anstrengend. Wir brauchen vielleicht noch eine Weile.«

Wilhelm machte eine ungeduldige Handbewegung, aber sie achtete nicht weiter auf ihn.

»Oh, ich verstehe. Wo genau sind Sie? Ich schicke Ihnen sofort jemanden, der Ihnen hilft.«

Marle gab ihm die gewünschte Auskunft und beendete das Gespräch.

»Das war nicht nötig«, protestierte Wilhelm und streckte den Rücken durch. »Ich bin durchaus in der Lage, diese Aufgabe zu bewältigen.«

Sie legte ihm beruhigend eine Hand auf den Arm. »Das weiß ich. Aber warum willst du dich jetzt verausgaben? Spare dir deine Kräfte lieber für einen schönen Strandspaziergang später.«

»In Ordnung, Liebes.«

Besorgt schaute sie ihn von der Seite an. Es war untypisch für Wilhelm, dass er so schnell nachgab. Offenbar hatte ihn die Reise mehr mitgenommen, als sie gedacht hatte. Höchste Zeit, dass wir unser Ziel erreichen, dachte sie. Dann wollte sie schon dafür sorgen, dass er sich gründlich ausruhte. Außerdem brauchte er dringend eine anständige Mahlzeit. Wilhelm hatte an diesem Tag vermutlich noch weniger gegessen als sie selbst.

Während sie gemeinsam warteten, wuchsen Marles Sorgen um ihren Schwiegervater, und sie konnte nur hoffen, dass er sich schnell wieder erholen würde.

10. Kapitel

Zum Glück vergingen keine zehn Minuten, bis Marle sah, dass ein kleiner rundlicher Mann um die sechzig auf sie zueilte. Neben ihm lief eine junge Frau, die fröhlich auf ihn einredete. Langes, blondes Haar flatterte um ihre Schultern, und Marle schätzte, dass sie in ihrem Alter war.

»Moin!«, rief die Blondine, als sie mit ihrem Begleiter an der Bank angelangt war.

Marle und Wilhelm standen auf.

»Guten Tag«, sagte der Mann höflich und stellte sich Marle als Friedrich Stolze vor. Wilhelm hingegen begrüßte er mit einem strahlenden Lächeln. »Schön, dass alles so gut geklappt hat.«

Er wies lächelnd auf die junge Frau. »Und das hier ist Victoria Michaelis. Eine liebe Freundin.«

»Vicki«, korrigierte ihn die Blondine und reichte erst Wilhelm und dann Marle die Hand. »Victoria ist viel zu steif. Der gute Friedrich hat mich abgefangen, als ich von meinem Nebenjob nach Hause wollte. Tja, da bin ich und helfe gern.«

Marle fand sie auf Anhieb sehr sympathisch. Sie stellte sich vor, wie es wäre, eine neue Freundin zu finden.

Schon wieder!

Die Aussicht machte ihr ein wenig Angst, denn sie war es nicht mehr gewohnt, sich mit anderen Menschen außer mit Wilhelm auszutauschen – gleichzeitig erschien ihr alles auf einmal leichter. Und Vicki würde als Freundin wahrscheinlich viel besser zu ihr passen als die ältere nette Frau vom Pier.

»Was arbeiten Sie denn?«, fragte sie interessiert.

Vicki strahlte sie an. »Bloß nicht so förmlich. Hier duzen wir uns alle. Na, die meisten jedenfalls. Also, eigentlich bin ich Food-Bloggerin, aber manchmal treibe ich mich gern an der Basis rum. Rieke hat mich schon vor Monaten aus ihrer Küche rausgeschmissen. Ich habe wohl zu viel gesabbelt und zu viel Geschirr zerdeppert. Deswegen kellnere ich jetzt in einer ziemlich scheußlichen Pizzeria an der Oberen Strandpromenade. Übrigens ganz in der Nähe von eurem neuen Haus.«

Marle nahm an, diese Rieke betrieb ein exklusives Restaurant auf Wangerooge, fragte aber nicht nach.

Vicki zwirbelte eine lange blonde Haarsträhne um den Finger.

»Dummerweise bin ich ein bisschen ungeschickt, und ich fürchte, ich bin von nicht allzu großem Nutzen. Aber mein Chef hütet sich, mir zu kündigen, weil er immer hofft, ich erwähne das ›O Sole Mio‹ mal als heißen Tipp in meinem Blog. Aber darauf kann er lange warten. Das Essen ist grauenhaft.« Sie lachte laut heraus, und Marle lächelte überwältigt.

Diese Vicki war ein wahres Energiebündel. Und wenn sie

wirklich ähnlich schusselig war wie sie selbst, dann hatten sie schon mal etwas gemeinsam.

Friedrich Stolze hatte sich in der Zwischenzeit mit Wilhelm unterhalten. Nun mahnte er zum Aufbruch. »Ich möchte dir das Haus gern zeigen, bevor es dunkel wird.«

»Bloß kein Stress«, gab Vicki immer noch lachend zurück. »Das dauert, bis die Sonne untergeht. Es ist vier Uhr nachmittags, liebster Friedrich, und wir haben nicht Dezember, sondern Anfang Juli.«

Dennoch packte sie den Griff von Wilhelms Handkarren und zog los. Marle blieb mit ihrem Wagen dicht an ihrer Seite, während die beiden Männer ihnen gemächlich folgten.

»Bist du zum ersten Mal auf der Insel?«, wollte Vicki wissen.

Marle nickte. Inzwischen ragte die runde Düne mit dem Café »Pudding« hoch vor ihnen auf.

»Und wie lange bleibst du?«

»Ehrlich gesagt, habe ich keine Ahnung. Wilhelm möchte gern hier leben, und ich bin erst einmal mitgekommen, ohne groß über die Zukunft nachzudenken.«

Sie verschwieg, dass sie seit Jahren keinen Gedanken mehr an die Zukunft verschwendete.

Vicki runzelte nachdenklich die Stirn, während sie den Weg links um die Düne herum einschlug.

»Weißt du«, meinte sie dann, »es gibt viele Gründe, nach Wangerooge zu kommen. Meine Freundinnen und ich sind vor zwei Jahren eher zufällig hier gelandet. Bloß, weil Clara Liebeskummer hatte und sich diese fixe Idee von einem

Neubeginn auf der Insel in den Kopf gesetzt hatte. Und Rachel ging es auch nicht besser. Von mir selbst will ich gar nicht erst anfangen …«

Marle löste eine Hand vom Griff und machte eine hilflose Geste. »Tut mir leid. Ich komme da nicht ganz mit. Wer sind Clara und Rachel?«

»Sorry! Du Ärmste! Wenn Rieke mich hören könnte, würde sie mir die Ohren lang ziehen. Sie sagt immer, ich soll nicht einfach so drauflosquatschen.«

»Rieke«, wiederholte Marle nun ziemlich überfordert. Die Chefin des exklusiven Restaurants spielte offenbar eine größere Rolle in Vickis Leben.

»Siehst du? Ich hab's schon wieder getan. Tut mir echt leid. Eigentlich wollte ich sowieso nur sagen, dass ich es wunderschön finde, wenn du deinem Opa ein Weilchen zur Seite stehst.«

»Wilhelm ist mein Schwiegervater«, erwiderte Marle und erntete einen fragenden Blick. Aber Vicki schien nicht nur eine Frohnatur, sondern auch eine einfühlsame Frau zu sein und wechselte schnell das Thema.

»Rachel war übrigens auch auf der Fähre. Sie hatte in Hamburg zu tun und ist heute zurückgekommen. Vielleicht hast du sie gesehen? Eine große Schwarzhaarige mit grauen Strähnen. Früher hat sie mehr gefärbt und sich wie verrückt Botox spritzen lassen. Aber seit sie ihr Glück in der Liebe gefunden hat, braucht sie das olle Zeug nicht mehr. Na, hätte ich gewusst, dass ihr in Schwierigkeiten steckt, hätte ich ihr eine Nachricht geschickt, damit sie euch hilft.«

Marle schwieg überwältigt, war aber ziemlich sicher,

dass diese Rachel eben jene Frau sein musste, die auf dem Pier mit ihr gesprochen hatte.

Als sie um die Düne herumgegangen waren, zeigte Vicki nach vorn.

»Schau! Ist es nicht herrlich?«

Marle blieb stehen. Voller Staunen nahm sie das prachtvolle Panorama in sich auf. Direkt unter ihr zeigte ein Uhrenturm den Weg die Treppen hinunter zur unteren Promenade und zum Strand, der sich lang und hell nach Osten und Westen erstreckte. Strandkörbe verteilten sich wie bunte Farbtupfer, Touristen genossen den herrlichen Sommertag. Sie lagen in der Sonne, bauten Sandburgen, spielten Ballspiele oder wagten sich schlotternd ins ständig kalte Wasser. Die Nordsee erstreckte sich bis zum Horizont; der Wind hatte sich inzwischen fast gänzlich gelegt, und so waren kaum Wellen im blauen Wasser zu sehen. Tief atmete Marle die wunderbare Luft ein, schaute zum hohen, inzwischen wolkenfreien Himmel und dachte zum ersten Mal, dass ihre Entscheidung richtig gewesen war.

Vielleicht würde sie auf Wangerooge ihren Frieden finden. Vielleicht würde sie hier wirklich ein neues Leben beginnen.

»Das hat was, oder?«, fragte Vicki.

»Oh ja! Es ist wunderschön.«

»Stell dir vor, letztes Jahr hat ein Sturmtief fast den ganzen Strand weggerissen. Aber die Insulaner sind echt taff. Haben in riesigen Kipplastern den Sand vom Ostende rangekarrt und den Strand neu aufgefüllt.«

Marle schüttelte sich unwillkürlich. Von Katastrophengeschichten hatte sie wahrhaftig genug.

»Ist was?«, fragte Vicki.

»Nein, alles gut.«

Friedrich Stolze und Wilhelm traten neben sie.

»Habe ich dir zu viel versprochen?«, fragte Wilhelm leise.

Er breitete die Arme aus, und die Freude in seinem Gesicht ließ ihn zehn Jahre jünger wirken.

»Es ist herrlich«, gab sie zurück und hakte sich bei ihm ein.

Noch einmal schaute sie über den Strand weit aufs Meer hinaus. In beträchtlicher Entfernung fuhren Schiffe vorbei. Sie mochten riesig sein, wirkten aber von ihrem Standort aus winzig.

»Das sind die großen Pötte«, erklärte Friedrich Stolze, der Marles Blick gefolgt war. »Die Containerfrachter durchkreuzen die Nordsee auf den drei großen Schifffahrtswegen von Elbe, Weser und Jade.«

Marle spürte, wie ihre Knie weich wurden. Mit aller Kraft drückte sie die Beine durch, um nicht an Ort und Stelle in sich zusammenzusacken.

Wilhelm neben ihr machte sich ganz steif. »Ganz ruhig«, raunte er ihr zu.

Sie wollte ihm den Arm entziehen, aber er hielt ihn fest.

»Du musst lernen, damit zu leben, Liebes.«

Marle vergaß die Weite um sie herum. Alles wirkte auf einmal eng und drückend. Die Farbe der Nordsee wechselte schlagartig von Blau zu Grau, und ihr Herz klopfte laut und schwer in ihrer Brust.

»Was hat sie denn?«, hörte sie Vicki besorgt fragen. »Sie sieht ja aus wie eine Wachsfigur.«

»Victoria«, mahnte Friedrich Stolze. »Sei still, und halte dich zurück.«

Vicki dachte gar nicht daran. Sie stellte sich auf Marles andere Seite, legte ihr einen Arm fest um die Schultern und plapperte drauflos: »Hör mal, du musst echt keine Angst haben. Glaub mir, am Anfang war ich auch wie erschlagen von dem Anblick. Ich komme nämlich aus Hamburg, musst du wissen, und war es gewohnt, eine Menge hoher Häuser und viel Asphalt um mich zu haben. Aber hier? Das war mir viel zu viel Gegend.«

Sie lachte und fuhr fort: »Wenn man am Strand langläuft, ist irgendwie kein Ende in Sicht, und ins Watt bei Ebbe habe ich mich noch nie getraut. Nicht mal bei geführten Wanderungen. Ich hätte echt Schiss, ich lande nebenan auf Spiekeroog, oder ich werde von der Flut überrascht. Und diese Pötte da in der Ferne, die tun dir bestimmt nichts. Sind viel zu weit weg. Der letzte Schiffbruch auf Wangerooge liegt ungefähr eine Million Jahre zurück. Na ja, oder hundertfünfzig. Keine Ahnung. Jedenfalls lange genug.«

Zaghaft ließ Marle es zu, dass ihre Welt sich wieder ausbreitete und die Farbe darin zurückkehrte. Auch ihre Beine trugen sie wieder fest und sicher. Es waren weniger Vickis Worte, die sie beruhigten, als vielmehr der freundliche Klang ihrer Stimme und ihre liebevolle Nähe. Etwas war aber doch hängen geblieben.

»Wir sind auch aus Hamburg«, sagte sie krächzend. Sie

räusperte sich und fügte hinzu: »Entschuldige. Ich bin wohl ein bisschen müde.«

Vickis kluger Blick ruhte auf ihr. Mit Sicherheit begriff sie, dass Marle sich nur herausredete, aber sie ließ das unkommentiert, löste sich von ihr und packte wieder den Griff ihres Handkarrens.

»Zu viel Sauerstoff ist für unsere Großstadtlungen definitiv gewöhnungsbedürftig«, sagte sie und grinste schon wieder. »Na komm. Gehen wir weiter.«

Wilhelm hielt Marle immer noch fest, aber als er sah, dass es ihr besser ging, gab er ihren Arm frei.

»Bist du sicher?«, fragte er dennoch leise.

»Ja, alles wieder in Ordnung. Wahrscheinlich hat Vicki recht. Zu viel gesunde Luft.«

Sie wussten beide, dass sie log, und Wilhelm schaute einmal kurz zum Horizont und den fernen Containerschiffen.

»Dein Zimmer hat keinen Meerblick«, sagte er dann. »Ich dachte, für den Anfang wäre das besser so. Friedrich hat mir versichert, dass du dafür einen schönen Ausblick auf die Dünenlandschaft hast.«

Marle nickte schweigend. Bei sich dachte sie: So viel zum Thema, die Vergangenheit auf dem Festland zurückzulassen.

Vicki wandte sich nach Westen, und Marle blieb an ihrer Seite.

»Jetzt ist es nicht mehr weit«, versprach Vicki. »Nur noch bis zum Ende der Strandpromenade. Euer Haus ist übrigens so ungefähr das schönste von ganz Wangerooge. Nicht riesengroß, aber einmalig. Wir sind alle wahnsinnig neidisch. Also, ich zumindest. Ihr müsst echt steinreich sein.«

»Ich eigentlich nicht«, sagte Marle leise, wurde aber glatt überhört, denn Vicki sprach schon weiter. »Für den lieben Friedrich war das jedenfalls ein Bombengeschäft. Er ist ja auch schon fast ein Jahr auf der Insel, aber bisher lief es für ihn nicht besonders gut. Wahrscheinlich, weil er im Liebestaumel keinen klaren Gedanken fassen konnte. Oder weil ihn das ständige Hin- und Herfahren so verwirrt hat.« Sie lachte fröhlich. »Aber Rachel hat ihm irgendwann im Frühjahr mal so richtig die Meinung gegeigt. Er solle gefälligst tun, was er am besten kann. Tja, und ungefähr zu der Zeit kam die Anfrage von deinem Op ... Schwiegervater. Perfektes Timing.«

Marle protestierte diesmal nicht gegen Vickis Redeschwall. Also war der kleine, rundliche Mann Rachels glücklicher Partner. Obwohl sie ihn bisher nur flüchtig kannte, freute sie sich für ihn. Er schien ein anständiger Kerl zu sein.

»Übrigens«, fuhr Vicki fort und strahlte dabei schon wieder, als wäre sie persönlich für alles Gute in dieser Welt verantwortlich. »Mit der Liebe ist das so eine Sache auf der Insel. Clara hat hier nämlich auch die große Liebe gefunden. Sie hat sich in einen stinkenden Schäfer verknallt, der sich am Ende als studierter Mann entpuppte. Jonathan ist einfach klasse! Na, und ich habe meinen Samuel. Der ist mir aus Hamburg nachgereist. Genau wie Friedrich der lieben Rachel gefolgt ist.«

Marle lächelte und dachte bei sich, sie würde schon noch

Zeit haben, die verschiedenen Leute und ihre offenbar ungewöhnlichen Geschichten einzuordnen.

»Ich habe so eine Ahnung, dass du Single bist«, fuhr Vicki munter fort.

»Wie ... kommst du darauf?«, fragte sie erschrocken.

»Nenne es meinen sechsten Sinn. Nein, ehrlich, du erinnerst mich ein klitzekleines bisschen an mich selbst vor zwei Jahren.«

»So«, sagte Marle nur.

Diesmal fing Vicki ihre Stimmung nicht so schnell auf wie vorhin. »Wirst sehen, du findest hier auch ganz schnell dein großes Glück. Wangerooge ist magisch.«

Marle wandte schnell den Blick ab, weil ihr die Tränen in die Augen stiegen.

»Alles in Ordnung?«, fragte Wilhelm hinter ihr. Er spürte immer sofort, wenn etwas nicht stimmte.

Sie antwortete nicht, sondern zog nur ein wenig schneller ihren Handkarren.

Vicki wich einer jungen Mutter mit einem kleinen Jungen im Buggy aus und schloss wieder zu ihr auf. »Wie dumm von mir! Jetzt habe ich dich schon wieder ganz durcheinandergebracht.«

Offenbar ging sie davon aus, dass sie Marle mit ihren Erzählungen über ihre Freunde überfordert hatte. »Aber keine Sorge. Heute Abend lernst du alle kennen. Dann hast du schnell den Überblick.«

»Heute Abend?«, fragte Marle erschrocken. »Ich glaube nicht, dass Wilhelm und ich ...«

»Quatsch. Ihr habt gleich mehr als zwei Stunden Zeit,

um euch auszuruhen. Im Haus müsst ihr ja nichts machen. Dafür hat Clara übrigens gesorgt, obwohl wir mit unserem Hotel auch ziemlich viel zu tun haben. Aber sie ist Tischlerin von Beruf und hat ein Auge für schöne Möbel.«

Marle erinnerte sich, dass sie sich gewundert hatte, warum Wilhelm nur einen kleinen Teil der Einrichtung der weißen Villa nach Wangerooge geschickt hatte. Hauptsächlich antike Schränke, Kleinmöbel und ein paar besondere Erbstücke. So sei es einfacher, hatte er gesagt. Der Makler habe ihm versichert, eine Freundin würde das neue Haus geschmackvoll einrichten.

Vicki grinste. »Ich hab's schon wieder getan. Sorry! Also: Rieke hat uns für Punkt neunzehn Uhr alle zu sich befohlen. Und sie ist es nicht gewöhnt, dass ihr jemand widerspricht.«

Marle kam aus dem Staunen nicht mehr raus. »Wer ist diese Rieke? Und wieso kommandiert sie euch einfach so herum? Nur weil sie ein exklusives Restaurant hat? Und uns gleich mit? Wir kennen sie doch gar nicht.«

Friedrich, der offenbar ihre Frage mitgehört hatte, mischte sich ein: »Rieke Peters betreibt eine Pension ganz in der Nähe Ihres neuen Heims, liebe Frau Severin.«

Marle schmunzelte. Der Makler war bei ihr nicht so schnell mit dem Du zur Hand wie Vicki. Er gehörte eben einer anderen Generation an.

»Sie ist eine waschechte Insulanerin und außerdem eine äußerst liebenswerte alte Dame. Schon über achtzig, aber stets voller Energie.«

»Liebenswert?«, fragte Vicki und prustete los. »Rieke ist ein oller Drache! Und ihr Restaurant ist alles andere als exklusiv. Du wirst schon sehen. Aber lecker kochen kann sie. Ein Drache bleibt sie trotzdem!«

Friedrich Stolze hob mahnend den Zeigefinger. »Sie hat euch vorletztes Jahr immerhin sehr geholfen. Clara, du und Rachel seid nämlich vollkommen ahnungslos in Wangerooge eingefallen und wolltet aus einem alten Schulhaus ein Hotel machen.«

»Was uns am Ende auch gelungen ist.«

»Mit Riekes Hilfe.«

Sie waren alle stehen geblieben, Marle tauschte mit Wilhelm einen hilflosen Blick.

Schließlich fragte ihr Schwiegervater: »Vielleicht magst du uns erklären, was wir mit Frau Peters zu schaffen haben? Ich glaube kaum, dass ich heute noch eine ganze Reihe von neuen Menschen kennenlernen möchte, trotz der Hilfe der jungen Dame. Und ich denke, meiner Schwiegertochter geht es ähnlich.«

Marle war sich da auf einmal gar nicht mehr so sicher. Vielleicht sollte das ja so sein. Sie wurde auf Wangerooge in einen Strudel verschiedener Eindrücke und Erfahrungen gerissen und hatte so keine Zeit mehr für die Vergangenheit.

Und wenn sie neue Freunde fand, würde sie bei der einen oder anderen Gelegenheit womöglich auch wieder dem faszinierenden Mann begegnen.

Dem faszinierenden verheirateten Mann!

Sie unterdrückte ein Seufzen. »Ist es noch weit?«, fragte sie.

Friedrich Stolze, der eben Wilhelm antworten wollte, wandte sich ihr zu. »Wir sind fast da.«

Vicki deutete grinsend auf ein schmuckloses zweistöckiges Gebäude aus den Siebzigern, an dem sie gerade vorbeikamen.

»So hässlich müsst ihr nicht wohnen. Und glaub mir, drinnen ist es noch tausendmal schlimmer. Mit Plastiktischdecken und grellbunten Bildern vom Vesuv und vom Golf von Neapel. Vor vierzig Jahren ist das vielleicht mal schick gewesen.«

Marle schaute sich das Haus an. Es hatte eine große Fensterfront, und im Innern entdeckte sie etwa ein Dutzend Tische mit Stühlen. Über der Eingangstür hing ein großes Holzbrett mit der Inschrift »O Sole Mio«.

»Hübsch ist es wirklich nicht. Aber mein Schwiegervater und ich essen gern italienisch.«

»Nicht hier, vertrau mir.«

Die Pizzeria war jetzt am Nachmittag geschlossen, doch als sie schon fast daran vorbeigegangen waren, kam ein Mann heraus und entdeckte Vicki.

»Danke, dass du heute geholfen hast!«, rief er ihr zu.

»Kein Problem, liebster Tiziano.« Sie zwinkerte ihm zu. »Für dich tue ich fast alles.«

Er zwinkerte zurück, aber seine Miene blieb ernst.

»Ist was passiert?«, wollte Vicki wissen. »Wo ist denn Lorenzo heute abgeblieben?«

»Mach dir keine Sorgen. Es ist alles in Ordnung. Ciao, ciao.«

Er hob kurz die Hand zum Gruß, nickte Wilhelm und Friedrich zu und streifte Marle mit einem schnellen Blick, bevor er wieder im Innern verschwand.

»Das war ja der junge Mann von der Fähre«, stellte Wilhelm fest.

»Ihr kennt Tiziano Carmaleonte?«, fragte Vicki verblüfft.

»Kennen wäre übertrieben«, gab Wilhelm Auskunft. »Wir sind ihm nur begegnet.«

Marle sagte nichts und hoffte, niemand würde bemerken, dass sie rot geworden war. Ihre Wangen brannten, und sie löste schnell ihre Haare, damit sie ihr Gesicht bedeckten.

Dann beeilte sie sich, weiterzukommen. Trotzdem wurde sie von Vicki überholt, die schließlich lachend stehen blieb und auf ein Haus zeigte, das tatsächlich direkt am Ende der Promenade stand. Der Vorgarten wirkte verwildert und erinnerte Marle an eine karge Heidelandschaft.

Friedrich sagte schnell: »Auf dem sandigen Boden wächst nicht viel. Vorwiegend Krähenbeeren-Heide, Sanddornbüsche und Kartoffelrosen. Aber wenn Sie es wünschen, kann ich Ihnen einen Gärtner empfehlen, der wahre Wunder vollbringt.«

»Mir gefällt der Garten, wie er ist«, sagte Marle und schaute sich dann das Haus an. Vicki hatte nicht übertrieben. Es war tatsächlich wunderschön. Zweistöckig und lang gezogen, aus rotem, weiß durchwirktem Backstein und mit einem tief gezogenen Reetdach versehen.

»Es ist einem typischen alten Inselhaus nachempfunden«, erklärte Friedrich Stolze. »Die gibt es ja leider nicht mehr. Aber der Bauherr wollte ganz authentisch leben, nur mit mehr Platz und Komfort natürlich.«

»Bis es ihm langweilig wurde und er nach Köln zurückzog«, fügte Vicki hinzu.

»Was unser Glück ist«, meinte Wilhelm. Er schaute Marle an. »Gefällt es dir?«

»Es ist ein Traum.«

»Dann lass uns hineingehen.«

»Gern. Aber sag mal: Du hast es gekauft, ohne es je betreten zu haben?«

Wilhelm schmunzelte. »Manchmal muss man ein Risiko im Leben eingehen und gleichzeitig anderen Menschen vertrauen. Ich habe mich während meiner Kur in das Haus verliebt, aber ich habe es nur von außen gesehen. Erst, als ich wieder in Hamburg war, ging mir auf, was ich wirklich wollte. Friedrich hat mir dann zwar Fotos geschickt, aber ich musste daran glauben, dass mein neues Haus auch in echt schön sein würde.«

Und all das, ohne dass ich etwas davon bemerkt habe, dachte Marle bei sich. Sie fragte sich, ob sie auch bereit wäre, so fest auf andere Menschen zu bauen, wie Wilhelm auf den Makler gebaut hatte. Das Problem war, dass sie dem Leben an sich nicht mehr vertraute.

Drinnen wurde Marle noch einmal überrascht, denn das Haus bestand im Erdgeschoss aus einem einzigen großen Raum, der Küche und Wohnzimmer umfasste. Nur das Bad war abgetrennt.

»In den alten Inselhäusern fand das Leben hauptsächlich in der Küche statt«, erklärte Friedrich. »Die gute Stube wurde nur zu besonderen Anlässen genutzt.«

»Und das Vieh hatte auch seinen Platz im Haus«, ergänzte Vicki. »So weit ging die Liebe des Vorbesitzers zur Geschichte allerdings nicht.«

Die Einrichtung war schlicht, bestand aber aus schön gearbeiteten, robusten hellen Möbeln. Friedrich machte sie auf die Küchenstühle aufmerksam, deren Sitzflächen aus Strandhafer geflochten waren.

Marle hörte aufmerksam zu, doch sie spürte zunehmend die Müdigkeit. Auch Wilhelm wirkte erschöpft, obwohl seine Augen vor Freude glänzten. Der Makler hatte ihn definitiv nicht enttäuscht.

Schließlich bestand Marle darauf, dass er sich ausruhen müsste.

Friedrich und Vicki verabschiedeten sich, Marle begleitete ihren Schwiegervater in den ersten Stock, wo ein großes Schlafzimmer mit Aussicht auf Strand und Meer ihm gehören sollte. Sie schaute nicht aus dem Fenster, als sie ihm in das hohe Bett half, sondern beeilte sich, das Zimmer schnell wieder zu verlassen.

Sie selbst hatte wie versprochen einen Blick auf die wellige Dünenlandschaft, und kurz bevor sie die Augen schloss, dachte sie noch: Ganz sicher gehen wir heute nirgends mehr hin.

11. Kapitel

Um halb sieben machten sich Marle und Wilhelm am selben Abend auf den Weg. Vicki hatte die Wegbeschreibung auf Marles Handy geschickt. Demnach würden sie keine zehn Minuten brauchen, selbst wenn sie langsam gingen. Doch Wilhelm hatte darauf gedrängt, schon früher aufzubrechen.

»Ich habe eine ganze Stunde geschlafen, jetzt brauche ich wieder frische Luft.«

»Aber du wolltest doch eigentlich gar nicht dorthin«, hatte sie erwidert.

»Nun, ich habe meine Meinung geändert. Es wäre unhöflich, die Einladung abzulehnen. Friedrich und seine Freunde sind äußerst hilfsbereite Menschen.«

Marle staunte darüber, wie schnell sich ihr Schwiegervater erholt hatte. Sie selbst war zwar wach geblieben, fühlte sich aber trotzdem ausgeruht.

Womöglich waren auf dieser Insel tatsächlich magische Kräfte am Werk – zumindest, was die Gesundheit ihrer Bewohner und Gäste betraf. Den Quatsch, den Vicki über die Liebe erzählt hatte, glaubte Marle keine Sekunde lang. Aber sie war froh über Wilhelms Entscheidung. So würde sie weniger über den Mann nachdenken, dessen Namen sie nun wusste.

Vor dem Haus wandten sie sich nach Westen und folgten einem mit Ziegelsteinen gepflasterten Weg durch die Dünen. Die Sonne stand schon tief und warf ein dramatisches rot-goldenes Licht über die Nordsee. Am Himmel zogen Wolkenfetzen gemächlich dahin, der Strand leerte sich, und die Körbe wurden für die Nacht mit Planen zugedeckt und abgesperrt. Dünengras wiegte sich im leichten Abendwind, und auf einmal überkam Marle ein Gefühl von Ruhe und Frieden. Es war schön, hier mit Wilhelm entlangzuspazieren; und es war wunderbar, ihn so entspannt zu sehen. Wie gewohnt hakte sie sich bei ihm ein, der Weg war breit genug dafür.

»Ich habe Olga geschrieben, dass es dir gut geht«, sagte sie.

Wilhelm nickte. »Danke, Liebes. Morgen rufen wir sie an, damit sie auch wirklich beruhigt ist.« Er schmunzelte. »Und bei den Zwillingen sollten wir uns auch melden. Nicht, dass sie glauben, ich wäre im Wattenmeer verschollen und es gibt noch mehr zu erben.«

»So sind Patrick und Tim überhaupt nicht«, verteidigte Marle ihre Stiefsöhne. »Du weißt, dass sie dich sehr lieben.«

»Natürlich. Ich mache nur Spaß.«

Etwas anderes beschäftigte Marle, und sie dachte, dies wäre der beste Zeitpunkt, um zu fragen.

»Du und Friedrich Stolze – ihr habt euch ziemlich gut angefreundet, als du zur Kur hier warst, nicht wahr?«

Wilhelm sah sie kurz von der Seite an. »Nun – das

stimmt. Er ist ein angenehmer Zeitgenosse. Aber keine Sorge, Liebes. Ich kann Privates und Geschäftliches durchaus voneinander trennen. Ganz gewiss habe ich mich von ihm nicht übervorteilen lassen.«

»Das – meine ich nicht.«

»So? Was bedrückt dich also?«

Sie druckste ein wenig herum, bevor sie fragte: »Hast du ihm von mir erzählt? Du weißt schon – dass ich Witwe bin?«

Wilhelm lächelte sanft. »Marle, ich bin ein außerordentlich diskreter Mann, wie du wohl weißt. Niemals würde ich mir erlauben, dein Privatleben vor anderen Leuten auszuplaudern. Zudem wusste ich damals noch gar nicht, dass du mitkommen würdest. Doch ich erinnere mich, dass ich ihm vom Verlust meiner geliebten Frau und meines Sohnes erzählte. Als ich ihn nun vor ein paar Wochen anrief und bat, auch ein zweites Schlafzimmer für meine Schwiegertochter einrichten zu lassen, wird er eins und eins zusammengezählt haben. Allerdings macht auch Friedrich auf mich nicht den Eindruck einer Plaudertasche. Ich denke, dein Schicksal ist bei ihm gut aufgehoben.«

»Ja«, gab Marle nach einem Moment zu. »Vicki glaubte, du bist mein Großvater.«

Sie lächelten beide.

»Warum möchtest du nicht, dass jemand davon erfährt?«, erkundigte sich Wilhelm.

Marle ließ ihren Blick über die sanft gewellte Dünenlandschaft schweifen, bevor sie antwortete. »Ich will kein Staatsgeheimnis daraus machen, aber ich möchte auch nicht, dass die Leute mich gleich als die arme junge Witwe kennenlernen. Ich würde mich dann so abgestempelt fühlen.«

»Das verstehe ich, Liebes.« Wilhelms Augen funkelten schalkhaft. »Was mich betrifft, werde ich lieber beneidet als bemitleidet.«

»Wie meinst du das?«

»Nun, es ist ganz einfach. Mitleid bekommt man im Leben geschenkt, Neid hingegen muss man sich hart erarbeiten.«

Marle dachte darüber nach, bevor sie antwortete: »Das gefällt mir. Bloß habe ich nichts, worum mich irgendjemand beneiden könnte. Keine Karriere, keine große Kinderschar …« Sie brach ab.

»Wart's ab«, sagte Wilhelm liebevoll. »Du bist jung. Wer weiß, was noch kommt.«

Marle stimmte ihm mit einem kurzen Nicken zu, obwohl sie im tiefsten Innern anderer Meinung war. Ihr Leben war vorbei. Es war zusammen mit Konstantin begraben worden. Mochte sie sich auch mal zu einem anderen Mann hingezogen fühlen – das war nur ein kurzes Aufblitzen von Leben in einem längst vergangenen Dasein.

Eine Weile schwiegen sie und genossen ihre ruhige Gesellschaft. Es war, als ahnten sie beide, dass dieser Abend noch laut und turbulent werden sollte.

Der gepflasterte Weg ging in einen schmaleren über, der mit Holzbohlen belegt war.

Schließlich deutete Marle auf ein großes Kreuz, das über einer hohen Düne aufragte. »Wofür steht das? Weißt du es?«

»Ja, aber ich glaube, du möchtest es nicht hören.«

»Noch eine Schreckensgeschichte?«

»Hm.«

Sie überlegte einen Moment und bat ihren Schwiegervater dann, zu erzählen. Vielleicht war es klüger, die Katastrophen, die Wangerooge in der Vergangenheit heimgesucht hatten, zu kennen. Vielleicht konnte sie ja die Geschichte wie ein Kettenhemd überstreifen und so gegen weitere böse Überraschungen gerüstet sein.

»Dort befindet sich das Ehrendenkmal Hartmannstand«, begann Wilhelm mit ruhiger Stimme zu erzählen. Sie waren stehen geblieben und blickten beide zu dem Kreuz hoch. »Obwohl Wangerooge eine kleine Insel ist, nahm sie im Zweiten Weltkrieg eine wichtige Stellung ein.«

»Warum?«, hakte Marle ein. Sie begann zu ahnen, wieso es auf Wangerooge nur noch ganz wenige historische Gebäude gab. Nicht die Nordsee allein war schuld daran gewesen.

»Grund dafür war die Lage der Insel in der Nähe des Reichskriegshafens Wilhelmshaven. Dort wurden Kriegsschiffe repariert, ausgerüstet und auf Angriffe vorbereitet. Die Schifffahrtsrinne vom Hafen ins offene Meer führte direkt an der Ostseite Wangerooges vorbei.«

Er machte eine kurze Pause, bevor er mit ernster Stimme fortfuhr. »Kurz vor Kriegsende, im April 1945, erfolgte ein schwerer Luftangriff auf Wangerooge. Viele Menschen starben, Insulaner, Soldaten und Zwangsarbeiter. Das Dorf war ein Trümmerhaufen, die Insel verwandelte sich in eine sandige Kraterlandschaft. Und dort, wo das Kreuz steht, befand sich damals ein Bunker.«

Marle senkte den Kopf. »Wie furchtbar.«

»Friedrich hat mir einiges über die Geschichte der Insel erzählt, als ich im Frühjahr hier war. Aber ich glaube, die beste Quelle muss Rieke Peters sein. Deshalb bin ich auch so gespannt, sie kennenzulernen.«

Marle freute sich mehr auf Vicki und ihre Freundinnen mit den ungewöhnlichen Liebesgeschichten. Selbst wenn sie nicht an so etwas glaubte, war es doch angenehmer, solch glücklichen Erzählungen zu lauschen.

• • •

Sie bogen nun nach Süden ab und hatten nur noch ein kurzes Stück des Weges vor sich.

Schließlich standen sie vor einem modernen zweistöckigen Gebäude aus hellrotem Backstein. »Pension Peters« stand auf einem schlichten Messingschild neben der Eingangstür. Auf der großen Veranda befand sich eine Sitzecke mit gemütlich aussehenden Korbmöbeln.

Marle und Wilhelm gingen durch einen kleinen Vorgarten darauf zu, als sich eine Familie mit zwei Kindern gerade dort niederlassen wollte.

Prompt kam eine alte Frau wie eine Furie aus dem Haus geschossen.

»Nix da! Könnt ihr nicht lesen? Heute Abend ist die Veranda für Gäste geschlossen. Hab ’ne private Party. Also verschwindet, aber ’n büschen dalli!«

Mutter und Vater sahen sich verwirrt an, die Kinder hielten grinsend ein Schild hoch, auf dem stand: »Platz nehmen verboten.«

»Liebe Frau Peters«, begann der Vater. »Wir sitzen doch jeden Abend hier.«

»Heute nicht!«

Die alte Frau war sehr groß und trug ihr eisengraues langes Haar zu einem Zopf gebunden, der ihr über den halben Rücken fiel. Nun hob sie einen hölzernen Kochlöffel hoch in die Luft. Jeden Augenblick konnte er auf die Köpfe der Familie hinuntersausen.

Marle hätte sich nicht weiter gewundert. Das hier war ohne Zweifel Rieke Peters, und sie war auf einmal heilfroh, dass sie die Einladung angenommen hatte. Oder besser gesagt: dem Befehl gefolgt war.

»Wenn du der Admiral bist«, raunte sie Wilhelm zu, »ist sie mindestens deine Vizeadmiralin.«

»Nein«, gab er ebenso leise zurück. »Diese Frau würde im Leben kein Kommando von mir befolgen.«

Womit er die Lage vermutlich sehr genau eingeschätzt hat, dachte Marle.

Die Familie gab schnell auf und drängte sich, der Vater vorweg, erst an der Pensionswirtin, dann an Marle und Wilhelm vorbei, die beide abwartend im Vorgarten stehen geblieben waren.

Rieke Peters drehte sich um, entdeckte sie und zog die Augenbrauen zusammen. Das konnte sie genauso gut wie ihr Schwiegervater, stellte Marle fest, und die Brauen waren mindestens genauso buschig wie seine. Aus unerfindlichen

Gründen fand sie das erheiternd und musste sich fest auf die Lippen beißen, um nicht laut herauszulachen.

»Wer seid ihr? Was wollt ihr? Ich bin bis unters Dach ausgebucht. Und was gibt's zu grinsen, Deern?«

Riekes Blick ging von einem zum anderen, bis sie schlagartig begriff. »Ach, der Pfeffersack aus Hamburg samt jugendlicher Begleitung.«

Zwar fand Marle es beruhigend, dass Friedrich Stolze offenbar tatsächlich nichts verraten hatte, aber wie die alte Frau das so sagte, klang es ausgesprochen anrüchig. Ihr lag schon eine scharfe Antwort auf der Zunge, als Wilhelm ihr zuvorkam.

Innerhalb von Sekunden verwandelte er sich in den strengen einstigen Bankdirektor, deutete eine knappe Verbeugung an und sagte: »Guten Abend. Ich bin Wilhelm Severin, und dies ist meine Schwiegertochter Marle. Erfreut, Ihre Bekanntschaft zu machen. Uns wurde ausgerichtet, Sie hätten uns eingeladen.«

Rieke zeigte sich kein Stück beeindruckt, sondern kam mit drei schnellen Schritten auf sie zu. Den Kochlöffel ließ sie zum Glück auf dem Verandatisch liegen, aber ihre blauen Augen funkelten streitlustig.

»Nu mal nicht so förmlich, mien Jung. Dat reicht schon, dass du dich rausgeputzt hast wie für 'n Staatsbankett. Mit dem feinen Hamburger Gehabe kannste bei mir keine Fischsuppe gewinnen. Moin. Rieke Peters.«

Sie streckte die Hand aus. Eine außergewöhnlich große Hand, wie Marle feststellte, und Wilhelm ergriff sie.

Hinter ihnen schrie jemand: »Nein! Tun Sie das bloß nicht!«

Marle wirbelte herum. Vicki, Friedrich Stolze und zwei weitere Frauen und Männer eilten herbei. Allen stand das Entsetzen ins Gesicht geschrieben.

Rasch blickte sie wieder zu Wilhelm, während Rieke Peters nun seine Hand umklammerte. Einzig ein Zucken in seinen Mundwinkeln verriet ihr, dass die Frau den Händedruck eines Bodybuilders haben musste.

Schnell kreuzte Marle die Arme hinter dem Rücken, während Wilhelm von Rieke losgelassen und mit einem anerkennenden Kopfnicken belohnt wurde.

»Siehst zwar aus, als könnte dich das erste laue Lüftchen umpusten, hast aber doch Mumm in deinen alten Knochen.«

»Ähm ... herzlichen Dank.«

Nun traten die anderen heran und schimpften mit Rieke. Eine große, schlanke Frau mit kurzen, von grauen Strähnen durchzogenen schwarzen Haaren sagte: »Du solltest dich was schämen.«

Marle stutzte. Dann erkannte sie in ihr die Frau, mit der sie auf dem Pier von Harlesiel kurz gesprochen hatte. Erneut fand sie sie sehr sympathisch. Das also war Rachel.

Friedrich, der ihr einen Arm um die Schultern gelegt hatte, wobei er sich ziemlich in die Höhe strecken musste, fügte hinzu: »Wir dachten, wir hätten dir das abgewöhnt.«

Rieke schnaubte bloß und dachte offensichtlich nicht daran, sich bei Wilhelm zu entschuldigen.

Rachel und Friedrich sahen glücklich aus, fand Marle.

Rein äußerlich betrachtet, passte das Paar überhaupt nicht zusammen, aber die Liebe scherte sich eindeutig nicht um solche Nebensächlichkeiten.

Das zweite Paar wirkte ähnlich verschieden. Die Frau mochte um die vierzig sein, war kaum über eins sechzig und hatte einen wilden braunen Wuschelkopf. Der Mann an ihrer Seite war schlaksig und überragte sie um eine Kopflänge. Auch diese beiden strahlten eine Innigkeit aus, die Marle schlucken ließ.

Zuletzt waren da noch Vicki und ein gut aussehender Mann, der ein bisschen jünger wirkte und seine Freundin lässig an der Hand hielt.

So viel Liebe, dachte Marle und fühlte auf einmal ein tonnenschweres Gewicht auf der Brust. Sie war sich nicht sicher, ob sie das einen ganzen Abend lang durchhalten würde. Zu ihrer Überraschung kam ihr ausgerechnet Rieke Peters zu Hilfe.

»Hört auf, hier so rumzuturteln, Kinners. Dat kann ja kein normaler Mensch mit ankieken. Es gibt auch Leute, die nicht so viel Schwein haben wie ihr.«

Während die anderen einander losließen und ein wenig betreten wirkten, schaute Rieke nun Marle direkt in die Augen, und es war, als reiche ihr wissender Blick bis in die tiefsten Tiefen ihrer Seele.

Als die Pensionswirtin noch einmal zu sprechen ansetzte, fürchtete Marle schon, sie hätte ihr Schicksal erraten und würde es nun hinausposaunen. Doch Rieke verblüffte sie erneut: »Dir gebe ich man besser nicht die Hand, Deern.

Du hältst nix aus. Nicht wie der alte Pfeffersack hier. Aber dat wird schon noch. Wirst sehen.«

Damit drehte sie sich um, trat auf die Veranda, schnappte sich den Kochlöffel und kehrte ins Haus zurück.

Völlig verwirrt schaute Marle zu Vicki.

Die hob bloß die Schultern. »So ist sie, unsere Rieke. Mach dir nichts draus. Mich nennt sie Blondchen, obwohl ich das auf den Tod nicht ausstehen kann.«

Dann stellte sie die anderen vor.

»Friedrich kennst du ja schon, und das ist Rachel.«

Die Angesprochene trat auf Marle zu. »Schön, dich wiederzusehen. Ich hatte es so im Gefühl, dass wir uns noch besser kennenlernen werden.«

»Wirklich?«, fragte Marle überwältigt.

»Klar. Wer Tiziano Carmaleonte die Stirn bietet, ist eine von uns.« Sie lächelte verschmitzt.

Vicki stieß Rachel mit dem Ellenbogen an. »Lass mich doch erst mal die Vorstellungen beenden. Hier haben wir Clara, die nur ich allein Clärchen nennen darf.«

Die kleine Frau schaute sie aus großen, ungewöhnlich grauen Augen an. »Herzlich willkommen auf Wangerooge.«

»Danke schön«, erwiderte Marle. Sie stellte fest, dass sie auch Clara außergewöhnlich nett fand. Es überraschte sie schon nicht mehr. Diese drei Frauen waren etwas Besonderes, und sie schätzte sich sehr glücklich, dass sie von ihnen so bereitwillig in ihrer Mitte aufgenommen wurde. Wäre es nicht wunderbar, fragte sie sich im Stillen, wenn sie auch meine Freundinnen würden?

Kurz schaute sie zu ihrem Schwiegervater. Wilhelm

nickte ihr zu, als ob er ihre Gedanken erraten hätte. Ja, dachte sie, es war eine kluge Entscheidung gewesen, die weiße Villa zu verlassen. Sie fühlte sich lebendig wie seit Jahren nicht mehr.

Vicki war mit der Vorstellungsrunde fast fertig.

»Und der lange Kerl hier ist Claras Jonathan, der mal Schäfer war und dann in seinen alten Beruf zurückgekehrt ist.«

»Aushilfsschäfer«, stellte er augenzwinkernd richtig.

»Stimmt«, gab Vicki grinsend zu. »Und das ist mein Samuel. Der Beste von allen.« Wofür sie von ihrem Begleiter einen zärtlichen Blick erntete.

Wilhelm verzichtete auf weitere Handschläge und nickte allen bloß höflich zu.

Marle lächelte. Nun, da die Paare einander losgelassen hatten, wirkten sie auch nicht mehr so einschüchternd auf sie.

Da Clara noch neben ihr stand, sagte Marle zu ihr: »Sie haben bei der Einrichtung unseres Hauses geholfen. Vielen Dank dafür. Es ist sehr schön geworden.«

»Bitte sag Du zu mir«, gab Clara sofort zurück. »War mir ein Vergnügen. Ich musste auch nicht lange meine Schaukelpferde vernachlässigen.«

»Schaukelpferde?«

»Sind meine Leidenschaft. Die baue ich in meiner kleinen Werkstatt auf dem ehemaligen Schulhof, und sie verkaufen sich ganz ordentlich.«

»Clara untertreibt maßlos«, mischte sich ihr Freund Jonathan ein. »Die Touristen reißen sie ihr aus den Händen, wenn der Lack noch nicht trocken ist. Außerdem arbeitet sie im Hotel und macht Tischlerarbeiten. Manchmal sehen wir beide uns überhaupt erst spät am Abend.«

»Als ob du so viel mehr Zeit hättest«, erwiderte Clara lachend.

»Jonathan ist Kinderarzt«, erklärte Vicki, die offenbar erkannt hatte, dass Marle nicht ganz mitkam. »Rachel ist Partnerin in Friedrichs Maklerbüro, und Samuel ist Krimiautor. Na, von mir weißt du es schon, und wir Frauen führen auch noch gemeinsam unser Hotel ›Zur Alten Schule‹.«

Marle schwieg beeindruckt. Diese drei Freundinnen waren so unglaublich fleißig. Ihr Hochgefühl von eben verflüchtigte sich. Im Vergleich zu Clara, Vicki und Rachel fühlte sie sich auf einmal ziemlich nutzlos und langweilig.

»Was machst du eigentlich beruflich?«, wollte Vicki wissen.

»Ich ... bin Erzieherin.«

»Interessant«, bemerkte Jonathan. »Erzieherinnen werden auf Wangerooge sehr gesucht. Wenn Sie Interesse haben, könnte ich bei Gelegenheit ...«

»Im Augenblick nicht, danke.«

Falls ihn ihre schroffe Antwort verwirrte, so ließ er sich nichts anmerken.

•••

Während sie sich unterhielten, nahmen alle Platz auf der Veranda, nur Vicki wurde von Rieke ins Haus gerufen, damit sie die Getränke holte. Marle sah, wie Wilhelm sich unauffällig seine rechte Hand rieb. Sie war heilfroh, dass sie Riekes Händedruck nicht am eigenen Leib erfahren hatte.

»Ist wohl nichts gebrochen«, raunte er ihr zu.

»So schlimm?« Sie war nun doch erschrocken.

Wilhelm feixte. »Ich kann schon was aushalten. Die Frau gefällt mir. Außerdem hat sie mich ›mien Jung‹ genannt. Das ist mir seit ungefähr sechzig Jahren nicht mehr passiert.«

Es geschah höchst selten, dass Wilhelm Severin von einem anderen Menschen beeindruckt war. Rieke Peters ahnte vermutlich gar nicht, welch eine Ehre ihr da zuteilwurde. Aber so, wie Marle die Frau einschätzte, war ihr das sowieso herzlich egal.

Vicki kam mit einem großen Tablett zurück. Es gab Mineralwasser, einen gekühlten Chardonnay, friesisches Bier und Zitronenlimonade.

Clara, Vicki und Rachel nahmen sich ein Glas Wein, die Männer bevorzugten das Bier, einzig Marle und Wilhelm entschieden sich für die Limonade.

»Sehr vernünftig«, erklärte Rachel.

Clara lachte. »Wir halten uns aber auch zurück. Nach allem, was wir vor zwei Jahren unter dem Einfluss von zu viel Prosecco angestellt haben, ist das auch definitiv besser so.«

Marle schaute neugierig von einer zur anderen. »Was haben Sie ... was habt ihr denn gemacht?«

»Oh«, Clara winkte lachend ab, »bloß ein altes Schulgebäude im Internet ersteigert.«

Marle staunte. Das war so ungefähr das Verrückteste, das sie je gehört hatte. Sie erinnerte sich, dass Friedrich

Stolze am Nachmittag etwas von einem Schulhaus erzählt hatte, aber ihre Eindrücke waren so vielfältig gewesen, dass sie nicht mehr genau wusste, was er gesagt hatte.

»Und dann?«

Vicki mischte sich ein. »Ich gebe dir mal die Kurzform, denn so wahnsinnig spannend findest du unsere Geschichte bestimmt nicht.«

Eigentlich schon, dachte Marle. Diese Frauen waren alle so voller Leben. Vielleicht fiel ja ein kleines Stück davon für sie ab, wenn sie sich mit ihnen anfreundete. Aber sie schwieg und hörte zu.

Vicki erzählte, sie alle drei hätten damals unter heftigem Liebeskummer gelitten. Das wusste Marle bereits und dachte bei sich, dass Clara, Vicki und Rachel unermessliches Glück gehabt hatten, schließlich doch noch den Richtigen zu finden.

»Deshalb kam die Prosecco-Sause zustande, und unser Clärchen hat an dem Abend immer wieder von Wangerooge geschwärmt. Tja, am nächsten Morgen haben wir dann entdecken müssen, dass die olle Bude unsere war. Und anstatt vernünftigerweise den Deal rückgängig zu machen, haben wir beschlossen, ein Hotel zu eröffnen.«

Daher der Name »Zur Alten Schule«, dachte Marle.

»Was uns ohne Rachels Fachwissen nie gelungen wäre«, bemerkte Clara.

»Ohne deinen Enthusiasmus aber auch nicht«, sagte Vicki.

Sie wandte sich wieder an Marle. »Ursprünglich hatten wir vor, daraus ein Liebeskummer-Hotel zu machen. Mit Seminaren für Leute, die schwer zu leiden hatten. Aber Rieke hat uns das ausgeredet. Das sei dumm Tüch. Dummes Zeug. Tja, so ist es ein ganz normales, hübsches Hotel geworden.«

Marle fand die Idee eigentlich gar nicht schlecht, und sie fragte sich, wie es wohl war, einfach nur Liebeskummer zu haben. Wahrscheinlich ziemlich schlimm, aber sie kannte dieses Gefühl nicht.

Wieder rief Rieke nach Vicki, und kurz darauf brachten sie gemeinsam gut gefüllte Teller nach draußen. Es duftete köstlich. Nur für Wilhelm und Rieke gab es Platz an dem kleinen Tisch. Die anderen mussten ihr Essen auf den Knien balancieren, doch das machte niemandem etwas aus.

»Das ist mit Bauchspeck gespickte und panierte Seezunge«, erklärte Vicki. »Eines von Riekes Spezialrezepten nach alter Wangerooger Art. Die Kartoffeln sind in Butter geschwenkt, und dazu gibt es diese einmalige Sardellensoße.«

Marle probierte ein Stück von dem Fisch. »Ich glaube, ich habe noch nie etwas so Leckeres gegessen.«

»Das kann ich nur bestätigen«, sagte Wilhelm.

Vicki lachte. »Womit ihr in Riekes illustren Freundeskreis aufgenommen seid.«

Alles lächelte, nur die Gastgeberin verzog das Gesicht, als sei ihr jedes Kompliment unangenehm.

Eine Weile aßen alle schweigend, bis Vicki sagte: »In der Pizzeria war heute mal wieder die Hölle los. Tiziano war noch nicht von seiner Geburtstagsfeier auf dem Festland zurück, und Lorenzo hat sich nicht blicken lassen.«

Marle nahm sich nun doch ein Glas Wein. Sie hatte gehofft, an diesem Abend nicht mehr über den Mann nachdenken zu müssen, der sie derart durcheinanderbrachte.

»Der perfekte Lorenzo Carmaleonte hat seine Eltern im Stich gelassen?«, hakte Clara nach. »Das passt aber nicht zu ihm. Tiziano ist doch der Bruder, der ständig die Regeln bricht.«

»Und die Frauenherzen«, warf Rachel lachend ein. »Nur unsere nicht. Gott sei Dank.«

Alle grinsten, und Marle wurde immer mulmiger zumute. Ein verheirateter Mann, der fremdging? Das wurde ja immer schlimmer.

Sie spürte Wilhelms Blick auf sich ruhen, schaute aber nicht von ihrem Teller auf.

Rieke, die bis eben schweigend und mit unglaublicher Geschwindigkeit gegessen hatte, wischte sich den Mund mit einer Papierserviette ab und sagte in die Runde: »Ihr tut dem Mann unrecht.«

»Welchem?«, wollte Vicki wissen.

»Tiziano natürlich. Er ist ein guter Junge, aber er hat eine verletzte Seele. Bevor die nicht heilt, wird es mit ihm nicht besser werden.«

Alle starrten Rieke an, auch Marle.

Schließlich war es Wilhelm, der als Erster reagierte.

»Geht es hier um den jungen, großen Italiener, dem wir vorhin begegnet sind?«

»Genau«, sagte Vicki.

»Ich hatte ebenfalls einen guten Eindruck von ihm, obwohl er sich zunächst ein wenig unreif benommen hat. Wir haben ihn auf der Fähre getroffen, nicht wahr, Marle?«

»Ja«, flüsterte sie. »Ihn und seine Frau.«

»Seine Frau?«, hakte Rieke nach und brach dann in ein kreischendes Gelächter aus, das Marle durch und durch ging und sie unwillkürlich an Möwengeschrei erinnerte.

12. Kapitel

Sie waren wieder da. Nach einer Woche, in der sie sich nicht hatten blicken lassen, entdeckte Tiziano die junge Frau und den alten Mann in der Sekunde, als sie sich setzten.

Marle.

Marle Severin und ihr Schwiegervater Wilhelm. Sie nahmen wie gewohnt an einem der Tische draußen Platz – dem einzigen, der keinen Blick auf den Strand und die Nordsee bot und der deshalb auch an diesem frühen Abend frei geblieben war. Es war Hochsaison, der erste Sonntag im August, und überall in den Cafés und Restaurants drängten sich die Gäste. Auch in der Pizzeria »O Sole Mio«. Wobei viele nur ein einziges Mal kamen, das wusste Tiziano nur zu genau.

Nun schnappte er sich Block und Stift und durchquerte den Gastraum mit der großen Fensterfront.

• • •

Manchmal stellte er sich vor, wie es hier aussehen könnte, wenn er die Pizzeria führen würde. Er würde all die bunten

Bilder, die den Golf von Neapel und den Vesuv zeigten, entsorgen. Ebenso müssten die Weinranken aus Plastik, die verstaubten Korbflaschen mit Kerzen darin, die falschen Schinken und Salamis verschwinden. Die kleinen quadratischen Tische mit den scheußlichen rot-weiß karierten Plastikdecken flögen ebenso raus wie der wuchtige Bartresen. Tiziano sah im Geiste ein modernes und dennoch anheimelndes Lokal vor sich. Mit viel hellem Holz, geschmackvollen Fotos der alten Heimat an den Wänden, ohne viel Schnickschnack und mit vielleicht nur zwei Tischen, die aber so lang und mit genügend Stühlen bestückt waren, dass die Gäste sich mitten auf einer fröhlichen italienischen Familienfeier wähnten. Einmal hatte er mit Clara, der netten und patenten Tischlerin, über seine Vision gesprochen. Sie hatte sofort verstanden, was ihm vorschwebte, und versprochen, ihm zu helfen, wenn es so weit war.

Tatsächlich sah es jedoch nicht danach aus, als ob er jemals der Chef hier werden würde, daher versuchte er, so wenig wie möglich darüber nachzudenken. Wahrscheinlicher war es, dass er bald wieder das Weite suchen würde. Mit seinem Vater Giuseppe kam er immer schlechter aus, sein Bruder Lorenzo gab sich neuerdings geheimnisvoll und kritisierte ihn noch mehr als sonst.

Im Stillen hatte Tiziano sich inzwischen vorgenommen, im September die Insel für immer zu verlassen. Er würde wieder nach Hamburg ziehen und sich einen Job suchen. Alles hier wurde ihm zu eng, zu kompliziert.

Dennoch – manchmal überfiel ihn dieser Traum wie ein

Fieber, und er sah die Pizzeria vor sich, als wäre längst ein Wunder geschehen.

Natürlich würde es ausgezeichnetes Essen geben. Keine fünfzig Gerichte mehr auf der Karte, sondern maximal zehn, die täglich wechselten, je nachdem, welche frischen Zutaten zu bekommen waren.

Und ja, vielleicht würde er auch den Namen ändern. Das »O Sole Mio« würde künftig schlicht »Da Tiziano« heißen und endlich Gäste anlocken, die eine bodenständige italienische Küche zu schätzen wussten.

Gäste wie Marle und Wilhelm Severin.

• • •

Tiziano trat nach draußen und näherte sich mit Block und Stift ihrem Tisch.

»Buonasera«, sagte er höflich und ärgerte sich, weil seine Stimme so heiser klang.

Das passierte ihm jedes Mal, wenn er mit Marle sprach. Seit ihrer ersten Begegnung vor einem Monat auf der Fähre bekam er sie nicht mehr aus dem Kopf. Er dachte an sie, wenn er wach war, er träumte von ihr, wenn er schlief. Tiziano erkannte sich selbst nicht mehr, und das machte ihm eine Heidenangst.

Zumal diese Frau sich überhaupt nicht für ihn interessierte. Manchmal liefen sie sich über den Weg; ihr Haus stand ja ganz in der Nähe. Aber Marle tat stets so, als würde sie ihn nicht sehen. Und wenn sie mit ihrem Schwiegervater zum Essen einkehrte, hielt sie den Blick auf die kitschige

Tischdecke gesenkt und überließ dem alten Herrn das Reden.

Hätte sie sich ein wenig geziert und wäre dann seinem Charme erlegen, so hätte Tiziano längst mit ihr abschließen und sich der nächsten Frau zuwenden können. Zumindest glaubte er das, wobei ein Teil von ihm ihn warnte: Du irrst dich gewaltig! Bleib ihr fern, sie ist gefährlich.

Inwiefern gefährlich, konnte er sich nicht erklären, und so taumelte er den ganzen Juli über zwischen Sehnsucht, Ärger und Ratlosigkeit herum und wusste nicht mehr ein noch aus. Nur eines schien ihm sicher: Wenn er Wangerooge endlich den Rücken gekehrt hatte, dann würde auch Marles Bild verblassen.

»Guten Abend«, erwiderte Wilhelm Severin und lächelte ihm zu. »Wir hätten gern das Übliche. Den großen Salat und Bruschetta.«

Tiziano räusperte sich. »Eine kluge Wahl.«

Der Salat war immer frisch und wurde auf Wunsch nur mit etwas Balsamicoessig und kalt gepresstem Olivenöl angemacht. Das geröstete Brot mit frischen Tomatenstücken und Basilikum war knusprig und schmackhaft.

»Wenn ich eine Empfehlung aussprechen darf ...« Sein Hals war trocken, und er musste ein paarmal schlucken. Es lag nicht allein daran, dass Marle ihn nervös machte – auch der Admiral flößte ihm nach wie vor Respekt ein. Seit Sören ihn so bezeichnet hatte, war der Spitzname hängen geblieben. »Meine Mutter hat eine Lieferung frischer Miesmuscheln bekommen und zubereitet.« Er küsste seine Fingerspitzen und kam sich dabei unendlich albern vor.

Wilhelm bekundete seine Zustimmung mit einem schmalen Lächeln. »Sofern Sie mir versprechen, dass sie weder in Mayonnaise noch in Remouladensoße ertränkt wurden.«

»Das schwöre ich bei allen Heiligen.« Tiziano lachte. Es klang laut und falsch. »Mamma Rosanna hat sie nur ganz kurz in Öl, Weißwein und Knoblauch gegart.«

»Wunderbar. Dann nehmen wir davon eine Portion.«

Tizianos Blick wanderte immer wieder zu Marle, aber er bekam kaum mehr als ihr Haar zu sehen, das im frühen Abendlicht wie goldenes Feuer leuchtete.

»Und dazu vielleicht einen frischen Pinot grigio aus Venetien?«

Er war kein Sommelier, aber er hatte während seiner Jahre in Hamburg viel gelernt, und ein trockener Weißwein aus einem der weniger bekannten Anbaugebiete Italiens gehörte derzeit zu seinen Favoriten.

Wilhelm Severin zögerte kurz, aber dann nickte er. »In Ordnung. Wir haben schließlich nicht jeden Tag etwas zu feiern.« Er tauschte einen kurzen Blick mit seiner Schwiegertochter, bevor er bat: »Bringen Sie uns eine Flasche davon, und dazu bitte auch eine Karaffe stilles Wasser.«

»Sehr schön. Darf ich fragen, was der Anlass für diese kleine Feier ist?«

Tiziano wusste, er ging zu weit. Der joviale Umgang mit den Gästen war die Domäne seines Vaters. Er selbst hatte mit den Severins bisher nur das Nötigste gesprochen. Zumal er fürchtete, er würde sich ähnlich idiotisch wie am Tag ihrer

Ankunft benehmen, wenn er ein Gespräch mit Marle begann.

Nun, die Gefahr bestand auch jetzt nicht, denn es war Wilhelm Severin, der ihm antwortete: »Nur meinen Geburtstag, nicht der Rede wert. Ich würde lieber vergessen, dass ich achtundsiebzig geworden bin, aber meine Schwiegertochter hat darauf bestanden, etwas zu unternehmen.«

Er lächelte ihr liebevoll zu. »Zur Wahl stand noch eine Feier bei Rieke Peters – da habe ich mich doch lieber für die ruhige Variante entschieden. Rieke macht mir ein bisschen Angst. Außerdem findet sie, ich sei ein junger Hüpfer. Wer weiß also, was für eine Geburtstagsparty sie organisiert hätte.«

Tiziano lachte kurz auf. Er mochte diesen alten Mann und hätte gern noch länger mit ihm geplaudert. Aber er war schon zu lange am Tisch geblieben.

»Herzlichen Glückwunsch«, sagte er daher nur. »Und wenn Sie erlauben, geht der Pinot grigio aufs Haus.«

Er blickte sich um. »Dort drüben wird ein Tisch frei. Wenn Sie vielleicht lieber die Aussicht aufs Meer genießen möchten ...«

»Nein.« Das kam von Marle. Nur ein Wort, aber voller Entschiedenheit ausgesprochen.

Ihr Schwiegervater tätschelte ihr kurz den Arm. »Ich sitze sehr gern hier«, versicherte er.

Tiziano steckte sich den Stift hinters Ohr und wunderte sich. Es hatte sich herumgesprochen, dass Marle Severin ein bisschen seltsam war. Sie mied den Strand, ging lieber in den Dünen oder durch den Ort spazieren. An ihrem ersten Tag hatte sie sogar eine Art Anfall gehabt, hieß es. Sie habe aufs Meer gestarrt und sich nicht gerührt. Totenblass sei sie dabei geworden. Eine glaubhafte Erklärung hatte Tiziano dafür bisher nicht gehört. Obwohl die Insulaner herzlich gern tratschten, besonders über neue Mitbürger, hatte ihm noch niemand verraten, was wirklich mit Marle Severin los war. Vielleicht, weil es niemand wusste.

Während Tiziano nun zurück in die Küche eilte, fragte er sich erneut, was es mit dieser Abneigung gegen das Meer auf sich hatte und wie es kam, dass Marle ausgerechnet auf eine Insel gezogen war. Dann überlegte er, warum eine schöne und junge Frau wie sie Single war und wieso sie nicht arbeitete, sondern ihre Tage in Gesellschaft ihres Schwiegervaters verbrachte. Er stellte sich vor, sie hätte eine schlimme Scheidung erlebt und der alte Mann sei ihre einzige Stütze. Ein paarmal hatte Tiziano versucht, Vicki auszuquetschen. Die aber verriet ihm nur, dass sie manchmal Zeit mit Marle verbrachte. Es stünde ihr nicht zu, über das Privatleben ihrer neuen Freundin zu sprechen.

Grübelnd fuhr er sich durchs Haar. Diese kleine Familie gab ihm nur Rätsel auf.

• • •

Kaum in der Küche angekommen, wurde er von seinem Vater zum Pizzabacken abgestellt. Den Service könne Lorenzo auch allein schaffen.

»Der steht nämlich nicht da und vertrödelt seine Zeit mit Geplauder«, fügte Giuseppe hinzu.

Tiziano knirschte mit den Zähnen, erwiderte aber nichts. Es hatte keinen Sinn, zu diskutieren. Sein Vater war hochrot im Gesicht, und seine Mutter war sehr bleich – als wollte sie die Farbe ihres Mannes neutralisieren. Außerdem machte ihr der alte Bruch am Knöchel zu schaffen. Sie hinkte stärker als sonst. Beide waren überarbeitet und erschöpft von einer Saison, die noch lange nicht zu Ende war.

Während Tiziano die Teigfladen platt drückte und dann mit Tomatensoße bestrich, fragte er sich zum ungezählten Mal, wie es mit seiner Familie bloß weitergehen sollte. Früher waren sie so etwas wie ein Team gewesen. Zwar hatte Tiziano sich immer als Außenseiter gefühlt, aber die Eltern und sein Bruder waren guter Dinge gewesen und hatten ohne sichtbare Anstrengung in der Pizzeria gearbeitet.

Diese Zeiten waren lange vorbei. Die Jahre harten Schuftens zehrten an allen, besonders an der älteren Generation.

Tiziano schaute auf die Bestellungen und belegte die vorbereiteten Pizzen mit Mozzarella, gekochtem Schinken und Artischockenherzen.

Wie lange würden Rosanna und Giuseppe dieses Arbeitspensum aushalten? Noch vor einem Monat war er nur wütend auf seinen Vater gewesen, und für seine Mutter hatte er eine Art diffuse Dankbarkeit empfunden. Inzwischen jedoch machte er sich ernsthafte Sorgen um beide, wusste jedoch nicht, was er hätte tun können, um ihnen zu helfen.

Verriet er seinem Vater sein Geheimnis, würde er dazu verdammt werden, täglich am Herd zu stehen. Seine Mutter würde enttäuscht sein, weil er sie nicht eingeweiht hatte, sein Bruder würde sich mit dem Zeigefinger gegen die Stirn tippen und behaupten, Tiziano habe bloß eine blühende Fantasie.

Lorenzo. Sein Bruder war ihm das größte Rätsel. Der schien in letzter Zeit regelrecht aufzublühen. Wenn Tiziano mal fragte, was los sei, sagte er bloß: »Kümmere dich um deinen eigenen Kram, Kleiner.«

An seiner Arbeit gab es nichts zu bemängeln, doch von Zeit zu Zeit bemerkte Tiziano, wie sein älterer Bruder still in sich hineinlächelte. Vielleicht hatte Lorenzo ja eine neue Freundin gefunden. Obwohl sich Tiziano nicht vorstellen konnte, welche Frau sich mit einem verbitterten Mann wie seinem Bruder abgeben würde, so hielt er dies doch für die wahrscheinlichste Erklärung.

Er schob die Pizzen in den Elektroofen, ärgerte sich wie immer darüber, dass das Restaurant über keinen Holzofen verfügte, und entschied, dass er sich für diesen Tag genug Gedanken gemacht hatte.

Seine Familie, Marle und ihr Schwiegervater – Tiziano hatte es gründlich satt, sich über alle Leute den Kopf zu zerbrechen.

• • •

Als keine neuen Pizza-Bestellungen kamen, ging er seiner Mutter beim Gemüseschneiden und Salatrupfen zur Hand. Rosanna lächelte ihm dankbar zu. Sie war mal eine Meisterin in der Herstellung frischer Pasta gewesen. Tortellini, Ravioli, Lasagne – mit den verschiedensten Füllungen. Aber irgendwann hatten Giuseppe und Lorenzo entschieden, es sei kostengünstiger, fertige Teigwaren einzukaufen.

So war auch Rosanna dazu verdammt, niedere Arbeiten zu verrichten, die ihrem wahren Können nicht gerecht wurden. Nur selten, so wie an diesem Abend, hatte sie für eine halbe Stunde köstliche Miesmuscheln zubereiten dürfen.

»Du siehst müde aus, Mamma«, sagte Tiziano eine Stunde später.

Sie stöhnte leise. »Mein dummer Knöchel bringt mich heute um.«

Rosanna war erst fünfundsechzig, sah aber zehn Jahre älter aus. Ständig fürchtete Tiziano, sie könnte erneut vor lauter Erschöpfung stolpern und einen weiteren Bruch erleiden.

»Dann geh rauf«, schlug er vor. »Leg die Beine hoch, und ruh dich aus.«

Rosanna blickte zu ihrem Mann hinüber, der am Herd mit mechanischen Bewegungen eine Sahnesoße umrührte.

»Ich kann ihn nicht allein lassen«, flüsterte sie Tiziano zu. »Er sieht nicht gut aus.«

Im Stillen musste er seiner Mutter recht geben. Giuseppe Carmaleonte, im selben Alter wie seine Frau, hatte bereits sein drittes T-Shirt durchgeschwitzt. Sein spärliches graues Haar klebte ihm nass am Kopf, sein Gesicht war nach wie vor unnatürlich rot. Der mächtige Bauch, den er seiner eigenen ungesunden Küche zu verdanken hatte, schien jeden Moment platzen zu wollen.

Tiziano legte seiner Mutter beruhigend eine Hand auf

den Arm. »Geh du nach oben. Ich bleibe hier und kümmere mich um ihn.«

Zweifelnd blickte sie zwischen Sohn und Ehemann hin und her. Aber schließlich siegte die Erschöpfung.

»Va bene. Aber versprich mir, ihn nicht zu ärgern.«

»Versprochen.«

»Auch nicht deinen Bruder.«

Als ob ich derjenige wäre, der den meisten Streit anfängt, dachte er verdrossen. Laut aber sagte er nur: »Ich schwöre. Nun geh schon.«

Mit einem Seufzer der Erleichterung band Rosanna ihre Schürze ab und verließ schwer hinkend die Küche durch die Hintertür. Von dort würde sie über die Treppen in die Wohnung über der Pizzeria gelangen.

Tiziano arbeitete nun schneller, damit das Fehlen seiner Mutter nicht gleich auffiel. Es waren nur noch wenige Gäste da, aber alle schienen Appetit auf Salat zu haben. Manche fürchteten sich offenbar vor den fetten Soßen, die zu den Nudelgerichten serviert wurden.

Während Tiziano mit flinken Fingern Salat zupfte, Tomaten in Achtel schnitt und Frühlingszwiebeln und Petersilie zerkleinerte, fragte er sich, wie lange die Pizzeria auf diese Art und Weise noch überleben würde.

Die Stimme seines Bruders riss ihn aus seinen Grübeleien.

»Guck einer an. Du kannst ja Kräuter hacken wie ein Profi.«

Lorenzo war unbemerkt neben ihn getreten und hatte

natürlich bemerkt, wie gekonnt und schnell Tiziano das Küchenmesser handhabte.

Verdammt! Er hatte nicht aufgepasst!

»Das … habe ich mir von Mamma abgeschaut«, sagte er lahm.

»Von Mamma, ja?« Lorenzo warf ihm einen langen, ungläubigen Blick zu, wandte sich dann aber einfach ab und sagte zu Giuseppe: »Es sind nur noch zwei Tische besetzt. Du kannst hochgehen, Papà.«

Für ein paar Sekunden fühlte sich Tiziano seinem Bruder verbunden. Auch Lorenzo sorgte sich also um die Gesundheit ihrer Eltern.

Giuseppe schimpfte über Gäste, die sich anscheinend in Kaninchen verwandelt hatten, weil sie nur noch Grünzeug zu sich nehmen wollten. Dann bedachte er seine Söhne mit einem strengen Blick. »Macht keinen Ärger, ihr zwei, verstanden? Ich höre euch auch oben.«

Beide nickten, und während sie warteten, bis Giuseppe die Küche verlassen hatte, hielt bei Tiziano das Gefühl von Verbundenheit noch an. Es verschwand schlagartig, als Lorenzo ihn an der Schürze packte und mit seinem ganzen Gewicht gegen die Arbeitsfläche drückte.

»Sag mir die Wahrheit, Kleiner.«

»Was? Worüber?«

»Stell dich nicht dumm. Seit Jahren spielst du uns hier die ungeschickte Küchenhilfe vor. Aber anscheinend hast du uns alle …«

Weiter ließ Tiziano seinen Bruder nicht kommen, nach dem ersten Schreckmoment erinnerte er sich daran, dass er größer und stärker als Lorenzo war. Er packte dessen Arme und zog sie weg. Dann machte er einen schnellen Schritt zur Seite. Dabei sprach er kein Wort, denn ein Teil von ihm glaubte tatsächlich, Giuseppe könnte sie hören, wenn sie laut wurden.

Er drehte seinem Bruder einfach nur den Rücken zu und verschwand durch den Gastraum nach draußen. Lorenzo würde die letzten Gäste schon allein bedienen können.

»Glaub nicht, dass du so einfach davonkommst!«, rief sein Bruder ihm nach. »Wir sprechen uns noch!«

Tiziano tat, als hätte er nichts gehört. Automatisch schaute er zum Tisch von Wilhelm und Marle. Verlassen und abgeräumt. Sie mussten schon eine Weile weg sein.

Aus unerklärlichen Gründen machte es ihn wütend, dass er nicht einmal mehr einen Blick auf Marles Haar hatte werfen können. Ihm fiel etwas ein: Er hatte nicht an Lorenzo weitergegeben, dass die Flasche Weißwein aufs Haus gehen sollte. Vermutlich würden die Severins ihn jetzt auch noch für einen Schwindler halten. Vermutlich hatten sie ohnehin keine gute Meinung von ihm. Sein Ruf als missratener Sohn und Insel-Casanova war mit Sicherheit längst auch bis zu ihnen gedrungen. Der Admiral gab sich zwar stets freundlich, aber Marle würdigte ihn nie eines Blickes.

Nun, er hatte es wohl nicht besser verdient.

13. Kapitel

Tiziano ballte die Hände zu Fäusten, während er die Obere Strandpromenade entlangstürmte. Sein Bruder hatte sein Geheimnis erraten – oder er war zumindest ganz nah dran.

Das hätte nicht passieren dürfen. Nicht jetzt. Nicht, wenn die Zukunft noch so unklar vor ihm lag.

Erst nach ein paar Hundert Metern beruhigte er sich ein wenig, verlangsamte seinen Schritt und holte tief Luft. Die Sonne war inzwischen untergegangen, aber noch war es hell genug, um den Strand zu überblicken. Kaum jemand war dort unterwegs, und so entschied Tiziano, hinunter ans Ufer zu gehen.

Normalerweise vermied er es, sich im Hochsommer unter die Touristen zu mischen. Er liebte das Meer im Winter, wenn es kalt und abweisend war, wenn es seine Wellen hoch und grollend ans Ufer warf, wenn der Himmel darüber schiefergrau und schwarz war.

Heute machte er eine Ausnahme. Den paar Gestalten, die er aus der Ferne sehen konnte, würde er einfach mit großem Abstand aus dem Weg gehen.

Es herrschte Ebbe an diesem Abend. Tiziano zog Schuhe

und Socken aus, genoss das Gefühl von nassem Sand an seinen Füßen und marschierte nach Westen. Die Dämmerung bot ihm Licht genug, die klare Luft reinigte seine Lungen, ein Containerschiff am fernen Horizont schien ihn hinaus in die Welt zu locken. Klein wie ein länglicher Bauklotz wirkte es vom Strand aus.

Schon als Junge war Tiziano von den Ozeanriesen fasziniert gewesen. Zusammen mit Sören, der damals bereits sein bester Freund gewesen war, hatte er stundenlang am Strand gestanden und durch ein Fernglas die großen Pötte bewundert. Während andere Kinder nach Muscheln und Krebsen suchten oder auch nach verlorenen Münzen der Badegäste, behielten Tiziano und Sören die Containerfrachter fest im Auge, bis sie hinter den Horizont gekippt waren. Wenn die Sicht gut war, konnten sie die Flaggen erkennen. Panama, Südafrika, Uruguay oder gar Neuseeland. Dann träumten sie davon, einmal selbst auf große Fahrt zu gehen und all die exotischen Länder zu besichtigen.

Als sie älter wurden, verloren sich ihre Träume, aber die Faszination für die Riesenschiffe blieb.

Gedankenversunken wandte Tiziano den Blick ab und schaute auf den nassen Ufersand.

Vielleicht hätte er damals besser am Boden gesucht, anstatt seiner Sehnsucht nachzuhängen. Dann hätte er vielleicht einen großen Klumpen Bernstein gefunden. Oder einen verlorenen Diamantring oder irgendeinen uralten Schatz von gesunkenen Galeeren. Und dann hätte er nach Neapel fahren können. Denn sein wahrer Traum war einfach, seine Nonna wiederzusehen und dort zu leben, wo es warm und fröhlich war. Nicht so kalt und voller lauter, harter Worte wie hier im Norden.

Seinem Freund erzählte er nie davon, zu groß war die Angst, Sören könnte ihn für ein Baby halten. Und mit den Jahren vergaß er ohnehin die alte Heimat. Nach dem Tod seiner Nonna dachte er immer seltener an Neapel, und er lernte sogar die Kälte im Norden zu schätzen – den frischen Wind, der seinen Kopf frei pustete, und den frostigen Winterregen, der sein Herz mit einer dünnen Schicht Eis bedeckte und es auf diese Weise unverwundbar werden ließ.

Bis Susanne kam. Die langbeinige blonde Schönheit, ein paar Jahre älter als er und um einiges erfahrener, hatte ihn, den neunzehnjährigen Studenten, auf seiner allerersten Party in Bremen verführt. Von da an war er ihr verfallen gewesen, und es hatte zwei schmerzhafte Jahre gebraucht, bis er kapiert hatte, dass die schöne Susanne zwar recht gern mit ihm zusammen war, ihn aber nicht liebte. Mehr noch, sie gab ihm zunehmend das Gefühl, lästig zu sein, und betrog ihn nach Lust und Laune.

Sein Jurastudium hatte er darüber in den Sand gesetzt, und als er geschlagen und tief verletzt nach Wangerooge zurückkehrte, war er ein anderer geworden. Von da an ließ er kein Mädchen mehr zu nahe an sich heran und erlaubte sich keine echten Gefühle mehr.

• • •

Tiziano sah Marle erst, als er nur noch fünf, sechs Meter

von ihr entfernt war. Sie stand ein Stück vom Ufer entfernt, war allein und rührte sich nicht. Eine schmale, hohe Silhouette – leicht zu übersehen in der Dämmerung. Selbst ihr Haar leuchtete nicht mehr.

»Was machen Sie hier?«, fragte er heiser.

Als ob ihn das etwas anginge!

Tiziano presste die Kiefer zusammen. Etwas Blöderes hätte ihm nicht einfallen können. Es hatte schon eines unglaublichen Zufalls bedurft, um am weiten, einsamen Strand auf die Frau zu treffen, die seit Wochen seine Gedanken beherrschte. Da musste er sich nicht auch noch wie ein Volltrottel aufführen. Eventuell wäre es auch hilfreich gewesen, nach vorn zu schauen statt auf den Boden. Dann hätte er ausweichen können.

Das kam davon, wenn man seinen Erinnerungen nachhing.

Marle würdigte ihn keiner Antwort, und Tiziano kam sich noch dümmer vor. Gleichzeitig war da plötzlich ein Gefühl von Zärtlichkeit in ihm, das er nicht einordnen konnte. Noch nie war er mit Marle allein gewesen, und es drängte ihn, ein paar Schritte auf sie zuzumachen.

Verrückt! Er musste komplett verrückt sein.

»Es tut mir leid«, fügte er schnell hinzu. »Ich wollte Sie nicht stören.«

Erneut reagierte Marle nicht, und da erst fiel ihm auf, dass sie ihn noch gar nicht bemerkt hatte. Unbeweglich stand sie da und starrte in die Ferne.

Verwirrt tat er es ihr nach, konnte aber nichts Ungewöhnliches entdecken – nur das Containerschiff am Horizont, einen Schwarm weißer Möwen und den weiten, blauen Abendhimmel.

»Es ist so eng«, flüsterte sie. »Und grau.«

Tiziano verstand nicht. Was war los mit dieser Frau?

Ohne nachzudenken, trat er neben sie – so dicht, dass sich ihre Ellenbogen berührten – und schaute weiterhin mit ihr gemeinsam aufs Meer hinaus. Er ahnte, sie sahen zwei völlig verschiedene Dinge, aber vielleicht half es ihr, dass er ihren Blick teilte. Als er spürte, dass sie fröstelte, legte er ihr einen Arm um die Schultern und drückte sie leicht an sich. Sie wehrte sich nicht dagegen, vielleicht bekam sie es gar nicht mit.

Der Ozeanriese wurde klein und kleiner, bis er schließlich von der Welt verschluckt wurde.

Marle stieß einen langen, tiefen Seufzer aus.

Tiziano erschauerte. Er hielt sie noch ein bisschen fester. Sein vor langer Zeit vereistes Herz schlug auf einmal warm und stark in seiner Brust, und er hegte nur einen einzigen Wunsch: dass er für immer Marles Nähe würde spüren können.

Da jedoch sackte sie unter ihm weg. Alles Starre fiel von ihr ab, und sie sank lautlos in den Sand.

Eine Schrecksekunde lang dachte er, sie sei ohnmächtig geworden, doch noch während er mit ihr zu Boden ging und versuchte, sie festzuhalten, kehrte Farbe in ihr eben noch bleiches Gesicht zurück, und ihre graugrünen Augen schauten klar.

Sie hockte sich hin, schüttelte seinen Arm ab, strich sich eine Strähne aus dem Gesicht.

»Was machst du denn hier?«

Falls ihr auffiel, dass sie ihn einfach duzte, ließ sie es sich nicht anmerken.

»Das habe ich dich gefragt, aber du warst ... irgendwie weggetreten.«

»War ich das?« Sie runzelte die Stirn, während eine einzelne Träne über ihre Wange lief.

Er wollte sie ihr sanft mit dem Finger fortstreichen oder mit den Lippen wegküssen. Stattdessen setzte er sich aufrecht im Schneidersitz hin, schaute sie nicht an und fragte in ruhigem Tonfall: »Wenn es dir so schwerfällt, das Meer zu sehen, warum bist du dann auf eine Insel gezogen?«

Eine Antwort erwartete er nicht, aber zu seiner Überraschung sagte Marle leise: »Es ist nicht das Meer.«

»Nein? Was dann?«

»Das Schiff.«

Sie rückte ein winziges Stück von ihm ab, und er ließ es zu. Er hatte sich nie für einen besonders einfühlsamen Menschen gehalten, aber möglicherweise sah diese Frau etwas in ihm, das er selbst nicht kannte. Oder sie hatte einfach den Punkt erreicht, an dem sie reden musste – ganz gleich, mit wem.

Was immer der Grund sein mochte, Tiziano verhielt sich instinktiv ruhig und ließ ihr den Raum und die Zeit, die sie brauchte.

»Ich dachte, ich schaffe es heute endlich«, begann sie zögerlich. »An den Strand zu gehen, ganz normal die Aussicht zu genießen und nicht beim Anblick eines Containerfrachters zu erstarren. Ich ... wollte das endlich überwinden, Wilhelm zuliebe. Er macht sich solche Sorgen um mich, und ich dachte, das wäre ein schönes Geburtstagsgeschenk für ihn.«

Tiziano gab ein unbestimmtes Brummen von sich, aber Marle schien ihn ohnehin kaum wahrzunehmen.

»Wir hatten Streit«, fuhr sie leise fort. »Mein Mann und ich. Er hieß Konstantin.«

Hieß?, fragte sich Tiziano im Stillen und wusste auf einmal, dass diese Frau viel mehr durchgemacht hatte als nur eine Scheidung.

Seine Hand wollte nach ihrer greifen, aber er krallte die Finger in den Sand, weil ihm klar war, dass jede falsche Bewegung, jedes falsches Wort sie wieder verstummen lassen würde. Mit dem Daumen schnitt er sich an einer Muschelschale, aber er zuckte nicht einmal.

Marles Stimme war kaum mehr als ein Flüstern, als sie fortfuhr: »Ich habe ihm eine ziemlich hässliche Szene gemacht. Das war vor zwei Jahren, fünf …« Sie brach ab, holte tief Luft und setzte noch einmal neu an: »Das war vor zweieinhalb Jahren.«

Hatte sie eben auch die Monate und Wochen aufzählen wollen? Gar die Tage? Tiziano war sich da ziemlich sicher, aber er tat, als hätte er ihr Zögern nicht bemerkt. Ein unbestimmtes Gefühl sagte ihm, dass sie jeden Moment wieder zumachen konnte. Eine falsche Reaktion von ihm, eine unpassende Bemerkung – und Marle Severin würde ihm wieder nur Rätsel aufgeben.

Während er darauf wartete, dass sie weitersprach, wunderte er sich gewaltig. Normalerweise war er der Typ Mann, der sofort das Weite suchte, wenn eine Frau ihm ihr Herz ausschütten wollte. Das hatten ihm schon viele Mädchen vorgeworfen. Er sei oberflächlich, hatten sie gesagt. Er wisse gar nicht, wie man eine echte Beziehung führe. Tiziano hatte stets nur lässig mit den Achseln gezuckt.

Jetzt und hier jedoch hielt er sogar den Atem an, damit sie endlich weitersprach.

»Konstantin war zwanzig Jahre älter als ich.«

In Ordnung, dachte Tiziano, wenn sie weit ausholen wollte, sollte sie das tun. Er hatte alle Zeit der Welt. Die ganze Nacht, wenn es sein musste. Er wagte es, wieder zu atmen.

Aber dann kam sie doch schneller zum Punkt, als er erwartet hatte.

»Und er hatte bereits Kinder aus erster Ehe. Zwei Söhne. Er wusste, dass ich mir ein eigenes Kind wünschte, aber er ... na ja ...« Sie hob kurz die Schultern und ließ sie wieder fallen. Eine hilflose Geste, die Tiziano beinahe zu Tränen rührte. So viel Hoffnungslosigkeit lag darin.

»An jenem Tag also habe ich eine Aussprache gefordert. Es war mitten im Winter und sehr kalt, aber ich habe darauf bestanden, dass wir runter an die Elbe gingen, um zu reden. Ich war seit dem frühen Morgen im Haus gewesen und brauchte dringend frische Luft. Außerdem wollte ich nicht, dass Wilhelm uns hörte. Oder Olga.«

Olga?, überlegte Tiziano. War das ihre Schwiegermutter? Nein. Ihm fiel ein, dass der Admiral schon seit vielen Jahren verwitwet war. Das hatte ihm Rieke gesteckt, die ziemlich viel über die Severins in Erfahrung gebracht hatte. Nur Marles Geschichte kannte auch sie nicht, was sie mächtig wurmte. Die Pensionswirtin war ziemlich stolz darauf, alles über jeden zu wissen.

Nun, vielleicht handelte es sich bei dieser Olga einfach um eine alte Freundin.

»Konstantin war erschöpft von einem langen Tag in der Bank, aber er stimmte zu. Wahrscheinlich hatte er ein schlechtes Gewissen, weil er in letzter Zeit kaum zu Hause gewesen war. Seine erste Ehe war daran gescheitert, dass er nie Zeit für Frau und Kinder hatte.«

Erneut machte sie eine Pause, als müsse sie Kraft sammeln.

»Unsere Beziehung war viel besser. Wir haben uns geliebt, und lange Zeit war mir das genug. Aber irgendwann fing ich an, von einer eigenen Familie zu träumen, und manchmal sprach ich ihn darauf an, aber er schien mir nie richtig zuzuhören.«

Während sie erneut schwieg, fragte sich Tiziano, was daran falsch war, sich Kinder zu wünschen. Sollte er jemals heiraten, so wollte er ganz sicher auch Nachwuchs haben.

Er stutzte. In seinem ganzen Leben hatte er sich darüber noch keine Gedanken gemacht. Es musste an seinem italienischen Erbe liegen. Rasch unterdrückte er ein Lächeln.

»Wie auch immer«, fuhr Marle fort, »ich wollte an jenem Tag eine Entscheidung herbeizwingen. Und ... mir ... ist nicht aufgefallen, dass Konstantin ganz grau im Gesicht war. Ich bin einfach losmarschiert, die vielen Stufen des Treppenviertels nach unten.«

Also hatte sie in Blankenese gelebt. Während seiner Jahre in Hamburg hatte Tiziano dieses berühmte Viertel mal besichtigt und sich vorgestellt, er würde in einer der großen Villen residieren. Bis er gemerkt hatte, dass ihn ein solcher Luxus nicht weiter interessierte. Er war viel zu ruhelos gewesen, um sich so ein Leben vorstellen zu können.

»Ich lief immer schneller. Einmal wäre ich fast gefallen.« Marle redete jetzt wie unter Zwang, und ihre Stimme wurde lauter.

»Ich hörte zwar, dass Konstantin nach mir rief, aber ich blieb erst stehen, als zwei alte Frauen vor mir den Weg versperrten. Während ich auf Konstantin wartete, schaute ich auf die Elbe hinunter und sah ... und sah ...«

Tiziano atmete jetzt ganz flach. Etwas pikste ihn ins Bein, er ignorierte es, rührte sich nicht.

Marle stieß ein Stöhnen aus. Es kam tief aus ihrer Brust und klang, als habe es zweieinhalb Jahre darauf gewartet, freigelassen zu werden.

»Ein Containerschiff«, sagte sie. »Eines dieser ganz großen mit riesigen Aufbauten. Es füllte fast mein gesamtes Blickfeld aus, und noch während ich es betrachtete, schloss Konstantin zu mir auf. Ich weiß nicht mehr, warum, aber ich schrie auf einmal los. Ich warf ihm vor, dass er mir meinen sehnlichsten Wunsch nicht erfüllen wollte. Ich träumte davon, Mutter zu werden, aber er ... er ...«

Sie sackte ein Stück in sich zusammen.

»Du musst es nicht wiederholen«, sagte er leise, weil er auf einmal spürte, dass sie Zuspruch brauchte. »Was immer du in deinem Zorn gesagt hast, du kannst es für dich behalten. Es ist nicht wichtig. Worte der Wut werden vom Wind davongetragen. Das hat meine Großmutter in Neapel immer gesagt.«

Seltsam, dass er sich jetzt daran erinnerte.

Sie griff nach ihm, zog seine Hand aus dem Sand, drückte sie, bis es fast schmerzte. Als wäre für ein paar Sekunden Riekes Kraft in sie gefahren.

»Danke.«

Einen Moment lang schien sie sich zu sammeln, der Druck ihrer Hand wurde leichter. »Konstantin hatte auf einmal einen seltsamen Ausdruck in den Augen. Ich hatte gedacht, er würde vielleicht lächeln oder mich sanft an sich ziehen und mir versprechen, alles werde gut werden und wir könnten noch einmal in Ruhe darüber reden. Ich war mir sogar sicher, dass er das tun würde. Aber er wirkte plötzlich so überrascht. Als könnte er nicht glauben, was geschah. Und dann – ist er zu Boden gegangen.«

Sie schluchzte auf. »Ich wusste sofort, was passiert war, und habe versucht, ihn wiederzubeleben. Die beiden alten Frauen haben mir geholfen und einen Krankenwagen gerufen. Aber – es war zu spät. Der Notarzt sagte später, es sei ein Sekundenherzinfarkt gewesen. Niemand hätte ihn retten können. Aber ich ... hätte ich ihn nicht die Treppen nach unten gejagt, hätte ich nicht auf ihn eingeschrien ...«

»Nein!«, sagte Tiziano laut und scharf.

Sie fuhr zusammen.

Er sprang auf und zog sie mit hoch. Es war eine rein intuitive Handlung. Er wollte, dass sie aufrecht stand und nicht zusammengesunken im Sand hockte. Seine Hände umfassten ihre Oberarme, sanft und fest zugleich. Er tauchte seinen Blick in ihre Augen, verlor sich darin, vergaß, wer er war, was hier geschah, fing sich wieder und sagte mit fester Stimme: »Es war nicht deine Schuld. Ich bin nur ein dummer Pizzabäcker, aber selbst ich weiß, dass ein Herzinfarkt selten aus heiterem Himmel kommt. Es gab bestimmt Vorzeichen. Wahrscheinlich war dein Mann schon seit Langem überarbeitet, hat ungesund gelebt, was weiß ich …«

Während Tiziano nach weiteren Argumenten suchte, musste er unwillkürlich an seinen Vater denken. Wenn es einen sicheren Kandidaten für einen Infarkt gab, dann war es Giuseppe Carmaleonte.

Furcht schnürte ihm den Brustkorb zusammen, und er schwor sich, etwas zu unternehmen, um eine Tragödie zu verhindern. Denn eines wusste er sicher: Sollte Giuseppe etwas Schlimmes passieren, würde Rosanna sich zu Tode grämen.

Weil er nicht weitergesprochen hatte, sagte Marle: »Das weiß ich. Und ich weiß auch, dass mich keine Schuld trifft. Es war nur ein Zufall. Es hätte an jedem anderen Tag geschehen können. Wenn er allein spazieren ging, wenn er mit der Segeljacht draußen war. Mit dem Verstand ist mir das alles klar. Und dennoch …«

Tiziano begriff. Sie war eine kluge Frau, aber der Schock, ihren Mann vor ihren Augen sterben zu sehen, hatte eine tiefe Wunde in ihre Seele gerissen.

Nichts, was er oder andere Menschen sagten, konnte daran etwas ändern. Worte waren manchmal nicht genug.

Also folgte er noch einmal seinem Instinkt, zog sie sanft zu sich heran und legte ihr die Arme um den Rücken.

Kurz versteifte sie sich, aber dann lehnte sie sich warm und weich an ihn.

Sie waren fast gleich groß, deshalb musste sie den Kopf senken, um ihn auf seine Schulter zu legen. Eine Haarsträhne kitzelte ihn an der Wange, ihr Atem strich über seinen Hals.

Ein Schauer erfasste Tiziano, und er hielt sie noch ein bisschen fester.

»Andrà tutto bene«, murmelte er, und erst, als ihm auffiel, dass er in seine Muttersprache gewechselt war, wiederholte er: »Alles wird gut.«

Wie lange sie dort so standen, hätte er später nicht mehr zu sagen gewusst, aber irgendwann veränderte sich etwas zwischen ihnen. Aus der tröstlichen Umarmung wurde etwas anderes, etwas weitaus Aufregenderes.

Und als sie den Kopf hob und ihn anschaute, ihn vielleicht zum ersten Mal wirklich anschaute, da konnte Tiziano sich nicht bremsen und legte seine Lippen auf ihre.

Ihr Kuss war süß und bitter zugleich. Ihm schien, als schmecke er all ihre Tränen. Jene, die sie geweint hatte, und jene, die sie noch weinen würde.

Sie klammerte sich an ihn, und ihr Griff hatte etwas Verzweifeltes an sich.

Da wusste Tiziano, es war nicht der richtige Moment. Sie musste noch ein großes Stück ihres Weges allein gehen, bevor sie zu ihm kommen konnte.

Während er dies dachte und sich über seine eigene Weisheit – oder Dummheit – wunderte, löste er sich sanft aus ihren Armen, gab ihr noch einen Kuss auf die Nasenspitze und trat einen halben Schritt zurück.

»Ich glaube ... das ist nicht gut«, sagte er hilflos.

In ihren Augen blitzte plötzlich Wut auf, ihr Haar schien im Dunkeln zu leuchten.

»Was?«

»Wir sollten das nicht tun. Nicht jetzt.«

»Nein«, erwiderte sie, und ihre Stimme klirrte, so kalt war sie. »Nein, das sollten wir ganz und gar nicht tun.«

Dann drehte sie sich abrupt um und lief davon. Es sah so aus, als flöge sie über den Sand, und Tiziano wusste, von allen Fehlern, die er in seinem Leben begangen hatte, war dieser wahrscheinlich der größte gewesen.

Lange blieb er dort am Strand und schaute ihr noch nach, als sie schon längst verschwunden war.

Eine zweite Erkenntnis traf ihn wie ein Schlag: Niemals würde ihr Bild verblassen, und wenn er bis ans andere Ende der Welt reisen sollte. Er hatte sich etwas vorgemacht, als er gedacht hatte, er würde sie vergessen können, wenn er nur Wangerooge verließe. Und dennoch: Ihm blieb keine Wahl. Er musste fort. Der Gedanke, ihr noch einmal nah zu sein, nur um zu spüren, wie sehr sie ihn ablehnte, war ihm unerträglich.

14. Kapitel

Nach einer schlaflosen Nacht war Tiziano schon vor Sonnenaufgang wieder auf den Beinen. Stundenlang hatte er wach gelegen und sich selbst einen Volltrottel geschimpft. Da küsste er die Frau, von der er seit Wochen regelrecht besessen war – und hatte anschließend nichts Besseres zu tun, als sie wegzustoßen.

Was war er bloß für ein Mann?

Ein Feigling, gab er sich selbst die Antwort.

Ein anständiger Kerl, sagte eine leise, fremde Stimme, die er selbst nicht kannte.

So ging es über Stunden hin und her, und als er nun aufstand und sich die müden Augen rieb, war er kein Stück weitergekommen.

Sollte er noch einmal mit Marle reden? Ihr erklären, was in ihm vorgegangen war? Ihr sagen, dass er ... Ja, was denn bloß? Sie begehrte? Ohne sie nicht mehr leben konnte?

Er würde sich nur lächerlich machen.

Tiziano stellte sich vor, wie er als liebeskranker Trottel vor ihrem Haus auftauchen und um Gnade bitten würde.

Ausgeschlossen. Auch nach dieser langen Nacht schien

es für ihn nur die Lösung zu geben, fortzugehen. Wenigstens für eine Weile.

Mitten in der Hauptsaison?, fragte dieselbe fremde Stimme. Willst du wirklich deine Familie im Stich lassen?

Nein, gestand er sich ein. Das konnte er nicht tun. Es sei denn … Weiter kam er nicht. Er wusste nur, er brauchte einen Plan, und es musste ein verdammt guter Plan sein.

Also ging er zunächst frühstücken. Seine Wohnung lag an der Friedrich-August-Straße, und wie jeden Morgen wählte er den Weg durch den Rosengarten. Normalerweise genoss es Tiziano, diese grüne Oase zu durchqueren. Die große Wiese und die vielen bunten Rosenbeete waren eine willkommene Abwechslung zu Dünen, Strand und Meer.

Heute jedoch hatte er keinen Blick dafür und lief nur stur geradeaus.

Das Café »Pudding« war um diese frühe Uhrzeit noch geschlossen, aber auf halbem Weg dorthin hatte die Bäckerei Prieks an der Zedeliusstraße bereits für Frühaufsteher geöffnet. Und es gab sogar anständigen Espresso und Cappuccino.

Kurz zögerte Tiziano. Immerhin war es erst einen Monat her, dass die Geschichte mit Jette, der Tochter des Hauses, schiefgegangen war. Bisher hatte er es tunlichst vermieden, einen Fuß in die Bäckerei zu setzen. Aber heute Morgen blieb ihm keine Wahl. Er brauchte Kaffee und ein Croissant, sonst konnte er keinen klaren Gedanken fassen.

Die automatische Schiebetür glitt auf, und der Duft nach frischen Backwaren ließ augenblicklich seinen Magen knurren.

»Moin!«, rief Jette fröhlich, während sie Plunderteilchen von einem Blech nahm und in der Auslage verteilte. »Bin gleich bei Ihnen.«

Dann richtete sie sich auf, erkannte Tiziano und lief dunkelrot an.

Er dachte daran, dass er mindestens ebenso wütend auf sie sein durfte wie sie auf ihn. Immerhin hatte sie Marle vorgegaukelt, sie sei seine Frau. Rieke hatte den Irrtum zwar sehr schnell aufgeklärt, trotzdem war Tiziano tagelang extrem schlecht auf Jette zu sprechen gewesen.

Doch all das schien eine Ewigkeit her zu sein und nicht erst ein paar Wochen. Es war nicht mehr so wichtig.

»Buongiorno«, sagte er und lächelte sie freundlich an. »Ich hätte gern einen doppelten Espresso und ein Honig-Croissant.«

Jette klappte den Mund auf und zu, sagte nichts, machte sich schließlich an der Kaffeemaschine zu schaffen. Weiterhin schweigend, arrangierte sie die Bestellung auf einem kleinen Tablett, stellte ein Glas Wasser dazu und nahm sein Geld entgegen.

Tiziano beschloss, sein Frühstück an einem der Stehtische draußen einzunehmen. Jettes Reaktion auf ihn war überraschend heftig. Er hätte gern Frieden mit ihr geschlossen, aber vielleicht war der richtige Zeitpunkt dafür noch nicht gekommen.

Nachdenklich ging er mit seinem Tablett nach draußen zurück.

Konnte es sein, dass mieses Timing zu seinem Leben gehörte?

Er war direkt nach dem Abitur nach Bremen gezogen, ein noch unreifer, dummer Kerl, der es nicht erwarten konnte, fortzukommen, und der allzu leicht einer schönen, erfahrenen Frau verfallen war. Hätte er mit dem Studium ein, zwei Jahre gewartet und solange in der Pizzeria gearbeitet, wäre vielleicht einiges anders gelaufen.

Später zögerte er zu lange, bis er sich endlich aufraffte und nach Hamburg zog. Bevor er sich dann jedoch nach seiner Ausbildung eine Karriere hätte aufbauen können, war er zurückgerufen worden, weil die Familie ihn nach Rosannas Unfall brauchte.

Und heute?

Bedrückt rührte Tiziano Zucker in seinen Kaffee. Er fand nie den richtigen Augenblick, um mit seinen Eltern zu sprechen und ihnen zu gestehen, dass es ihn wieder fortzog. Er wählte den falschen Moment, um Marle zu küssen, er brachte es ja nicht einmal fertig, die schlechte Stimmung zwischen sich und Jette zum richtigen Zeitpunkt aus der Welt zu schaffen.

•••

Tiziano sah den Schlag nicht kommen.

»Verdammt!«, stieß er aus. Zum Glück hatte er die Espressotasse noch nicht zum Mund geführt.

»Nu man nich so empfindlich!«, rief Sören und grinste breit. »Schon so früh auf? Und bist du sicher, dass der Kaffee nicht vergiftet ist?«

Tiziano zog offenbar eine reichlich dumme Grimasse, denn Sören lachte laut auf.

»War 'n Scherz, Kumpel. Jette hat dir längst verziehen, stimmt's, oder habe ich recht, meine kleine Sprotte?«

Kleine Sprotte? Tiziano rieb sich die Schulter und beobachtete, wie Jette, die eben nach draußen gekommen war, sich eng an Sören schmiegte.

»Stimmt, mein Käpt'n.« Sie küsste Sören lange und innig. Wahrscheinlich inniger als sonst zu dieser frühen Stunde, und Tiziano verstand die Botschaft: Ich habe jetzt einen viel besseren Mann als dich, sagte ihm Jette. Bist selbst schuld.

Er trank mit drei kleinen Schlucken seinen Espresso und lächelte dann. »Ich freue mich für euch. Ehrlich. Aber bitte, Jette, erzähle nicht mehr herum, du wärst meine Frau, okay?«

»Ganz bestimmt nicht«, erwiderte sie und rollte dabei mit den Augen, als wäre eine Ehe mit ihm die schlimmste Strafe, die sie sich vorstellen konnte. »Ich will meinen Ruf ja nicht endgültig ruinieren.«

Dann verschwand sie wieder nach drinnen.

»Wie schmeichelhaft«, brummte er und biss ein Stück von seinem Croissant ab. Er merkte, dass Sören ihn ausgiebig musterte.

»Du siehst aus wie ausgekotzt.«

»Danke.«

»Nee, ehrlich, Kumpel. Was ist los? Hast du durchgefeiert? Ich dachte, die Zeiten sind vorbei?«

»Sind sie auch.«

»Aber du hast Augenringe wie vergammelte Tintenfische, und rasiert bist du auch nicht.«

»Das ist ein Dreitagebart.«

»Sieht mir eher nach drei Wochen aus, aber egal. Spuck's aus. Was macht dich so fertig? Immer noch die geheimnisvolle Marle?«

Halb Wangerooge zerbrach sich den Kopf über die Severins, und Sören wusste, dass Tiziano von Marle fasziniert war. Wobei er einen anderen Ausdruck bevorzugte: besessen.

Ganz kurz war Tiziano versucht, dem Freund zu erzählen, was am Strand vorgefallen war. Doch dies wäre wohl wieder ein falscher Moment und außerdem Marle gegenüber ein riesiger Vertrauensbruch. Also aß er bloß schweigend sein Croissant auf und dachte, dass er wenigstens einmal Sinn für Timing hatte.

Sören fixierte ihn noch eine Weile, gab dann aber auf. »Na, denn nicht. Aber du weißt, wo du mich findest, wenn du sabbeln willst.«

Tiziano nickte dankbar. »Immer bei Jette?«, fragte er augenzwinkernd.

Sören feixte. »Manchmal auch auf'm Kutter.«

• • •

Als Tiziano schließlich weiterging, war er froh darüber, dass die Dinge sich zumindest für Sören und Jette gut entwickelten. Es gab ihm das Gefühl, nicht alles in seinem Leben verbockt zu haben, obwohl sein Anteil an der Geschichte eher nicht besonders wertvoll war.

Als er die Obere Strandpromenade erreichte, wandte er sich zielstrebig nach Westen.

An der Fensterfront der Pizzeria »O Sole Mio« waren die Rollos noch heruntergelassen, und auch in der Wohnung seiner Eltern war alles dunkel und ruhig. Montags öffnete das Lokal in der Hauptsaison erst am Abend, damit die Familie sich wenigstens einen halben Tag in der Woche ausruhen konnte.

Nur bei Lorenzo schien bereits Licht zu brennen. Ganz sicher war Tiziano nicht, denn das Mansardenfenster war schwer einzusehen. Dennoch stieg er die Treppen nach oben und klopfte laut an die Tür.

Auf dem Weg hierher war ihm klar geworden, dass er ein Problem nach dem anderen angehen musste, wenn er irgendwann sein Leben so führen wollte, wie er es sich erträumte. Und nein, Marle durfte in diesem Traum nicht vorkommen. Was in der Nacht noch eine diffuse Ahnung gewesen war, wusste er nun mit Bestimmtheit: Diese Frau würde niemals ihm gehören. Er war nicht gut genug für sie – bloß der Casanova einer kleinen Insel in der Nordsee, der im Alter von dreißig Jahren noch nichts zustande gebracht hatte.

Mal ganz davon abgesehen, dass sie ihn ja ablehnte.

Tiziano klopfte gleich noch einmal.

Von innen wurde die Tür aufgerissen.

»Was willst du denn?«, blaffte ihn Lorenzo an. »Ich schlafe noch.«

Danach sah er eigentlich nicht aus, befand Tiziano. Sein

Bruder war bereits fertig angezogen und frisch rasiert. Wo er wohl hinwollte?

»Ich dachte, wir könnten mal reden.«

»Jetzt?«

»Hm, ja. Sonst haben wir ja nie Zeit. Aber wenn du willst, komme ich später noch mal wieder.«

Lorenzo schien mit sich zu ringen, doch schließlich machte er einen Schritt zurück. »Nein. Wenn du mir schon den Tag verderben musst, dann tu es lieber gleich.«

Tiziano biss sich auf die Innenseite der Wange, um sich eine heftige Erwiderung zu verkneifen. Wenn sie sofort nur wieder in Streit gerieten, würde er kein Stück weiterkommen.

Als sein Bruder noch verlobt gewesen war, hatte es in der Mansarde überall Anzeichen einer weiblichen Präsenz gegeben. Frische Blumen in hübschen Vasen, gemütliche Kissen auf dem Ledersofa, Nippes auf den Regalen. Seit Silvana ihn verlassen hatte, war Lorenzo zu seinem gewohnten einfachen Lebensstil zurückgekehrt.

Heute wirkte die Mansarde nicht nur ungemütlich, sondern auch leerer als sonst, fand Tiziano. Er war jedoch lange nicht mehr hier gewesen und konnte nicht entscheiden, was fehlte.

»Kaffee?«, fragte Lorenzo.

»Danke, nein. Ich habe schon gefrühstückt.«

Sein Bruder bot ihm keinen Platz an, aber er hockte sich trotzdem auf eine Sofalehne.

»Also?«, fragte Lorenzo. »Willst du endlich ein Geständnis ablegen?«

»Ein Geständnis?«, fragte Tiziano verwirrt zurück. Erst dann fiel ihm wieder ein, was am Vorabend in der Küche geschehen war.

Schon sagte sein Bruder: »Erzähl mir nicht, du hättest dir wirklich von Mamma abgeschaut, wie man so schnell und perfekt Kräuter hackt.«

»Nein.«

»Ha!« Lorenzo stellte sich dicht vor ihm auf und verschränkte die Arme vor der Brust. Er war jetzt größer als Tiziano, was ihm zu gefallen schien.

»Nun? Wo hast du das gelernt?«

»In Hamburg.«

»Ach ja? Uns hast du damals erzählt, du hättest auf dem Großmarkt in den Nächten unzählige Kisten geschleppt.«

»Das stimmte auch. Aber es war nur ein Teil der Geschichte.«

»Und wie lautet der Rest?«

Tiziano holte tief Luft. Er wusste, ihm blieb nun nichts anderes mehr übrig, als die Wahrheit zu sagen. »Ich habe eine Ausbildung zum Koch absolviert. Bei Lavaro.«

Lorenzo pfiff laut durch die Zähne. »Donnerwetter!«

Renato Lavaro war ein Sternekoch mit eigenem Restaurant im vornehmen Harvestehude. Tiziano hatte es damals kaum fassen können, als er als Lehrling angenommen wurde. Und weil er sich als talentiert erwiesen hatte, war ihm eine Anstellung später sicher gewesen.

»Ich stand kurz vor der Prüfung, als ihr mich zurückgerufen habt«, fügte er hinzu. »Ich bin also nicht offiziell Koch.«

Lorenzo schien ihn nicht zu hören.

»Hast du das verstanden?«, fragte Tiziano nach. »Ich habe zwar die ganze Ausbildung durchlaufen, besitze aber keinen Gesellenbrief.«

»Wen kümmert's.«

»Wie bitte?«

Lorenzo ließ die Arme sinken. Aus unerklärlichen Gründen wirkte er auf einmal zufrieden. »Ist doch egal. Du kannst also richtig gut kochen.«

In Tizianos Magen regte sich ein mulmiges Gefühl. »Stimmt.«

»Und warum hast du dieses kleine Geheimnis für dich behalten?«

Tiziano sah seinen Bruder nur an.

Lorenzo verstand. »Du wolltest dich nicht festlegen und dir lieber ein Hintertürchen offen lassen, damit du jederzeit wieder verschwinden kannst. Und die Familie würde dich nicht weiter vermissen, weil du ja sowieso nichts kannst.«

»Ganz so war das nicht«, wehrte sich Tiziano, obwohl sein Bruder seine Beweggründe ziemlich gut beschrieben hatte.

»Ach nein, wie dann? Ich würde nämlich zu gern erfahren, was in deinem Kopf vor sich geht.«

Tiziano stand von der Sofalehne auf. Er hatte es satt, zu Lorenzo hochsehen zu müssen.

»Niemand hat sich dafür interessiert, was ich in Hamburg gemacht habe. Mamma litt Schmerzen, Papà hat mich gleich zu den einfachsten Diensten verdonnert, und du hast sowieso kaum mit mir geredet.«

»Oh, ein armes, verkanntes Genie.« Lorenzo grinste, als wäre er tatsächlich belustigt, aber gleich darauf wurde er wieder nachdenklich. »Das könnte das Ende von Papàs Sahnesoßen sein.«

Tiziano sah ihn eindringlich an. »Bitte«, flehte er, »bitte verrate ihm nichts. Ich …«

»Was?«

Er traf eine Entscheidung. Endlich. »Ich gehe fort.«

Noch während er sprach, fragte er sich, warum er ausgerechnet Lorenzo als Ersten einweihte. Sie hatten nicht gerade das, was man inniges Verhältnis nannte. Anderseits waren sie Brüder, und Tiziano hoffte einfach darauf, dass diese engen Bande stärker waren als jegliche Rivalität.

Lorenzo hob nur die Brauen. »Du willst uns verlassen? Wieder einmal?«

»Diesmal wird es für immer sein«, gab Tiziano dumpf zurück. »Ich weiß jetzt, dass ich auf der Insel niemals glücklich werden kann.«

Lorenzo stieß eine Art Brummen aus. »Mein hübscher kleiner Bruder auf der ewigen Suche nach dem großen Glück.«

Er war selbst ein gut aussehender Mann, aber Tizianos Erfolg bei den Frauen hatte ihn offenbar schon immer gewurmt.

»Du bist so erbärmlich«, fügte er hinzu.

Auch Marle hatte ihn einmal so bezeichnet, und die Erinnerung daran bestärkte Tiziano nur in seinem Entschluss.

»Ich will wieder nach Hamburg. Vielleicht gelingt es mir,

meine Prüfung nachzuholen, und dann kann ich mir als Koch Arbeit suchen.«

»Und an Mamma und Papà denkst du nicht?«, fragte Lorenzo.

»Doch. Ich werde jemanden finden, der meinen Platz einnehmen kann.«

Das schlechte Gewissen nagte an ihm, aber das würde er vor seinem Bruder nicht zugeben.

»In der Hochsaison«, sagte Lorenzo spöttisch. »Du glaubst doch selbst nicht, dass du jetzt eine Hilfskraft findest.«

Tiziano wusste darauf keine Antwort. Er konnte nur hoffen, dass er bei seiner Suche Erfolg haben würde. Auf keinen Fall wollte er die Familie in Schwierigkeiten bringen.

»Das wäre ja mal was Neues«, meinte Lorenzo, nachdem er den Gedanken laut ausgesprochen hatte. »War's das? Ich muss jetzt los.«

Wohin?, hätte Tiziano gern gefragt. Sein Bruder benahm sich neuerdings immer geheimnisvoller.

Aber er hielt den Mund, froh, so leicht davongekommen zu sein.

»Eins noch«, sagte Lorenzo, als er schon wieder an der Tür war. »Wann willst du es Mamma und Papà sagen?«

»Gleich heute beim Mittagessen.«

Montags kochte Rosanna für die Familie, und es war ein ungeschriebenes Gesetz, dass beide Söhne zu erscheinen hatten. Tiziano sah keinen Grund, warum er die Neuigkeit länger für sich behalten sollte. Sobald er die Eltern informiert hatte, konnte er seine Vorbereitungen treffen. Und mit etwas Glück würde er Marle nicht mehr begegnen. In Wahrheit fühlte es sich wie Unglück an, aber das verdrängte er entschlossen.

15. Kapitel

Tiziano ging nach dem Gespräch mit seinem Bruder zunächst nach Hause, in der Hoffnung, er könnte ein, zwei Stunden schlafen. Dann könnte er seinem Vater mit ausgeruhtem Kopf gegenübertreten. Doch kaum lag er voll angezogen auf dem Bett, als ihn das schlechte Gewissen plagte und ihn nicht zur Ruhe kommen ließ.

Von Minute zu Minute wurde es schlimmer. Die Vorstellung, Rosanna im Stich zu lassen, war unerträglich, zumal er wusste, dass Lorenzo recht hatte. Eine freie Aushilfskraft war in der Hochsaison ungefähr so schwer zu finden wie ein weißer Wal im Wattenmeer. Ob Sören helfen konnte, jemanden aufzutreiben? Oder einer seiner anderen Freunde?

Da fiel Tiziano ein, dass er seit gut einem Monat kaum noch Zeit mit den Leuten aus seiner Clique verbracht hatte. Er hatte Arbeit vorgeschoben, in Wahrheit jedoch war er die üblichen Vergnügungen leid gewesen.

Mit den Jungs abends die Bars am Strand und im Ort abklappern, um sich die hübscheste Touristin zu angeln? Seit er Marle kannte, hatte er keinen Blick mehr für andere Frauen. Mit der ganzen Gruppe eine Party veranstalten, von der er zwei Tage lang Kopfschmerzen haben würde? Seine Geburtstagsfeier war das letzte Fest dieser Art gewesen, und er verspürte keinerlei Lust auf eine Wiederholung.

Ihm fiel auf, dass er selbst und Sören die Ältesten in der Gruppe waren. Alle anderen waren Anfang oder Mitte zwanzig. Was sagte das über ihn aus? War er zu unreif, um mit Gleichaltrigen zusammen zu sein? Sören, das bemerkte er erst jetzt, hatte sich zwar von ihm mitziehen lassen, aber oft genug auch auf Partys verzichtet. Er habe keine Lust, im eigenen Schleppnetz zu landen, hatte er erklärt, und er sei auch langsam zu alt für solchen Spaß.

Tiziano begriff, dass er im vergangenen Monat eher unbewusst dem Beispiel des Freundes gefolgt war. Trotzdem konnte er natürlich ein paar Leute anrufen und um Hilfe bitten. Und Rieke Peters würde er auch fragen. Die alte Frau kannte praktisch jeden auf der Insel – sie würde wissen, ob jemand Arbeit suchte.

Der Vormittag verflog, während er nicht zur Ruhe kam, und als Tiziano schließlich bei seinen Eltern erschien, musste er mehrfach ein Gähnen unterdrücken.

Der Duft von frischer Tomatensoße empfing ihn, und er leckte sich unwillkürlich über die Lippen. So gut kochte Rosanna nur für die Familie. Einfach, aber mit besten Zutaten und viel Zeit, damit sich die Aromen entfalten konnten. Und da war noch ein anderer Duft, den er nur zu gut kannte, und wie ein kleiner Junge freute er sich auf den Hauptgang. Trotzdem konnte er ein weiteres Gähnen nicht verstecken, als er die Küche betrat.

Sein Vater bedachte ihn mit einem vorwurfsvollen Blick.

Er saß hemdsärmelig am Tisch und las die Zeitung. Die Carmaleontes verfügten über eine gemütlich eingerichtete Stube, mit Möbeln aus hellem Holz und geschmackvollen Aquarellen an den Wänden. Aus alter Gewohnheit jedoch fand ihr Leben in der geräumigen Küche statt, wo nun kurz nach Tiziano auch Lorenzo eintraf. Mamma Rosanna stand am großen alten Gasherd und ließ selbst geformte Öhrchennudeln ins kochende Wasser gleiten.

»Der Parmigiano muss noch gerieben werden«, sagte sie über die Schulter.

Tiziano stellte sich bereitwillig an die Arbeitsfläche und übernahm diese Aufgabe.

»Immer hilfsbereit, unser Kleiner«, sagte Lorenzo spöttisch.

Er hatte sich von seinem Vater den Sportteil geben lassen, schien aber nicht sonderlich interessiert. Stattdessen spürte Tiziano, wie sein Bruder ihn beobachtete.

»Ruhe, ihr beiden«, befahl Rosanna. »Heute wird friedlich gegessen.«

Giuseppe stieß ein Knurren aus und tat, als ginge ihn diese Familie nichts an. Er blätterte um, trank Rotwein und schob sich gesalzene Pistazien in den Mund.

Tiziano fand, sein Vater sah heute ein wenig besser aus. Seine Gesichtsfarbe war normal, und er wirkte entspannt.

Als Rosanna die dampfende Schüssel mit Orecchiette auf den Tisch stellte, tat sich Giuseppe wie selbstverständlich als Erster auf, häufte fast die Hälfte des Gerichts auf seinen Teller und streute großzügig Käse darüber. Rosanna sagte nichts dazu. Sie schob die Schüssel erst zu dem älteren, dann zu ihrem jüngeren Sohn.

Obwohl sein Magen knurrte, nahm Tiziano sich nur wenig, sonst wäre für seine Mutter nichts mehr übrig geblieben.

»Der brave Kleine denkt nur an das Wohl seiner Mamma«, bemerkte Lorenzo spöttisch.

»Bitte«, sagte Rosanna. »Lasst uns unser Mahl genießen. Es gibt auch Schollenfilets mit Oliven und Kartoffeln, im Ofen gegart. Davon ist genug für alle da.«

Tiziano verzog das Gesicht. Und wieder einmal waren die Rollen am Tisch klar verteilt. Giuseppe dachte nur an sich selbst, Lorenzo ärgerte den jüngeren Bruder, er selbst schluckte schwer an seiner Wut, Rosanna bemühte sich, Frieden zu stiften. So war es immer gewesen, und so hätte es für immer bleiben können. Nur nicht an diesem Tag.

Er aß ein paar Gabeln voll Nudeln, doch der Appetit war ihm vergangen.

Schließlich trank er einen Schluck Wasser, räusperte sich und sagte: »Ich muss euch etwas mitteilen.«

Sein Vater ließ sich nicht beim Essen stören, er sah nicht einmal hoch. Seine Mutter aber schaute ihn an, und ihr Blick reichte bis in sein Herz. Die Augen und die schwarzen Locken hatte er von ihr geerbt. Früher einmal war sie stolz auf ihre strahlend blauen Augen gewesen, ein Erbe eines fernen normannischen Vorfahren. Schon lange jedoch war das lebensfrohe Funkeln daraus verschwunden, und je länger Tiziano schwieg, je länger sie schweigend abwartete, desto dunkler wurde ihr Blick. Rosanna ahnte, was er sagen wollte, und sie resignierte. Das sah er genau. Sie nickte ihm sogar aufmunternd zu, denn ihre Liebe war groß genug, ihn noch einmal ziehen zu lassen.

Da wusste er auf einmal, er konnte es nicht tun. Nie wieder würde er sich im Spiegel anschauen können, wenn er seiner Mamma Schmerz zufügte. Nie wieder konnte er aufrecht gehen, wenn er sie einfach verließ.

»Ich …«, begann er, wurde jedoch von Lorenzo unterbrochen.

»Zunächst sollte ich etwas sagen«, erklärte sein Bruder und stand sogar auf.

Alle sahen verblüfft zu ihm hoch, auch Giuseppe. Dass der älteste Sohn sich in den Mittelpunkt stellte, kam so überraschend, dass sogar der Patriarch dafür seine Pasta vergaß.

Lorenzo hielt sich nicht mit langem Vorgeplänkel auf.

»Ich wandere aus.«

»Was?« Tiziano rieb sich die Ohren, überzeugt davon, sich verhört zu haben. »Du? Wieso du? Und wohin?«

Rosanna sagte nichts, Giuseppe klappte nur den Mund auf und zu.

Lorenzo lächelte dünn. »Genauer gesagt, kehre ich nach Italien zurück. Nach Neapel. Zu Silvana. Wir sind wieder zusammen.«

»Madonna mia!«, rief Rosanna aus und bekreuzigte sich. Fünfundzwanzig Jahre unter nordischen Protestanten hatten ihrem katholischen Glauben nichts anhaben können.

Giuseppe blieb stumm, aber Tiziano bemerkte, dass sein

Vater rot anlief. Augenblicklich machte er sich Sorgen um ihn.

Nun feuerte Rosanna ein Feuerwerk aus Fragen auf ihren Ältesten ab. Wie er denn seine Verlobte zurückerobert hätte, wann denn nun doch die Hochzeit stattfinden würde, ob sie schon mal mit den Vorbereitungen beginnen müsste, wo sie denn wohnen wollten ...

Lorenzo hob die Hand, und Rosanna verstummte schlagartig.

»Mamma«, sagte er mit einer Sanftheit in der Stimme, die Tiziano ihm niemals zugetraut hätte. »Du hast mich falsch verstanden. Nicht Silvana kehrt zurück nach Wangerooge, sondern ich ziehe zu ihr nach Neapel. Sie hat sich schon ein paar Tage, nachdem sie mich verlassen hatte, wieder gemeldet und mir weinend gestanden, dass sie mich immer noch liebt.«

Tiziano dachte an jene Zeit im vergangenen Winter zurück. Er hatte damals geglaubt, sein Bruder sei verbittert, aber womöglich war er nur besonders nachdenklich gewesen und hatte insgeheim Pläne geschmiedet, wie er mit Silvana wieder zusammenkommen konnte.

Lorenzo hatte inzwischen weitererzählt – von Silvana, der all seine Sehnsucht galt. Tiziano hörte nur mit halbem Ohr zu. Ein Schmunzeln schlich sich in seine Mundwinkel, als er daran dachte, dass Lorenzo ihn noch am Morgen erbärmlich genannt hatte, weil er sich auf die Suche nach seinem persönlichen Glück machen wollte. In Wahrheit hatte sein Bruder selbst nichts anderes vor.

Erst als ein unbekannter Name fiel, schenkte er Lorenzo wieder seine volle Aufmerksamkeit.

»Ich habe mich mit Luigi geeinigt.«

»Wer soll das sein?«, hakte er nach, weil seine Eltern offenbar zu verwirrt waren, um etwas zu fragen. Oder sie wussten, um wen es ging.

»Silvanas Vater. Er hat mich vor einem Monat besucht.« Stolz blickte Lorenzo in die Runde. »Könnt ihr euch das vorstellen? Der Mann hat die weite Reise auf sich genommen, um persönlich mit mir zu sprechen.«

Womit sich das Rätsel um seinen Verbleib am Tag nach meinem Geburtstag geklärt hätte, dachte Tiziano.

Sein Bruder setzte sich wieder. »Luigi hat mir erklärt, er sei bereit, alles in seiner Macht Stehende für das Glück seiner Tochter zu tun. So kamen wir ins Geschäft.«

»Ins Geschäft?«, fragte Tiziano misstrauisch. »Hat er dir einen Vorschlag gemacht, den du nicht ablehnen konntest?«

»Sei nicht albern, Kleiner. Luigi ist nicht bei der Mafia. Ihm gehört ein Restaurant in der Altstadt – gehobene Kategorie. Und er hat mir angeboten, es zu führen.«

»Und Silvana nimmt dich so einfach wieder zurück?«, hakte Tiziano nach. Ihm war die Italienerin sympathisch gewesen, und er hatte es bedauert, als sie seinen Bruder und die Insel verlassen hatte.

»Selbstverständlich.« Lorenzo lächelte. »Wir lieben uns von ganzem Herzen, doch ihr fehlte die alte Heimat zu sehr, um auf Wangerooge leben zu können. Bis ihr Vater mir persönlich sein Angebot unterbreitet hat, sah ich aber keinen Weg für mich, von hier fortzukommen.«

Die Eltern sagten auch jetzt nichts. Rosanna schien völlig in Gedanken versunken, Giuseppe starrte seinen ältesten Sohn an, als sähe er ihn zum ersten Mal. An seiner Schläfe pochte eine Ader, und seine Gesichtsfarbe hatte sich noch weiter verdunkelt.

Tiziano wurde von Furcht gepackt. Er dachte an das, was Marle ihm über ihren Mann erzählt hatte, und er warf Lorenzo einen langen, bittenden Blick zu.

Dieser schien ihn jedoch nicht zu verstehen, oder er wollte nicht verstehen.

»Ich hoffe, ihr nehmt es nicht zu schwer«, sagte er zu seinen Eltern. »Aber ich habe mein Leben lang die Familie und unsere Pizzeria an erste Stelle gestellt. Jetzt ist es Zeit, an mich selbst zu denken. An mich und Silvana.«

Rosanna schluchzte auf. »Ich ... ich bin sehr froh für dich, mein Sohn. Aber ... du wirst so weit fort sein.«

»Wir werden euch besuchen, Mamma«, versprach er. »Einmal im Jahr kommen wir nach Wangerooge, und du wirst deine Enkelkinder kennenlernen.«

Daraufhin vergrub sie ihr Gesicht in den Händen.

Tiziano war versucht, seinem Bruder die Faust ins Gesicht zu schlagen. Wie konnte er nur so unsensibel sein? Sie alle wussten, wie sehr Rosanna sich Enkel wünschte. Zu hören, dass sie fern von ihr aufwachsen würden, brach ihr das Herz.

Gleichzeitig verspürte er einen Anflug von Neid. Lorenzo hatte die Frau fürs Leben gefunden. Etwas, worauf er selbst kaum mehr hoffen konnte.

Im Bemühen, seine Mutter auf andere Gedanken zu

bringen, stellte er Lorenzo die erstbeste Frage, die ihm in den Sinn kam.

»Und weshalb hattest du es heute früh so eilig? Ich wollte in Ruhe mit dir reden, aber du musstest anscheinend dringend weg.«

Lorenzo griff nach seinem Weinglas, trank einen Schluck und lächelte dann schmal. »Meine Freunde und Sportlerkollegen haben ein Frühstück organisiert. Abends habe ich ja nie Zeit, und so konnte ich mich von allen verabschieden.«

Ein Verdacht beschlich Tiziano. »Warum denn jetzt schon? Du wirst doch sicher erst nach der Hochsaison abreisen.«

Lorenzo schaute erst ihn, dann ihre Eltern an. »Nein, heute.«

Das war der Moment, in dem Giuseppe Carmaleonte explodierte.

»Maledetto figlio di puttana!«, rief er.

Lorenzo wurde kreidebleich, Rosanna legte entsetzt die Hände an beide Wangen, Tiziano war für ein, zwei Sekunden wie erstarrt. Giuseppe nannte Lorenzo einen verdammten Hurensohn? In Anwesenheit seiner eigenen Frau? Das konnte er nicht wirklich gerufen haben, oder?

Vor vielen Jahren hatte der Patriarch bestimmt, dass in der Familie nur noch Deutsch gesprochen werden durfte, damit sie sich alle schnell dem neuen Leben anpassten. Rosanna und Giuseppe selbst war das am schwersten gefallen, aber sie hielten sich eisern daran. Nur ihren Rosenkranz betete Rosanna auf Italienisch, und manchmal rief sie die Madonna an. Giuseppe wurde bei Flüchen schwach.

Mit einer Schnelligkeit, die Tiziano ihm im Leben niemals zugetraut hatte, sprang sein Vater nun auf, packte seinen ältesten Sohn am Hemdkragen und brüllte: »Vigliacco traditore!«

Feiger Verräter.

Tiziano schluckte hart. Ein Teil von ihm freute sich fast, dass endlich einmal sein perfekter Bruder die Wut des Vaters abbekam. Aber dann sah er, wie Giuseppes Pranken sich um Lorenzos Hals schlossen.

»Papà!«, rief er entsetzt und schnellte hoch.

Lorenzo stand da und rührte sich nicht, Giuseppe verzog das Gesicht, als hätte er Schmerzen. Mit einem großen Satz war Tiziano bei ihm und riss mit Gewalt seine Hände von Lorenzos Hals.

»Komm zu dir, Papà!«, schrie er.

Giuseppes Augen wurden groß. Er blickte wie verwundert erst seine Söhne, dann seine Frau an. Zuletzt betrachtete er seine Hände, als sähe er sie zum ersten Mal, und fiel um wie ein gefällter Baum.

Rosanna stieß einen gellenden Schrei aus, Lorenzo schaute verwirrt auf den am Boden liegenden Vater.

Einzig Tiziano handelte. Er kniete sich hin, drehte Giuseppe auf den Rücken, öffnete seine obersten Hemdknöpfe. Auf einmal ganz ruhig, überprüfte er die Vitalwerte. Der Puls ging schnell, die Atmung war flach. Vor Jahren hatte er im Sommer eine Ausbildung zum Rettungsschwimmer absolviert. Er wusste genau, was zu tun war.

»Ruf den Krankenwagen«, wies er seinen Bruder an, nachdem er festgestellt hatte, dass Giuseppe nicht in akuter Lebensgefahr schwebte.

»Was ... was hat er denn? Ist er tot?«

»Nein. Aber es geht ihm nicht gut. Nun mach schon.«

Lorenzo löste sich endlich aus seiner Starre und tat, wie ihm geheißen.

Rosanna ließ sich neben Tiziano auf die Knie fallen und jammerte leise vor sich hin, während sie ihrem Mann immer wieder zart über die Wange strich.

Tiziano behielt als Einziger die Ruhe. Kurz darauf erklärte er den Sanitätern, was vorgefallen war. Giuseppe wurde für einen gründlichen Check-up ins Krankenhaus nach Wittmund gebracht, und erst am Abend durfte die Familie zu ihm.

• • •

Rosanna ging als Erste hinein, Tiziano und Lorenzo warteten draußen.

»Was genau hat der Arzt gesagt?«, fragte Lorenzo.

»Ich hab's dir schon dreimal erklärt«, erwiderte Tiziano, der mit seiner Geduld am Ende war. »Das war ein Schwächeanfall, kein Herzinfarkt.«

»Also ist er bald wieder auf dem Damm.«

Tiziano schüttelte den Kopf. »Er wird sich sehr schonen müssen, eine strikte Diät einhalten und sich viel an der frischen Luft bewegen.«

»Ist das nicht ein bisschen übertrieben?«

»Absolut nicht. Alle seine Werte sind äußerst besorgniserregend. Er könnte jederzeit einen Infarkt oder einen Schlaganfall erleiden, wenn er nicht sofort radikal seinen Lebensstil ändert.«

Lorenzo ballte die Hände zu Fäusten. »Und was soll nun werden?«

Tiziano wusste, sein Bruder hatte seinen Flug ab Hamburg nur um zwei Tage verschoben.

»Wir werden die Pizzeria dichtmachen müssen, wenigstens vorübergehend.«

»Das wird Papà aber nicht gefallen.«

»Papà hat im Augenblick nichts zu sagen. Ich fälle die Entscheidungen.«

Lorenzo warf ihm einen überraschten Blick zu. »Nanu, Kleiner? Auf einmal so erwachsen?«

»Spar dir deinen Spott. Morgen setzen wir uns zusammen, und du zeigst mir die Bücher. Ich will wissen, ob wir eine zweiwöchige Schließung in der Hochsaison verkraften können.«

»Keine Sorge, das können wir. Wir haben genügend Rücklagen. Aber was willst du danach tun?«

Tiziano blickte lange auf die geschlossene Tür zum Krankenzimmer seines Vaters, bevor er schließlich antwortete. »Du kannst beruhigt nach Neapel abreisen, Lorenzo. Und Papà wird dir schon vergeben.«

»Das war nicht meine Frage.«

Tiziano lächelte. »Ich werde das ›O Sole Mio‹ übernehmen und es in ein gutes italienisches Restaurant verwandeln. Vielleicht nicht sofort, aber nach und nach.«

Lorenzo wirkte hin- und hergerissen, aber schließlich klopfte er Tiziano auf die Schultern. »Wahrscheinlich ist das die verrückteste Idee, die ich je gehört habe. Aber ich glaube, wenn einer das schaffen kann, dann du, Klei … Tiziano.«

Ein größeres Lob hatte er im Leben nicht zu hören bekommen, und er nickte Lorenzo dankbar zu.

Kurz darauf trat Rosanna in den Flur und tupfte sich die Augen. »Er schläft jetzt, ihr könnt ihn heute nicht mehr sehen. Aber es geht ihm so weit gut, und er bittet dich um Entschuldigung, Lorenzo.«

»Und ich ihn«, murmelte dieser.

Tiziano stand auf. »Dann sollten wir jetzt gehen. Lorenzo und ich haben viel zu tun.«

Rosanna schaute ihn überrascht an. Er hatte mit einer Entschiedenheit gesprochen, die sie nicht von ihm kannte.

Lorenzo grinste breit. »Über deinen jüngsten Sohn wirst du dich noch öfter wundern, Mamma.«

»Ach, ich glaube nicht«, erwiderte Rosanna und wirkte trotz des erlebten Schreckens auf einmal außerordentlich zufrieden.

16. Kapitel

Lange stand Marle vor ihrem Kleiderschrank und überlegte, was sie für den Anlass anziehen sollte. Die üblichen Jeans und T-Shirt? Oder vielleicht …?

Die bunten Kleider, die sie vor Jahren so geliebt hatte, hingen in der hintersten Ecke, und es schien ihr, als riefen sie nach ihr. Oder war es einfach nur ein verwegener Gedanke?

Mit einem schiefen Grinsen entschied sie sich für eine leichte, hellgrüne Baumwollbluse mit kurzen Ärmeln, die ihr locker über die Hüften hing und kaschierte, dass sie noch immer zu dünn war.

Das war immerhin ein Fortschritt, fand sie. Mehr konnte niemand vor ihr verlangen. Noch nicht. Sie lebte erst seit zwei Monaten auf Wangerooge, und auch wenn vieles sich gebessert hatte, war sie noch längst nicht wieder der Mensch von früher.

Möglicherweise musste sie das auch gar nicht sein, aber Marle war glücklich über die kleinen Veränderungen. Sie ging inzwischen mehr raus, auch ohne Wilhelm. Sie hatte sich mit Vicki angefreundet und mochte auch Clara und Rachel gern. Natürlich waren die Frauen allesamt sehr beschäftigt, aber manchmal fanden sie doch Zeit für einen Plausch mit Marle. Dann saß sie zum Beispiel in Claras Werkstatt, atmete den würzigen Geruch von Holzspänen ein und staunte über die Fertigkeit der Tischlerin, wunderschöne Schaukelpferde entstehen zu lassen.

Erst gestern hatte Marle ihr einen Besuch abgestattet, und die Zeit war nur so verflogen. Es hatte sich gut und richtig angefühlt, mit dieser freundlichen Frau zu sprechen, und Marle hatte bemerkt, wie klug und einfühlsam Clara war. So ließ sie Marle reden, wenn ihr danach war, konnte aber genauso gut mit ihr schweigen, während sie ein Schaukelpferd bunt lackierte. Selten nur bedrängte sie Marle mit ihrer Meinung, und wenn, dann war diese gut durchdacht. Gestern zum Beispiel hatte sie gesagt: »Du machst dich gut hier auf Wangerooge. Du bist so viel lebendiger als bei deiner Ankunft.«

»Danke«, hatte Marle überwältigt geantwortet.

»Ist nur die Wahrheit.«

»Mhm.«

Clara legte ihren Pinsel weg und schaute Marle durchdringend an. »Du merkst das doch selbst, oder?«

»Schon.« Aber nur ein wenig, fügte sie in Gedanken hinzu.

»Gut. Denn du solltest wissen, dass ich dich sehr bewundere.«

»DU? MICH?«

»Ja«, erwiderte Clara mit einem kleinen, liebevollen Lächeln. »Ich. Dich. Mir ist klar, dass du in der Vergangenheit eine schreckliche Erfahrung gemacht haben musst. Du brauchst mir auch nicht zu sagen, was geschehen ist, wenn du noch nicht so weit bist. Aber du kehrst ins Leben zurück. Dazu gehört ungeheuer viel Mut. Das würde nicht jede schaffen.«

Marle hätte gern erwidert, dass der Eindruck auch täuschen konnte, dass sie sich oft gar nicht besonders mutig fühlte.

Aber sie sagte nur: »Es dauert eine Ewigkeit.«

Clara ging zu ihr und strich ihr sanft über den Arm. »Auf die Zeit kommt es nicht an. Das wird schon.«

Dann war sie an ihre Arbeit zurückgekehrt, und Marle hatte ihr noch eine Weile still zugeschaut.

• • •

Was habe ich doch für ein Glück, dachte sie jetzt. Wer hätte je gedacht, dass ich auf Wangerooge so wunderbare Freundinnen finden würde!

Auch Rachel hatte sie inzwischen fest in ihr Herz geschlossen. Gern hielt sie sich in der kleinen Lobby des Hotels »Zur Alten Schule« auf, wo Rachel gleichzeitig die Buchungen bearbeitete und einen Interessenten für eine Immobilie auf der Insel betreute. Für ein längeres Gespräch hatte sie bisher keine Zeit gehabt, aber Marle nahm sich fest vor, das nachzuholen. Auch Rachel war eine Frau, die sie unbedingt noch besser kennenlernen wollte. Und sie war etwas Besonderes. Schließlich war Marle ihr als Erste begegnet – gleich am Tag ihrer Ankunft, auf dem Pier in Harlesiel.

Am liebsten jedoch war sie mit Vicki zusammen. Nicht nur, weil sie im gleichen Alter war, sondern vor allem, weil Vicki ein Herz aus Gold besaß. Sie war zwar ungemein quirlig und oft noch schusseliger als Marle, aber wenn es nötig war, konnte sie ruhig zuhören. Sie war auch der einzige Mensch, dem Marle beinahe erzählt hätte, was zwischen ihr und Tiziano vorgefallen war. Aber im letzten Moment war sie davor zurückgeschreckt. Zu groß war ihre Furcht, sich in den Augen ihrer neuen Freundin lächerlich zu machen.

Auch Wilhelm wusste nichts davon. Zum einen wollte Marle ihn nicht beunruhigen, zum anderen erschien es ihr wie ein Verrat an Konstantin. Wie würde ihr Schwiegervater reagieren, wenn er erführe, dass ein anderer Mann sie geküsst hatte? Dass sie ihn noch immer begehrte, obwohl sie sich jeden Tag aufs Neue schwor, ihn aus ihrem Kopf zu verbannen?

Tja, dachte sie und schloss den Kleiderschrank, möglicherweise würde Wilhelm sich für sie freuen, wenn sie einen neuen Partner fand – allerdings wäre er schockiert, wenn er erführe, dass sie sich um ein Haar mit dem größten Frauenhelden Wangerooges eingelassen hätte.

•••

Knapp drei Wochen lag der Abend am Strand jetzt zurück. Inzwischen ging der August zu Ende, und noch immer war sie nicht darüber hinweggekommen, dass Tiziano sie so einfach von sich gestoßen hatte.

Marle seufzte. Dieser Mann war der einzige Wermutstropfen in ihrem Leben. Es war ganz schön anstrengend, ihm auf einer kleinen Insel wie Wangerooge aus dem Weg zu gehen. Zweimal hatte sie es nur knapp geschafft, sich ins Innere eines Souvenirladens zu flüchten oder hinter einem Strandkorb in Sicherheit zu bringen.

Zum Glück war die Pizzeria derzeit geschlossen, und wenn sie daran vorbeigehen musste, wechselte sie stets auf die andere Seite der Uferpromenade und beschleunigte ihren Schritt. Wenn so etwas in Wilhelms Anwesenheit geschah, beschwerte er sich prompt über die Eile und erinnerte sie daran, dass ein alter Mann kein Rennboot sei.

Wilhelm hatte ihr erzählt, dass Patriarch Giuseppe einen Schwächeanfall erlitten.

Vicki war über die Carmaleontes besser informiert. Es ging wohl um die Abreise des älteren Bruders, Lorenzo, und darum, dass Tiziano eigene Pläne für das Lokal hätte.

Wenn Marle daraufhin behauptete, dass diese Leute sie nicht interessierten, erzählte Vicki von ihrem Food-Blog, von ihrem geliebten Samuel und sogar von Rieke, die neuerdings so verdächtig aufgeblüht sei.

»Rieke?«, hatte Marle in dem Moment verwundert zurückgefragt. »Die alte, strenge Frau?«

»Alter ist relativ«, hatte Vicki zurückgegeben. »Frag mal deinen Schwiegervater.«

»Wilhelm? Was hat der denn damit zu tun?«

»Manchmal siehst du den Strand vor lauter Sandkörnern nicht«, hatte Vicki kryptisch zurückgegeben.

•••

Lächelnd ging Marle zum Fenster und blickte auf das sanfte Wellental der Dünen, in dem Kartoffelrosen, Holundersträucher und Sanddornbüsche wuchsen. Die letzten Sonnenstrahlen des Tages strichen über diese außergewöhnliche Landschaft, und die Luft war erfüllt vom Duft nach sandiger Erde, fruchtigen Blüten und salziger Meeresbrise. Marle liebte inzwischen diesen Ausblick – besonders in Momenten wie diesem, wenn ein friedlicher Sonntag sich seinem Ende zuneigte.

Ein lautes Klopfen an der Tür unterbrach sie in ihren Gedanken. Gleichzeitig rief Vicki: »Hey, Süße, bist du schon fertig?«

»Komm rein«, sagte Marle.

Vicki strahlte, als sie ins Zimmer trat – dann rieb sie sich über die Augen und klimperte ein paarmal ungläubig mit den Lidern.

»Was ist denn los?«, fragte Marle verunsichert.

»Du …«

»Ja?«

»Du siehst toll aus!«

Marle spürte, wie sie errötete. »Übertreib man nicht. Ich habe mir bloß eine Bluse angezogen.«

»Oh ja. Und die hat eine Farbe!«

Marle wurde jetzt richtig verlegen. »Hör doch auf, Vicki, ich habe immer ganz normale Klamotten an.«

»Nee! Jeans und weiße oder schwarze T-Shirts. Bisher habe ich immer gedacht, du würdest gut in einen Schwarz-Weiß-Film passen, aber diese Bluse ist der Hammer. Die macht deine Augen heller und lässt dein Haar strahlen.«

»Wenn du nicht sofort den Mund hältst, ziehe ich das Teil wieder aus.«

Insgeheim freute sie sich über Vickis Urteil, aber sie war kurz davor, den Mut zu verlieren. Ihre bisherigen Outfits hatten sich wie eine sichere Rüstung angefühlt. Diese kleine Veränderung war für sie ein Riesenschritt, und sie fürchtete sich ein bisschen vor der Reaktion der Leute, die sie kannten.

»Lass uns gehen«, sagte sie und schlang ihr Haar geschickt zu einem Knoten. »Wann sollen wir bei Rieke sein?«

Wilhelm und sie waren zu einem Abendessen eingeladen worden, und obwohl ihr Schwiegervater gestöhnt hatte, weil die Pensionswirtin ihn immer so vollstopfte, wusste Marle doch, dass er gern dorthin ging. Auch der Rest des Freundeskreises sollte da sein, und Marle begriff erst jetzt, dass sie sich den ganzen Tag darauf gefreut hatte.

Vicki antwortete nicht auf die Frage, sondern drohte ihr spielerisch mit dem Zeigefinger.

»Sofort machst du dein Haar wieder auf. Dieser Alte-Jungfer-Dutt passt nicht zu deinem coolen neuen Outfit.«

Überrascht löste Marle den Knoten und erntete ein zufriedenes Grinsen.

»Perfekt«, sagte Vicki und ließ sich auf Marles Bett fallen. »Deine Haare sind so wunderschön. Es ist eine Schande, sie zu verstecken.«

Sie schaute Marle prüfend an. »Jetzt noch ein bisschen Mascara und Lippenstift. Und vielleicht eine abdeckende Creme. Obwohl deine neuen Sommersprossen auch echt süß sind. Egal. Lass mich nur machen. Wir haben noch massig Zeit.«

»Nein.«

»Schon gut. Du siehst auch so bombe aus. Die Insel tut dir gut.«

Marle hockte sich neben sie auf die Bettkante. »Nicht nur die Insel. Auch deine Freundschaft. Und die von Clara und Rachel.«

Vicki zwirbelte eine lange blonde Haarsträhne um den Finger. »Lass gut sein, sonst heule ich los. Und im Gegensatz zu dir bin ich sehr wohl geschminkt.«

»Sorry. Aber es stimmt. Ohne euch, und besonders ohne dich würde ich mich hier nicht halb so wohlfühlen.«

»Ich finde es super, dass du keinen Anfall mehr kriegst, wenn du aufs Meer guckst«, sagte Vicki. Sofort schlug sie sich die Hand vor den Mund. »Sorry, echt! Ich sabbele mal wieder, ohne vorher nachzudenken.«

Marle schaute sie überrascht an. »Ist schon gut. Es stimmt. Aber abgesehen vom Tag meiner Ankunft auf der Uferpromenade waren wir beide noch nie zusammen am Strand. Weißt du es von meinem Schwiegervater?«

»Nee, von Rieke, und die hat es natürlich von Wilhelm. Die zwei hocken ja oft aufeinander.«

Insgeheim wunderte sich Marle. Eigentlich war ihr Schwiegervater ein ausgesprochen diskreter Mensch, und dass er viel Zeit mit Rieke verbrachte, war ihr neu. Allerdings musste er ihr keine Rechenschaft darüber ablegen, mit wem er Umgang pflegte. Wenn er oft vormittags allein loszog, hatte sie angenommen, er würde zum Strand gehen.

Sie selbst bevorzugte ausgiebige Spaziergänge über die Insel. Mal wanderte sie durch das herrliche Sanddorntal, das im Westen gleich hinter dem Hotel ihrer neuen Freundinnen begann, mal machte sie einen langen Ausflug in den ruhigen Osten Wangerooges. Und wenn sie auf einer Düne oder an einem anderen erhöhten Punkt stand, dann schaffte sie es inzwischen, ruhig auf die Nordsee zu blicken, ohne wieder zu erstarren.

Entdeckte sie ein Containerschiff, verharrte sie zwar noch immer eine Weile fast bewegungslos, aber Marle bildete sich ein, es würde von Mal zu Mal weniger. Auch engte die Welt sie nicht mehr ein.

Was Marle begonnen hatte, um Wilhelm an seinem Geburtstag eine Freude zu machen, zeigte endlich Wirkung, und erst vor ein paar Tagen hatte sie ihren Schwiegervater mit ihrer neuen Gelassenheit überraschen können. Da hatten sie nachmittags auf der Terrasse eines Strandcafés gesessen, und als in der Ferne einige große Pötte vorbeigezogen waren, hatte Marle nur ganz kurz gezögert und dann weiter ruhig ihren Käsekuchen gegessen.

Wilhelm war zunächst um sie besorgt gewesen, aber auf einmal hatte sein liebes, faltiges Gesicht gestrahlt.

Worte darüber waren nicht zwischen ihnen gefallen. Worte waren manchmal überflüssig.

»Und entschuldige noch mal wegen vorgestern«, sagte sie nun zu Vicki.

Die Freundin verstand nicht gleich, also fügte Marle hinzu: »Du hattest mich gebeten, dir ein paar schöne Kartoffelrosen für ein Foto auf deinem Food-Blog zu besorgen, aber ich hab's total vergessen.«

Vicki grinste. »Kein Problem. Ich habe Samuel losgeschickt, der braucht eh mehr Bewegung. Sonst hockt er immer nur vor seinem Laptop.«

Marle nickte. Eigentlich fand sie, dass sie auf Wangerooge weniger schusselig war als früher. Vielleicht war das ihrer allgemeinen Entspannung zu verdanken. Aber manchmal kam es doch noch vor, dass sie Dinge einfach vergaß oder verlegte.

Vickis Handy gab einen Ton von sich, der nach Wellenrauschen klang. Sie schaute auf das Display und meinte dann: »Die anderen brauchen noch eine halbe Stunde.«

»Wir können doch trotzdem schon zu Rieke gehen. Du weißt ja, mein Schwiegervater ist nicht mehr so schnell zu Fuß.«

»Lass man. Das eilt nicht. Außerdem sitzt Wilhelm gemütlich unten im Garten. Ich habe ihn mit einem kalten Glas Weißwein versorgt, bevor ich zu dir hochgekommen bin.«

Irgendwas geht hier vor, dachte Marle, kam aber nicht darauf, was das sein sollte.

Die nächste blonde Haarsträhne wurde malträtiert. »Kann ich dich was fragen?«

»Okay«, erwiderte Marle nach einigem Zögern. Sie hatte das deutliche Gefühl, dass Vicki nicht zufällig so früh hergekommen war.

»Wir sind doch gute Freundinnen geworden, ja?«

»Natürlich.«

»Und Freundinnen vertrauen einander.«

Marle rückte ein kleines Stück von Vicki ab. »Worauf willst du hinaus?«

Vickis normalerweise so fröhliche Miene wurde ernst. »Du bist verwitwet. Das hast du mir nie erzählt.«

»Ich ...«

»Marle, bitte. Warum hast du so ein Geheimnis daraus gemacht?«

Sie rang die Hände und stieß endlich hervor: »Ich hasse Mitleid!«

Vicki nickte. »Das verstehe ich. Muss echt bescheuert sein, wenn alle Leute dich mit großen traurigen Kulleraugen anglotzen.«

Fast, aber nur fast hätte Marle gelacht. Vicki hatte einfach eine erfrischende Art, die Dinge zu bezeichnen.

»Stimmt. Woher weißt du überhaupt davon? Wilhelm hat es bestimmt nicht rumerzählt.«

»Na ja ...« Vicki wand sich ein wenig. »Das nicht, aber er hat mit Rieke darüber gesprochen, und ich habe es zufällig gehört.«

»Zufällig.«

Vicki hob in einer unschuldigen Geste die Hände. »Okay, okay, ich habe gelauscht. Aber nur, weil ich es echt satthabe, ständig über dich nachzugrübeln. Das ist anstrengend.«

Gerührt rückte Marle wieder näher heran. Sie wusste nun, warum Vicki schon vor der Zeit bei ihr war. Und dass sie eben Marles Anfälle erwähnt hatte, war vielleicht doch kein Versehen gewesen.

»Du sollst dir nicht den Kopf zerbrechen«, sagte sie. »Wenn du willst, erzähle ich dir alles.«

»Schieß los, und ich schwöre, dass ich dich nicht bemitleide.«

Also breitete Marle vor ihrer Freundin ihre Vergangenheit aus. Anfangs sprach sie stockend, dann immer flüssiger, doch als sie erzählte, was am Tag von Konstantins Tod geschehen war, drohte ihre Stimme zu versagen.

Sie schluckte mühsam, atmete ein paarmal tief durch und brachte ihre Geschichte schließlich zu Ende.

Vicki schwieg eine lange Weile, und Marle fürchtete schon, sie würde gleich irgendetwas fürchterlich Banales von sich geben, aber sie wäre nicht Vicki gewesen, wenn sie nicht schließlich ausgerufen hätte: »Heilige Scheiße! Das ist echt krass! Ich dachte, so was passiert nur in Filmen!«

Marle spürte, wie ihre Mundwinkel zuckten. »So kann man es ausdrücken.«

»Ups! War das nicht pietätvoll?«

»Es war genau richtig«, sagte Marle und grinste zaghaft.

»Und danach hast du dich mit Wilhelm in der weißen Villa auf dem Süllberg vergraben?«

»Ja.«

»Und hast jedes Mal die Krise gekriegt, wenn du ein armes, kleines, unschuldiges Containerschiff gesehen hast?«

»Mhm.«

»Wahnsinn!«, stieß Vicki aus und meinte es wahrscheinlich wörtlich.

Marle seufzte. »Es war Wilhelm, der uns beide da rausgeholt hat.«

»Kluger Mann!«

»Und zum Glück geht es mir inzwischen wirklich besser.«

»Wangerooge hat ein Wunder bewirkt.«

»Es ist nicht nur die Insel.«

»Sondern?«

»Kannst du dir das nicht denken?«

Vicki grinste. »Bloß, weil ich deine Freundin bin, ist das noch lange nicht mein Verdienst.«

»Doch. Auch.«

»Quatsch!«

»Sagen wir mal so: Ich verdanke den Erfolg zu gleichen Teilen Wangerooge, meinen neuen Freundinnen und mir selbst.«

Unwillkürlich erinnerte sie sich daran, dass Tiziano am Abend von Wilhelms Geburtstag genau das Richtige getan hatte, indem er sie einfach in die Arme genommen hatte. Aber sie verdrängte den Gedanken sogleich wieder. Die Tatsache, dass er sie direkt danach verschmäht hatte, wog zu schwer.

»Na, ich weiß nicht«, meinte Vicki nachdenklich. »Irgendwas sagt mir, dass du deinen eigenen Beitrag kleinredest. Ich schätze mal, du hast hart dafür gekämpft.«

Das stimmte, und Marle war wieder einmal von Vickis Einfühlungsvermögen überrascht. Von Tizianos Rolle in der Geschichte konnte die Freundin ja nichts wissen, und das war auch gut so.

»Ist doch auch egal. Hauptsache, ich benehme mich wieder normal.«

»Jep.«

Wieder verstummte Vicki für einen Moment, bis sie sagte: »Eines verstehe ich bei dieser ganzen Geschichte aber noch nicht.«

»Ja?« Marle ahnte, was kommen würde, und ihr war nicht wohl dabei. Aber Vicki war nicht dumm, und wahrscheinlich hatte sie schon so ihre Vermutungen angestellt.

»Wie passt Tiziano Carmaleonte da rein? Wieso hasst du ihn?«

»Ich ... hasse ihn nicht.«

»Glaube ich aber doch«, beharrte Vicki. »Jedes Mal, wenn über ihn oder den Rest der Familie geredet wird, kriegst du so eine steile Falte über der Nase, und deine Augen werden ganz dunkel. Echt unheimlich.«

»Du übertreibst.«

»Ich glaube eigentlich nicht. Und ich finde das ganz schön seltsam. Auf der einen Seite machst du so wundervolle Fortschritte, auf der anderen hast du ein echtes Problem mit Männern, sofern sie nicht vergeben oder über siebzig sind.«

»Das ist Blödsinn«, gab Marle heftig zurück. »Ich habe nur ein Problem mit Tiziano.«

Vicki musterte sie aufmerksam. »Aber warum denn bloß? Eigentlich ist er doch ein netter Typ. Oh, warte mal. Er hat dich doch nicht ... Habt ihr etwa ...?«

»Natürlich nicht! Ich war seit Konstantin mit niemandem mehr zusammen, und da wird so ein Casanova bestimmt nicht der Erste sein.«

»Siehst du? Du machst es schon wieder.«

»Was?«

»Die Falte kriegen und so finster gucken. Ehrlich, Süße, das steht dir überhaupt nicht.«

Vicki verstummte und schien eine Weile angestrengt nachzudenken. Auf einmal strahlte sie über das ganze Gesicht. »Heureka!«

Marle zuckte zusammen, so laut hatte Vicki geschrien.

»Was ist denn?«

»Ich glaube, ich habe die Lösung für dich.«

»Und die wäre?«

»Ganz einfach: Du brauchst Sex. Fröhlichen, lockeren, unverbindlichen Sex. Es ist nämlich absolut gegen die Natur, wenn eine junge Frau seit Jahren auf dem Trockenen sitzt.«

»Vicki!«

»Pfft! Tu nicht so, als hätte ich nicht recht. Das muss dir doch fehlen.«

Gegen ihren Willen erinnerte sich Marle daran, wie gut es sich angefühlt hatte, in Tizianos starken Armen zu liegen, von Tiziano geküsst zu werden. Ein Kribbeln lief über ihre Haut.

»Ich habe mich lange selbst wie tot gefühlt«, gestand sie leise. »Und vielleicht werde ich mich eines Tages wieder nach einem Partner sehnen. Aber nicht jetzt. Ich muss einen Schritt nach dem anderen tun.«

Falls Vicki merkte, dass sie nicht ganz ehrlich war, ließ sie es sich zum Glück nicht anmerken.

»Ist okay. Aber Tiziano ist wirklich kein übler Typ. Du weißt doch noch, was Rieke über ihn gesagt hat. Dass er eine verletzte Seele hat, oder so ähnlich.«

Marle hatte nun endgültig genug. Sie stand auf. »Über diesen Mann will ich nicht reden.«

»Schon gut.« Auch Vicki erhob sich. »Ich werde nie wieder seinen Namen aussprechen.« Dann verdüsterte sich plötzlich ihre Miene.

»Was ist denn?«, fragte Marle.

»Ähm … nichts. Auf geht's. Wilhelm hat seinen Wein bestimmt ausgetrunken und wird langsam ungeduldig. Er sieht aus wie ein Gentleman aus dem neunzehnten Jahrhundert. Mit hellem Leinenanzug, Seidenweste, Einstecktuch und breitkrempigem Hut. Ein Bild von einem Mann. Wenn ich nur vierzig Jahre älter wäre, würde ich glatt meinem Samuel untreu werden.«

Sie lachte laut und zog Marle mit sich aus dem Zimmer und die Treppe nach unten.

Ganz leicht wurde Marle ums Herz, und sie dankte dem Schicksal, dass es sie nach Wangerooge geführt hatte. Dem Schicksal und ihrem Schwiegervater.

•••

Wilhelm stand bereits in der Tür, stützte sich leicht auf seinen Spazierstock und blickte ihnen entgegen. Marles Bluse entlockte ihm ein zufriedenes Lächeln, er war jedoch viel zu höflich, um eine Bemerkung darüber zu machen.

Inzwischen hingen die Bilder seiner Ahnen in der Diele,

doch Marle fand, er hatte kaum noch Ähnlichkeit mit ihnen. Nicht ein einziges Mal, seit sie auf Wangerooge lebten, hatte Marle gesehen, dass er sich in den strengen Mann verwandelte, der er auch sein konnte. Vielmehr strahlte er jeden Tag aufs Neue eine jungenhafte Fröhlichkeit aus, die regelrecht ansteckend wirkte.

»Nun, meine Damen. Dann machen wir uns mal auf den Weg. Es ist ja nicht weit, aber die anderen werden gewiss schon warten.«

Eigentlich, dachte Marle, war Riekes Pension ein gutes Stück entfernt, doch sie sagte nichts. Als sie dann den Vorgarten durchquert hatten und Wilhelm sich auf der Uferpromenade nach Osten statt nach Westen wandte, hielt sie ihn am Ärmel fest.

»Falsche Richtung.«

Wilhelm zog die Brauen zusammen und schaute dann Vicki an. »Du hast es ihr nicht gesagt?«

Vicki trat nervös von einem Fuß auf den anderen. »Lieber, lieber Wilhelm, ich hab's versucht, ehrlich. Aber irgendwie hab ich's verschusselt. Echt sorry.«

Marles Schwiegervater stieß einen Seufzer aus. »Nun, dann ist es wohl an mir.«

Sie fing seinen langen, liebevollen Blick auf.

»Wir wollten dich vorwarnen, aber dazu ist es ein bisschen zu spät. Wir sind nicht bei Rieke eingeladen, sondern im ›O Sole Mio‹. Heute Abend ist die Neueröffnung, und alle werden da sein. Rieke, Rachel und Friedrich, Clara und Jonathan, wir beide, Vicki und Samuel. Ich war mir nicht ganz sicher, wie du reagieren würdest, denn aus irgendeinem Grund magst du die Carmaleontes nicht mehr. Dennoch hielt ich es für unhöflich, dem Ereignis fernzubleiben.«

Marle ließ ihn in Ruhe ausreden. Erst als er geendet hatte, sagte sie langsam: »Tja, es ist nett, dass alle da sein werden, aber ich nicht. Tut mir leid. Ich ... möchte ein Stück laufen.«

Damit wandte sie sich ab und eilte in die entgegengesetzte Richtung davon. Fast rannte sie, aber dann zwang sie sich, aufrecht und ruhig zu gehen.

17. Kapitel

Je weiter sie lief, desto langsamer wurde Marle. Sie hatte das Ehrenmal Hartmannstand umrundet und war am Fuß der großen Aussichtsdüne angelangt, als sie schließlich ganz stehen blieb. Ein Holzbohlenweg führte zur Spitze der Düne hinauf, und kurz überlegte sie, ihm zu folgen. Doch dann blieb sie, wo sie war, ließ ihren Blick über Strandhafer und Besenheide schweifen, beobachtete den Himmel, der langsam in die Nacht hinüberglitt, und folgte mit den Augen einem Vogelschwarm.

Lange Zeit stand sie einfach nur da und wusste weder ein noch aus.

Das Gefühl, Wilhelm und den anderen unrecht getan zu haben, wurde von Minute zu Minute stärker. Niemand wusste, was zwischen ihr und Tiziano vorgefallen war, weil sie es niemandem erzählt hatte. Stattdessen hatte sie sich wie ein trotziges junges Mädchen benommen und alle Welt vor den Kopf gestoßen.

»Ich bin so ein Idiot!«, stieß sie heftig aus.

»Dem kann ich leider nicht widersprechen, Liebes.«

Marle wirbelte herum. Vor ihr stand Wilhelm.

»Ich habe gar nicht gemerkt, dass jemand gekommen ist«, sagte sie überrascht. »Seit wann stehst du da?«

Ihr Schwiegervater lächelte. »Ein Weilchen. Aber ich wollte dich nicht stören. Du hast so konzentriert auf die Düne geschaut und dabei offensichtlich einen wichtigen inneren Kampf ausgetragen.«

»Du bist mir nachgegangen«, stellte sie überflüssigerweise fest.

»Vicki wollte kommen, aber ich sagte ihr, dass wir zwei etwas Zeit für uns brauchen.«

»Ist das nicht zu anstrengend für dich?«, fragte sie besorgt.

Wilhelms Lächeln verwandelte sich in ein halbes Grinsen. »Nun, ich kann mit Stolz behaupten, dass ich ziemlich fit geworden bin. Rieke besteht darauf, dass wir jeden Tag zusammen ein Stück wandern, und sie legt ein flottes Tempo vor. Fast so wie du, wenn du am ›O Sole Mio‹ vorbeirennst.«

»Du und Rieke?«, erkundigte Marle. »Jeden Tag?«

Wilhelm verlagerte sein Gewicht von einem Bein auf das andere und stützte sich leicht auf seinen Spazierstock. »Genauer gesagt, jeden Morgen um sechs Uhr. Das ist die einzige Tageszeit, zu der sie sich freinehmen kann. Ist dir nicht aufgefallen, dass ich oft beim Frühstück fehle?«

»Doch, aber ich dachte, du gehst in ein Café unten am Strand.«

»Das würde ich gern.« Er seufzte. »Ein halbes Brötchen, etwas Obst ... Das würde mir reichen, wie du weißt. Aber Rieke lässt mich nach unserem Marsch nie gehen, bevor ich nicht gegessen habe. Stell dir vor, heute hat sie mir ein riesiges Brot mit Rührei und Krabben vorgesetzt. Zum Frühstück.« Er schüttelte sich leicht. »Diese Frau will mich eindeutig mästen, und ehrlich gesagt, fürchte ich mich ein bisschen vor ihr. Sie ist äußerst energisch.«

»Dafür siehst du aber ziemlich fröhlich aus«, stellte Marle fest.

Wilhelm nahm seinen Hut ab, fuhr sich durchs Haar, setzte ihn dann wieder auf. »Nun, das war ein guter Versuch, aber es hat nicht funktioniert.«

»Was denn?«, fragte sie unschuldig.

»Vom eigentlichen Thema abzulenken, indem du mich über Rieke reden lässt.«

»Ich …«

»Halb so wild, Liebes. Du musst mir nichts erzählen, wenn du nicht möchtest. Aber lass uns umkehren, ja? So langsam werde ich müde und möchte mich gern hinsetzen. Heute früh bin ich auch schon eine ganze Strecke gelaufen.«

»Wir können uns eine Bank suchen.«

»Nein, bis zum Restaurant schaffe ich es schon noch.«

Er hakte sich bei ihr ein, und sie gingen den Weg zurück.

»Du willst unbedingt an der Eröffnung teilnehmen?«, fragte Marle.

Wilhelm nickte. »Ja, es sind nämlich besondere Gäste angekommen.«

»Ach, ja? Und wer?«

Er schüttelte leicht den Kopf. »Das würde jetzt wieder nur ablenken. Nun, entweder erzählst du mir, was dich umtreibt, oder wir halten den Mund. So oder so hebe ich mir meine Puste für den Weg auf.«

Also senkte sich Stille über sie beide, aber Marle empfand sie nicht als unangenehm. Es war leicht, mit Wilhelm zu schweigen. Sie kannten einander lange genug und brauchten nicht immer Worte.

Dennoch nagte das schlechte Gewissen an ihr. Ein paarmal setzte sie an, um etwas zu sagen, doch in letzter Sekunde überlegte sie es sich wieder anders.

Sie umrundeten erneut das Denkmal, und Marle spürte Wilhelms Blick auf sich ruhen.

Schließlich war er es, der doch wieder sprach.

»Weißt du, Liebes, ich habe meinen Sohn sehr geliebt, und ich weiß, dass er dir ein guter Ehemann war. Aber er war alles andere als perfekt.«

»Das ist niemand«, erwiderte sie betroffen. Ihr Schwiegervater glaubte also, dass es immer noch ihre Trauer war, die sie niederdrückte. Zum Teil stimmte das ja auch, aber da war dieser andere Teil von ihr, der sich nach einem groß gewachsenen Italiener mit schwarzen Locken und hellblauen Augen sehnte und gleichzeitig Angst davor hatte, ihn wiederzusehen. Würde er ihr nämlich mit Spott begegnen, gar mit Verachtung – Marle wusste nicht, wie sie das überstehen sollte. Und sie durfte nicht vergessen, dass sie ihn hasste – auch wenn sie das natürlich nicht zugab.

»Richtig«, sagte Wilhelm. »Aber Konstantin war in manchen Dingen ein Holzkopp.«

»Holzkopp?«

Wilhelm schmunzelte. »Verzeih mir. Rieke färbt auf mich ab.«

Marle lächelte nicht. Sie fürchtete sich auf einmal vor dem, was ihr Schwiegervater sagen würde.

Ziemlich viel Angst an einem einzigen Abend, dachte sie bei sich. Vielleicht wäre es leichter gewesen, sich mit gar keinem Mann mehr zu befassen. Weder mit einem lebendigen noch mit einem verstorbenen. Wenn das nur so einfach gewesen wäre im Leben!

Sie hatten inzwischen wieder die Uferpromenade erreicht, und viele Urlauber unternahmen einen Abendspaziergang. So kamen sie nur noch langsam voran.

»Was ich eigentlich sagen wollte«, fuhr Wilhelm fort und wurde wieder ernst, »ist, dass Konstantin dich nicht genügend gewürdigt hat.«

Marle blieb schlagartig stehen und zwang so ihren Schwiegervater, ebenfalls den Schritt zu verhalten.

»Wie kannst du so etwas sagen! Konstantin war der beste Ehemann, den ich mir nur hätte wünschen können!«

Sie war ziemlich laut geworden, und ein paar Passanten drehten die Köpfe.

Marle sah es und senkte schnell die Stimme. »Du willst, dass es für mich leichter wird, und dafür danke ich dir. Aber ich kann nicht zulassen, dass du so über deinen Sohn redest.«

Sanft legte Wilhelm ihr eine Hand an die Wange. »Liebes, natürlich will ich nichts Schlechtes über ihn sagen. Aber du darfst ihn auch nicht auf ein Podest stellen. Tatsache ist, dass Konstantin ein Mann mit einigen Fehlern war.

Und einer der schlimmsten davon war, dich zu viel allein zu lassen.«

»Und ich habe ihm das immer wieder vorgeworfen«, erwiderte sie. »Das werde ich mir nie verzeihen! Wäre ich geduldiger gewesen …«

Wilhelms Hand senkte sich auf ihre Schulter und drückte sie. »Schluss damit, Marle! Hör auf, dir selbst die Schuld zu geben! Konstantin war sein Leben lang ein Workaholic. Daran konnte seine erste Frau nichts ändern, daran konntest du letztendlich auch nichts ändern.«

»Aber das Bankhaus …«, wandte sie zaghaft ein, wurde jedoch sofort unterbrochen.

»Mein Sohn hat nie gelernt, zu delegieren. Ich gebe zu, während der Finanzkrise hatte er kaum eine andere Wahl, als beinahe Tag und Nacht zu arbeiten, aber in den Jahren mit dir hätte er ohne Weiteres einen Gang zurückschalten können.«

Marle schwieg. Dies aus dem Mund ihres Schwiegervaters zu hören, machte sie betroffen, gab ihr zugleich aber auch ein Gefühl großer Erleichterung. Sie hatte immer gedacht, sie sei zu ungeduldig und zu egoistisch in ihrer Beziehung zu Konstantin gewesen.

Weil sie nichts sagte, fuhr Wilhelm schließlich fort: »Unverzeihlich jedoch finde ich, dass er dir deinen größten Wunsch verwehrt hat.«

Sie zuckte zusammen wie unter einem Schlag.

»Was … meinst du damit?«

Wilhelm antwortete nicht gleich, sondern schaute einen Moment lang aufs Meer hinaus. Sie folgte seinem Blick. Der

Himmel war inzwischen so dunkel, dass sie nicht unterscheiden konnte, wo er anfing und wo das Meer endete. Auch die Buhnen, die wie riesige Finger aufs Wasser hinausführten, waren so gut wie unsichtbar. Eine angenehm warme Brise vermittelte die Illusion, irgendwo am Mittelmeer zu sein und nicht an der kalten Nordsee.

»Du hast dir ein Kind von ihm gewünscht«, sagte Wilhelm leise.

»Das ... hast du gewusst?«, fragte sie erschrocken. »Ich habe nie darüber geredet.«

»Ach, Liebes, es war nicht schwer zu erraten. Deine glänzenden Augen, wenn die Zwillinge zu Besuch kamen, die Art, wie du andere Mütter mit ihren Kindern betrachtet hast ...«

»Verstehe«, sagte sie leise.

»Es war nicht recht von ihm«, betonte Wilhelm.

»Mag sein.« Marle spürte, wie ihr die Tränen in die Augen stiegen. Das ist nur die salzige Luft, sagte sie sich und wusste es doch besser. Sie dachte an die letzte schlimme Szene, die sie Konstantin im Treppenviertel gemacht hatte, und ein Zittern lief durch ihren Körper.

»Ich hätte gern ein Kind gehabt«, flüsterte sie. »Mit haselnussbraunen Augen.«

Wilhelm legte ihr einen Arm um die Schultern. »Ich weiß, Liebes. Es hätte vermutlich einiges leichter gemacht. Du wärst dem Leben zugewandt geblieben.«

»Dem Leben zugewandt«, wiederholte sie. »Das bin ich lange nicht gewesen.«

Wilhelm nickte. Die Uferpromenade war beleuchtet,

und Marle sah den Kummer in seiner Miene. Sein Arm auf ihrer Schulter wurde schwer. Ob vor lauter Sorge um seine Schwiegertochter oder weil er nun wirklich erschöpft war, vermochte sie nicht zu sagen.

»Aber jetzt schon«, sagte sie daher. »Bitte, glaube mir. Ich bin gern mit dir auf Wangerooge, und ich mag meine neuen Freunde. Ich ... habe mich sogar über einen anderen Mann schrecklich geärgert.«

Sie biss sich auf die Zunge.

Verdammt! Nur um ihren Schwiegervater zu beruhigen, hatte sie zu viel verraten.

Wilhelm hob seine buschigen Brauen. »Interessant. Möchtest du darüber reden?«

»Nein, lieber nicht.«

»In Ordnung. Lass uns das letzte Stück in Angriff nehmen. Meine Beine werden mich wohl nicht mehr allzu weit tragen.«

Sie erreichten ihr schönes Haus und blieben stehen.

»Geh ruhig hinein«, sagte Wilhelm. »Ich werde dich bei den anderen entschuldigen.«

Marle musterte ihn aufmerksam. »Aber es würde dir Freude machen, wenn ich mitkäme?«

»Natürlich. Du sollst jedoch nichts tun, was du nicht tatsächlich möchtest, und inzwischen hege ich auch meine Zweifel, ob dir die Überraschung gefallen wird.«

Womit er Marles Neugierde weckte, was er natürlich genau wusste.

Kurz zögerte sie noch, dann traf sie eine Entscheidung.

»Ich komme mit. Aber ich muss dich warnen. Der Mann, um den es geht, ist Tiziano Carmaleonte.«

Wilhelm schmunzelte. »Nun, das wundert mich nicht. Wenn wir im Juli dort eingekehrt sind, habe ich durchaus die Funken bemerkt, die zwischen euch geflogen sind.«

»Funken? So ein Quatsch!«

»Liebes, ich bin vielleicht alt, aber nicht dumm. Außerdem weiß ich genau, wie sich so etwas anfühlt.« Diesmal wirkte er selbst erschrocken – ganz so, als habe er ebenfalls zu viel verraten.

Marle hätte gern nachgehakt, aber das »O Sole Mio« kam schon in Sicht, und auf einmal drängte es sie, ihrem Schwiegervater alles zu erzählen.

Sie schilderte Wilhelm, wie sie am Abend seines Geburtstages an den Strand gegangen war, um ihr Trauma zu überwinden.

Er hörte ruhig zu und sagte erst, als sie eine Pause machte, mit sanfter Stimme: »Das war ein wundervoller Gedanke von dir, Liebes. Ich bin sehr stolz auf dich, dass du so hart an dir arbeitest.«

Dann hörte er wieder schweigend zu und gab auch keinen Ton von sich, als sie erwähnte, dass sie dort am Ufer auf Tiziano getroffen war. Und ausgerechnet diesem fremden Mann habe sie erzählt, was an Konstantins Todestag geschehen war.

»Findest du es verrückt, dass ich mich ihm anvertraut habe?«

»Ganz und gar nicht.« Mehr sagte Wilhelm nicht. Vielleicht wollte er ihren Redefluss nicht bremsen, vielleicht war er wirklich dieser Meinung.

Also erzählte sie, dass Tiziano ihr ruhig zugehört hatte.

»Und am Ende hat er gesagt, ich hätte keine Schuld an dem, was passiert ist, und er hat noch etwas Seltsames hinzugefügt: Worte der Wut werden vom Wind davongetragen. Oder so ähnlich. Anscheinend stammt das von seiner Großmutter. Damit wollte er sagen, ich müsste ihm nicht erzählen, was ich Konstantin an den Kopf geworfen hatte. Oder er wollte noch einmal betonen, dass Konstantin nicht wegen der Szene gestorben ist, die ich ihm gemacht habe.« Sie seufzte. »Wahrscheinlich meinte er beides damit.«

Wilhelm schwieg immer noch, und sie merkte erst jetzt, dass er wieder stehen geblieben war. Sie hörten bereits fröhliches Stimmengewirr, und Marle sah, dass auf der Terrasse des Restaurants eine größere Gruppe an einem langen Tisch saß. Sie glaubte, Vickis blondes Haar zu erkennen, und sie war sich ziemlich sicher, Riekes krächzendes Lachen herauszuhören.

»Du sagst ja gar nichts, Wilhelm.«

»Nun, ich frage mich, warum du dennoch so wütend auf den jungen Mann bist. Er scheint sich absolut korrekt verhalten zu haben. Er hat dir zugehört und genau das Richtige gesagt. Was ich übrigens in den vergangenen Jahren auch immer wiederholt habe. Nämlich, dass du dir keine Vorwürfe machen darfst. Mir scheint, auf ihn hast du besser gehört.«

Sein Augenzwinkern verriet ihr, dass er deshalb keineswegs eingeschnappt war.

»Es geht um das, was dann passiert ist«, sagte Marle leise. »Ich … Wir haben uns geküsst – und dann hat er mich plötzlich weggestoßen. Einfach so.«

Wilhelms Blick wurde scharf. Auf einmal sah er doch wieder aus wie einer seiner strengen Vorväter. Wäre ein Tisch in der Nähe gewesen, auf dem er seine Ellenbogen hätte abstützen können, so hätte er bestimmt mit den Händen ein Dach gebildet. »Einfach so? Bist du dir da sicher?«

»Natürlich. Hat ihm wohl nicht gefallen, der Kuss. Wahrscheinlich ist er Besseres gewöhnt.« Wieder flammte Zorn in ihr auf, und sie bedauerte es, dass sie zugesagt hatte, mitzukommen. Gut möglich, dass sie dem schönen Italiener die hellen Augen auskratzen würde, wenn sie ihn sah.

»Ich verstehe«, meinte Wilhelm. »Du bist in deinem Stolz verletzt. Niemand wird gern zurückgewiesen. Und er hat gar nichts dazu gesagt?«

Sie runzelte Stirn. »Ach, irgendwas von wegen wir sollten das nicht machen. Nicht jetzt.«

»Aha.« Wilhelm stand eine kleine Weile still, bevor er hinzufügte: »Ich fürchte, du tust ihm unrecht.«

»Wieso das denn?«

»Ganz sicher bin ich mir nicht. Schließlich kenne ich den jungen Mann kaum. Aber so, wie du mir alles geschildert hast, denke ich, er hat sich aus Rücksicht auf dich so verhalten. Vielleicht glaubte er, du bräuchtest mehr Zeit, um zu dir selbst zu finden, bevor du dich auf etwas Neues einlassen kannst.«

Marle wurde auf einmal schwer ums Herz. Konnte das

sein? Hatte sich Tiziano in jener Nacht nur zurückgehalten, um sie zu schützen? Um ihr Zeit zu geben?

»Wie ich höre«, fügte Wilhelm hinzu, »hat er nicht den allerbesten Ruf. Kann es sein, dass du dich davon hast beeinflussen lassen?«

»Oh Gott!«, flüsterte sie. »Ich mache anscheinend alles falsch.« Sie fühlte sich schrecklich und fragte sich, ob sie nicht in letzter Sekunde noch irgendwie verschwinden könnte. Im Leben würde sie Tiziano nicht mehr gegenübertreten können, ohne sich in Grund und Boden zu schämen.

Aber noch bevor sie sich eine Ausrede überlegen konnte, tauchte Vicki neben ihnen auf.

»Wollt ihr hier Wurzeln schlagen? Die Antipasti werden aufgetragen, und ich sage euch, die sehen superlecker aus. Eingelegte Artischocken, getrocknete Tomaten mit Pecorinokäse, Bruschetta mit Pilzen ...« Während sie sprach, nahm sie Wilhelm auf der einen und Marle auf der anderen Seite am Arm und schob sie vorwärts.

Kluge Vicki, dachte Marle. Ihre Freundin hatte wohl gespürt, dass sie nicht ohne Grund keine zwanzig Meter von dem Restaurant entfernt stehen geblieben waren.

»Außerdem musst du deinen Enkelsöhnen beistehen, lieber Wilhelm«, mahnte Vicki. »Rieke stopft ihre armen jungen Köpfe mit wilden Geschichten über Strandräuber voll.«

Wilhelm lachte. »Ich glaube kaum, dass sie Patrick und Tim damit Angst machen kann.«

Dann blickte er an Vicki vorbei zu Marle. »Nun ist es keine Überraschung mehr.«

18. Kapitel

»Marle!«, riefen Patrick und Tim wie aus einem Mund, sprangen von dem langen Tisch auf und kamen auf sie zugestürmt. Sie grinsten beide von einem Ohr zum anderen und schienen sich ehrlich zu freuen, sie zu sehen.

Eine Welle von Zuneigung überflutete Marle und machte sie für einen Moment sprachlos. Es war zum Glück nicht nötig, viel zu sagen, denn die Zwillinge redeten aufgeregt und abwechselnd.

»Pünktlich zum Achtzehnten haben wir die Besitzurkunde für die ›Katharina‹ gekriegt. Hat Opa dir bestimmt erzählt«, sagte Patrick.

Nein, dachte Marle überrascht. Oder sie hatte es nicht mitbekommen. Der erste August war auch Wilhelms Geburtstag, und da war so viel geschehen, dass sie gar nicht an die Zwillinge gedacht hatte.

Sie schienen es ihr nicht übel zu nehmen.

Tims Augen leuchteten auf. »Wir sind heute ganz allein hergesegelt. Vorher konnten wir nicht, weil die Schule wieder angefangen hat und wir echt viel zu tun hatten. Und gestern hat's geregnet. Aber morgen fallen ein paar Stunden aus, da können wir mal fehlen.«

»Ts, ts«, machte Wilhelm, wurde von seinen Enkelsöhnen aber glatt überhört. Er warf Marle einen unsicheren Blick zu. Ist es in Ordnung, dass sie hier sind?, fragte er ohne Worte. Sie nickte ihm zu und lächelte.

»Es war mega!«, ergänzte Patrick. »Die ›Katharina‹ ist supergut vor dem Wind gesegelt, und ...«

Sein Großvater unterbrach ihn, indem er die Hand hob. »Jungs, ihr könnt euer Abenteuer später weitererzählen. Wir sind hungrig, und ich möchte mich endlich setzen.«

»Sorry, liebster Opa«, sagte Patrick schnell. »Komm, du hast den Ehrenplatz am Kopfende.«

Er zwinkerte Marle zu, und dann eskortierten die Zwillinge ihren Großvater zur Terrasse des Restaurants.

»Tolle Jungs«, sagte Vicki neben ihr.

»Ja«, gab Marle zurück. »Es war nicht immer leicht, aber ich habe sie sehr lieb.«

Glücklich stellte sie fest, dass da kein negatives Gefühl mehr in ihr war. Kein Groll gegen die Mutter der Zwillinge, keine Unsicherheit im Umgang mit den beiden, keine Traurigkeit, weil sie nicht selbst ein Kind mit haselnussbraunen Augen bekommen hatte.

Oder? Nun, wenn sie ehrlich war, so war der Kummer nicht gänzlich verschwunden. Aber er war kleiner geworden, und irgendwann würde er sich hoffentlich auflösen wie ein Wolkenturm am Himmel, wenn der Wind kräftig aus Nordwest blies. Die Dinge waren, wie sie nun einmal waren – warum also sich verzehren nach etwas, das niemals sein konnte?

»Wow!«, stieß Vicki aus. »Du siehst gerade wahnsinnig erleuchtet aus. Haben die Zwillinge irgendwas extrem Weises gesagt, das ich nicht mitbekommen habe?«

»Quatsch.« Marle lachte. »Ich denke nur nach.«

»Klar, aber das reicht jetzt. Dir qualmt ja schon der Kopf. Nu komm, sonst lassen uns die anderen nichts mehr übrig.«

Sie standen inzwischen vor dem langen Tisch, an dem Wilhelm bereits Platz genommen hatte. Seine Enkelsöhne saßen über Eck rechts und links neben ihm. Tim hielt so viel Abstand wie möglich zu Rieke, die als Nächstes kam.

Marle schmunzelte. Sie nahm an, die alte Frau hatte den Jungs zur Begrüßung ordentlich die Hände zerquetscht. Die anderen Gäste schlossen sich an. Clara und Jonathan, Rachel und Friedrich und auch Samuel plauderten, aßen, tranken, winkten oder lächelten Marle kurz zu und taten einfach, als wäre alles völlig normal.

Na ja, korrigierte sie sich im Stillen. Das war es ja für sie auch.

Nur Rieke fixierte Marle mit einem durchdringenden Blick, und Wilhelm schaute leicht besorgt. Aber Vicki drückte sie einfach auf den freien Stuhl neben ihrem und begann, ihr von den Vorspeisen aufzutun.

»Hau rein, es ist köstlich. Das ›O Sole Mio‹ wird künftig einfache, aber beste italienische Küche anbieten. Die Zeiten der fetten Sahnesoßen sind endgültig vorbei. Wer weiß, vielleicht erwähne ich den Schuppen nun doch einmal in meinem Food-Blog.«

Clara, die schräg gegenübersaß, sagte: »Probiere nur, Marle. Du wirst genauso begeistert sein wie wir alle.«

Sie tat, wie ihr geheißen, obwohl sich ihr Magen wie zugeknotet anfühlte. Bisher hatte sie Tiziano noch nirgends entdeckt, und sie fürchtete den Augenblick ihres Wiedersehens.

Aber dann biss sie in ein knuspriges Stück Bruschetta, schmeckte die frisch gebratenen Steinpilze, spürte einem Hauch von Trüffel nach und verdrehte entzückt die Augen.

»Mhmm«, machte sie andächtig.

»Sag ich doch.« Clara lächelte und stieß ihren Jonathan an, der Marle direkt gegenübersaß. »Ich musste ihn bremsen, damit er nicht alles allein futtert.«

Ihr Freund schaute gutmütig, verzichtete jedoch darauf, sich noch einmal den Teller zu füllen. Stattdessen wandte er sich an Marle, die nun von den leicht pikanten getrockneten Tomaten mit Pecorinokäse probierte.

»Clara und ich dürfen ein Jahr lang kostenlos hier essen. Mein Schatz hat nämlich bei der Einrichtung des Restaurants wahre Wunder vollbracht.«

»Er übertreibt maßlos«, mischte sich Clara ein. »Ich habe Tiziano bloß geholfen, den größten Kitsch rauszuwerfen. Aber neue Tische und Stühle bekommt er noch, und ein paar andere Sachen. Es dauerte nur ein bisschen. Du musst dir trotzdem unbedingt den Gastraum ansehen. Wirst ihn nicht wiedererkennen.«

»Später vielleicht«, meinte Marle vage.

Jonathan schien an ihrer Antwort nichts Ungewöhnliches aufzufallen, denn er sprach schon weiter.

»Hast du dich gut eingelebt auf Wangerooge?«

Marle nickte, nicht sicher, ob seine Frage bloß höflich gemeint war oder ob sie einem bestimmten Zweck diente. Mit Jonathan hatte Marle bisher am wenigsten Kontakt gehabt. Besonders in den Sommermonaten hatte der Kinderarzt alle Hände voll zu tun, und seine karge Freizeit verbrachte er am liebsten mit seiner Freundin Clara oder auch mit Marie, seiner Tochter aus erster Ehe, wenn sie zu Besuch kam. Das Mädchen war ein fröhlicher Teenager und schien Clara wie eine zweite Mutter oder eine ältere Freundin zu lieben. Ein paarmal hatte Marle mit leisem Neid miterlebt, wie locker die zwei miteinander umgingen. Nun schaute sie zu den Zwillingen und dachte: Das werden wir auch noch besser machen.

»Marle?«, fragte Jonathan.

Sie wandte ihm wieder ihre Aufmerksamkeit zu. »Entschuldige. Was hast du gefragt? Ach ja, doch, ich fühle mich sehr wohl hier.«

»Prima, ich soll dir nämlich vom Direktor der Mutter-Kind-Klinik Sonnenhaus etwas ausrichten. Er ist ein guter Freund von mir.«

Marle griff nach ihrem Weinglas und trank einen großen Schluck.

Jonathan wurde wieder von Clara angestoßen. »Nun lass sie doch erst mal essen.«

»Nein«, sagte Marle, »ist schon gut. Worum geht es?« Sie ahnte es natürlich schon.

»Eine der Kinderbetreuerinnen ist überraschend nach Hannover gezogen. Ihrer großen Liebe hinterher …«

»Ach«, seufzte Vicki. »Wangerooge ist magisch. Kann ich nicht oft genug wiederholen. Hier geschehen die unglaublichsten Dinge aus Liebe. Ich kenne die Sina. Sie hat den Typen erst im Juni kennengelernt, als er zur Kur hier war, und nun hält sie nichts mehr auf der Insel.«

»Vicki«, mahnte Jonathan sanft.

Marle hingegen war froh über die Unterbrechung. So hatte sie wenigstens ein paar Sekunden zum Nachdenken gehabt. Nicht über die Liebe auf Wangerooge, denn daran glaubte sie nicht, aber über Jonathans Worte, die sie mehr in Aufregung versetzten, als sie es je für möglich gehalten hätte.

»Nun«, fuhr er jetzt fort, »der Direktor hat sich erkundigt, ob ich nicht zufällig eine Erzieherin kenne. Die Klinik ist das ganze Jahr über geöffnet, es wäre also eine feste Anstellung. Was sagst du?«

Marle erinnerte sich daran, dass er sie ganz zu Anfang schon einmal etwas Ähnliches gefragt hatte. Das war erst knapp zwei Monate her, und doch schien ein halbes Leben dazwischenzuliegen.

Sie erwiderte fest seinen freundlichen Blick. »Ich … habe eine ganze Weile nicht in meinem Beruf gearbeitet.«

»Na und?«, ließ sich vom Kopfende her ihr Schwiegervater vernehmen. Erst jetzt bemerkte sie, dass alle anderen Gespräche verstummt waren. »Marle ist eine ganz wunderbare Erzieherin.«

Sie wurde über und über rot. »Wilhelm übertreibt. Aber … na ja, ich habe damals meinen Job geliebt. Kann ich ein paar Tage darüber nachdenken?«

»Sicher«, sagte Jonathan. »Gib einfach mir oder Clara Bescheid, dann arrangiere ich ein Vorstellungsgespräch.«

»Danke. Es ist sehr freundlich, dass du an mich gedacht hast.«

»Unsinn.« Er winkte ab. »Ich tue eher meinem Freund einen Gefallen.«

Während um sie herum wieder über anderes geredet wurde, spürte Marle weiterhin Wilhelms Blick auf sich ruhen. Er allein wusste, was in ihr vorging. Würde sie es schaffen, wieder mit Kindern zu arbeiten, ohne an die eigene verpasste Mutterschaft zu denken?

Sie wusste es nicht, aber vielleicht war es an der Zeit, es herauszufinden. Irgendetwas an ihrer Mimik schien ihren Schwiegervater zu beruhigen, denn er schmunzelte und widmete sich dann wieder ganz Patrick und Tim.

Über das Geplauder der anderen hinweg konnte sie ihr Gespräch verfolgen.

Die Zwillinge erzählten ihrem Großvater abwechselnd, dass sie inzwischen ziemlich feste Pläne für ihr Leben hätten. Nach dem Abitur im folgenden Jahr wollten sie einen großen Segeltörn unternehmen, vielleicht zwei, drei Monate lang.

Marle sah, wie ihr Schwiegervater die Kiefermuskeln anspannte. Am liebsten hätte sie sich zu den dreien gesetzt, doch dann befand sie, damit müsste Wilhelm allein klarkommen.

»Aber wenn wir wieder da sind«, versprach Patrick, »werde ich BWL studieren. Weißt du, Opa, ich habe lange nachgedacht. Ich glaube, das Bankgeschäft wäre wirklich was für mich.«

Wilhelm erwiderte nichts, aber seine Schultern, die eben noch vor Erschöpfung eingesunken gewesen waren, richteten sich auf.

»Also, ich weiß noch nicht genau, was ich studieren will«, warf Tim ein. »Vielleicht Jura. Mal sehen. Dann können wir uns gemeinsam um die Bank kümmern.«

»Genau«, sagte Patrick. »Damit wir unsere Work-Life-Balance behalten.«

Marle kicherte. Für achtzehnjährige Jungs redeten die beiden ganz schön abgeklärt. Wahrscheinlich würden sie ihre Meinungen noch einmal überdenken, aber es gefiel ihr, dass sie so erwachsen wirkten. Und sie freute sich für Wilhelm, weil er nun Hoffnung haben durfte, dass das Bankhaus Severin in der Familie blieb. Zugleich sah sie für Patrick und Tim optimistisch in die Zukunft, denn wenn die beiden einen Weg vor sich sahen, bedeutete es, dass sie den plötzlichen Verlust ihres Vaters langsam verarbeiteten.

»Klappe jetzt, ihr Klugschnacker!« Das kam von Rieke. »Lasst euern Opa man wat futtern. Dat Zeug hier ist ja nur Luft, aber besser als nix.«

Damit verdrängte sie Tim von seinem Platz, pflanzte sich neben Wilhelm und schaufelte ihm eine Riesenportion Rucolasalat mit Kirschtomaten auf den Teller.

»Keine Angst, Herzchen, wenn du nicht satt wirst, habe ich später noch was für dich. Leckere Fischklöße mit Speck und Sardellenbutter.«

Herzchen?, wiederholte Marle im Stillen. Herzchen?

Sie rieb sich über die Augen, fixierte Wilhelm und Rieke, erinnerte sich an Vickis seltsame Bemerkungen vorhin, sah, wie Wilhelm bei der Erwähnung von fetten Fischklößen blass wurde, gleichzeitig jedoch irgendwie mit den Augen strahlte.

Nee, ne?

Hektisch ließ sie ihren Blick zwischen den beiden hin und her wandern. Aber sie benahmen sich ganz normal. Rieke wirkte streng und burschikos wie eh und je, Wilhelm war durchaus gelöster als früher, aber das mochte auch an seinem neuen Leben liegen oder an seiner Freude über die Pläne der Zwillinge.

Marle atmete tief durch. Wahrscheinlich hatte Rieke einfach Olgas Rolle übernommen und versuchte, Wilhelm zu mästen. Das hatte er ihr ja auch selbst erzählt. Es war sogar gut möglich, dass Olga einen Weg gefunden hatte, mit Rieke in Kontakt zu treten. So etwas war den beiden Frauen absolut zuzutrauen.

Es erschien Marle unvorstellbar, dass Wilhelm und Rieke auf ihre alten Tage noch einmal ... Nein! Ausgeschlossen!

Wangerooge mochte in Liebesdingen verzaubert sein, aber das hier ging nun wirklich zu weit.

Weil ich neidisch wäre?, fragte sie sich sofort. Weil ich es nicht aushalten würde, wenn ich die Einzige wäre, die allein bleibt?

Verwirrt zupfte sie an ihrer Bluse herum. Am liebsten wäre sie aufgestanden und hätte sich fortgestohlen.

Das hier war zu viel für sie. Die fröhliche Gesellschaft,

die Zukunftspläne, das Jobangebot und die Paare mit ihren zärtlichen Gefühlen füreinander, die schwer in der Abendluft hingen – wie der Duft nach frisch gegrillten Scampi, mit einem Hauch Knoblauch und der fruchtigen Note von kalt gepresstem Olivenöl.

Noch einmal rieb sich Marle über die Augen. Vielleicht verlor sie ja langsam den Verstand. Eventuell hatte sie auch Probleme mit ihrem Geruchssinn. Zärtliche Gefühle und Scampi?

Sie blickte auf – genau in Tizianos Augen.

Er stand keine zwei Meter vom Tisch entfernt und starrte sie an. In den Händen hielt er eine große Schüssel mit dampfenden Spaghetti.

Und Scampi, dachte Marle. Auch wenn ich die nicht sehen kann.

Sie konnte überhaupt nichts anderes mehr sehen als diese unglaublich hellen Augen, die im Zwielicht der Terrasse ihre ganze Welt bedeuteten.

Die Zeit blieb stehen, oder sie raste mit Überschallgeschwindigkeit weiter – Marle vermochte es nicht zu unterscheiden.

Es gab nur sie und diesen Mann, dem sie seit Wochen aus dem Weg ging, auf den sie wütend war, der sie verletzt hatte und der trotzdem eine Macht über sie besaß, die sie bis ins Innerste erschreckte.

Wilhelms Worte schossen ihr kurz in den Sinn. Dass Tiziano sich womöglich nur anständig benommen hatte.

Gewissensbisse plagten sie, und ihr Fluchtinstinkt wurde beinahe übermächtig.

Nein! Sie würde nicht noch einmal vor ihm davonlaufen!

Marle nahm ihren ganzen Mut zusammen und zwang sich zu einem Lächeln.

Tiziano blieb ernst, ihre Mundwinkel sackten herab.

»Hey!«, rief Vicki neben ihr. »Du da, dessen Name nicht genannt werden darf! Bringst du uns die Pasta noch bis zum Tisch, oder bist du ein Ein-Mann-Büfett?«

»Was?« Er schaute zu Vicki.

Der Bann war gebrochen. Marle atmete tief aus und merkte erst jetzt, dass sie die Luft angehalten hatte.

Tiziano kam um den Tisch herum, trat zwischen Marle und Vicki und stellte die Schüssel ab.

Als er sich wieder aufrichtete, streifte seine Hand ihren Arm. Ob mit Absicht oder aus Versehen, vermochte sie nicht zu sagen. Ihre Haut brannte an der Stelle, und sie widerstand der Versuchung, sich dort zu reiben.

Nur sitzen bleiben konnte sie nun nicht mehr. Tiziano musste schnell zur Seite treten, als sie mit Schwung ihren Stuhl zurückstieß und aufsprang.

»Hast du einen Moment?«, fragte sie. Sie verließ die Terrasse und trat auf die Uferpromenade.

Es war ihr egal, ob alle sie anstarrten. Sie musste mit ihm sprechen. Jetzt. Musste ihm erklären, wie dumm sie gewesen war, wie kompliziert alles war, wie ...

Ach, vielleicht wollte sie ihm auch nur noch einmal in die Augen schauen.

»Marle!«, rief er. »So warte doch!«

Erst da fiel ihr auf, dass sie gerannt war. Tiziano holte sie ein, als sie schon den halben Weg zum Café »Pudding« zurückgelegt hatte.

Atemlos blieb er bei ihr stehen. »Du weißt schon, dass heute mein Eröffnungsabend ist? Alles hängt davon ab. Meine Mamma rotiert in der Küche, mein Vater sitzt im Gastraum und meckert vor sich hin, weil er nicht helfen darf, und ich versuche mich irgendwie zwischen Herd und Gästen aufzuteilen.«

»Entschuldige«, sagte sie und meinte damit alles. Dass sie ihn von seinem Restaurant weggelockt hatte, dass sie schlecht von ihm gedacht hatte, dass sie ihn gemieden hatte ...

»Geht es dir gut?«, fragte er. »Besser?«

»Ja, viel besser.«

Bestimmt bemerkte er ihre Bluse, aber er sagte nichts. Das war auch nicht nötig.

Marle erinnerte sich an ihre Umarmung, an ihren Kuss, und sie wusste, seine Gedanken gingen in dieselbe Richtung.

Zwischen ihnen knisterte die Luft, und als er seinen Blick wieder in ihren senkte, wurde sie von wilder, ungezügelter Freude erfüllt.

Tiziano überwand den Abstand zwischen ihnen, Marle lehnte sich leicht nach vorn. Sie standen Körper an Körper, ohne sich zu berühren. Tiziano neigte den Kopf, ihre Lippen waren nur Millimeter voneinander entfernt. Alles in Marle schrie danach, ihn zu küssen. Sie waren sich zu nah, um einander noch in die Augen schauen zu können, und später dachte Marle, dass es vielleicht daran gelegen hatte.

Denn wieder zerbrach der Zauber, und auf einmal sah sie Konstantin vor sich. Sein Bild war so scharf, wie sie es lange nicht mehr gesehen hatte. Möglicherweise lag es am Besuch der Zwillinge. Patrick und Tim waren zwei jüngere Ausgaben ihres Vaters. Vielleicht war es auch einfach die Angst, das sichere Gefängnis ihrer Trauer zu verlassen. Auch darüber würde Marle erst viel später nachdenken.

In diesem alles entscheidenden Moment machte sie einen halben Schritt zurück und senkte den Kopf.

Tiziano sagte nichts, sie spürte nur seinen Blick auf sich ruhen.

Dann wandte er sich um und ging zurück. Sein Schritt klang schleppend, aber das mochte auch Einbildung sein.

Marle folgte ihm erst, als er wieder im Restaurant verschwunden war.

Sie wäre lieber heimgegangen, doch früher oder später würde sie den anderen ohnehin wieder gegenübertreten müssen. Warum also nicht gleich.

Zu ihrer Überraschung nahm niemand besondere Notiz von ihr. Alle widmeten sich dem zweiten Gang, einer großen Platte mit gegrilltem Fisch. Sie knabberten dazu kleine Stücke weißer Pizza, nahmen sich vom gedünsteten Gemüse, gossen sich Wein nach oder baten eine junge Kellnerin darum, die Wasserkaraffe aufzufüllen.

Kurz: Die Tischgesellschaft benahm sich vollkommen normal, und gerade das machte Marle stutzig.

Sie warf Vicki einen prüfenden Blick zu, als sie sich wieder setzte.

»Was hast du erzählt?«

»Nichts«, versicherte Vicki schnell. Zu schnell. »Na ja, vielleicht, dass die Liebe auf Wangerooge echt verschlungene Wege geht und dass es manchmal dauern kann, bis man an ein Ziel gelangt, das man selbst gar nicht kennt.«

»Spinnerin.«

»Jo, haben die anderen auch gesagt. Aber die sind nicht blöd, weißt du. Zwischen dir und Du-weißt-schon-wem geht eine echt heftige Energie ab.«

»Da ist gar nichts!«, entgegnete Marle.

Vicki grinste. »Ach, und deshalb ist er wie ein geölter Blitz hinter dir hergerannt und hat die arme Fenja allein gelassen.«

»Fenja?«, fragte Marle und spürte einen Stich, der sich eine Sekunde lang wie Eifersucht anfühlte. Dann riss sie sich zusammen, fragte aber trotzdem nach. »Wer soll das denn nun wieder sein?«

Vicki wies mit ihrer Gabel zu der Kellnerin, einer kleinen, schwarzhaarigen Frau, vielleicht Mitte, Ende zwanzig. Sie besaß ein Puppengesicht und rannte flink zwischen Terrasse und Gastraum hin und her. »Tiziano hat ... Oh, verzeih, ich darf seinen Namen ja nicht sagen.«

»Hör schon auf«, meinte Marle genervt.

»Na gut, also Tiziano hat Glück gehabt, dass sie sich auf den Job beworben hat. Wobei sie es meiner Meinung nach mehr auf den Platz an seiner Seite abgesehen hat.«

»Ach, Vicki, du siehst wirklich überall nur Liebesdramen.«

»Möglich. Aber ich warne dich. Diesen Typ Frau kenne ich. Die gibt nicht so leicht auf.«

Marle hob kurz die Schultern. »Ist mir egal«, log sie. »Ich bin noch nicht bereit für etwas Neues.« Letzteres wenigstens stimmte.

»Als ob du das zu entscheiden hättest«, entgegnete Vicki, ließ dann von ihr ab und vertiefte sich in ein Gespräch mit Samuel.

Die Kellnerin trat zu Marle und fragte, ob sie ihr eine Portion Spaghetti aus der Küche holen dürfe.

Marle nickte, sah hoch und stutzte, weil Fenjas Augen vor Zorn loderten.

19. Kapitel

Eine Woche später war Tiziano an einem frühen Montagmorgen wieder einmal allein unterwegs. Der September war angebrochen, aber es herrschten nach wie vor hohe Temperaturen. Tiziano erinnerte sich an einen ähnlich heißen Sommer vor ein paar Jahren. Damals hatte die Pizzeria trotz des mittelmäßigen Essens gute Geschäfte gemacht, weil sie zu den Lokalen gehörte, die über eine ausgedehnte Terrasse verfügten.

Tiziano ließ mit einer Hand den Lenker los und wischte sich den Schweiß von der Stirn. Dann trat er wieder kräftiger in die Pedale. Gleich nach dem Aufwachen hatte er sich sein Rad geschnappt und war losgefahren, aus dem Ort hinaus in Richtung Westen. Nur wenige Frühaufsteher begegneten ihm, und man begrüßte sich mit einem kurzen Kopfnicken. Genau das war es, was er brauchte. Allein sein, sich körperlich betätigen, den Kopf in Morgenluft frei bekommen.

Das Restaurant würde er erst am Abend öffnen. Auch wenn er wusste, dass er jeden Cent an Einnahmen dringend brauchte, so war ihm doch auch klar, dass wenigstens ein halber freier Tag ebenso nötig war. Ab Mittag würde er sich mit Bestellungen und Vorbereitungen für das Menü befassen, aber diese paar Stunden sollten ihm allein gehören.

Allein.

Tiziano fuhr noch ein bisschen schneller. Er hatte das Sanddorntal hinter sich gelassen, und inzwischen erstreckten sich die lang gezogenen Nordwestdünen zu seiner Rechten. Der Strandhafer stand hoch und unbeweglich. Es herrschte Windstille, ein an der Nordsee höchst seltenes Wetterphänomen. Schon kam der neue Leuchtturm in Sicht. Im Morgenlicht strahlte er in seiner ganzen rot-weißen Pracht.

Langsam spürte Tiziano, wie der Stress der letzten Zeit von ihm abfiel.

• • •

All die Jahre hatte er sich fortgesehnt von Wangerooge, aber die Insel hatte sich still und heimlich in sein Herz geschlichen. Sie war seine Heimat geworden, ohne dass er es wirklich bemerkt hätte. Doch seit er das »O Sole Mio« übernommen hatte, war ihm endgültig klar geworden, dass sein Hauptproblem nicht Wangerooge, sondern vielmehr seine Stellung in der Familie gewesen war.

Nun, da sich alles geändert hatte, fühlte er sich auf einmal heimisch. Oder liegt es am Wetter?, fragte er sich und musste unwillkürlich grinsen. Würde er später im Jahr, wenn die Herbststürme aus Nordwest heranrückten, wenn der Winter eisig über Dünentäler und Salzwiesen fegte, wieder die alte Sehnsucht nach dem Land seiner Geburt verspüren? Oder den Drang, hinaus in die Welt zu gehen, um sich auf der kleinen, kalten Insel nicht so eingesperrt zu fühlen?

Er vermochte es nicht mit Sicherheit zu sagen, aber früher oder später würde er es herausfinden.

Vor ihm ragte nun ein mächtiger quadratischer Klinkerbau auf. Tiziano bremste und stieg ab, als er den Westturm erreicht hatte. Zusammen mit dem großzügigen Neubau diente er als Jugendherberge, und Tiziano hörte fröhliches Rufen und Lachen. Einen kurzen Moment lang wünschte er sich, noch einmal fünfzehn zu sein, doch schnell schüttelte er den Gedanken ab. Er war doppelt so alt wie die meisten Jugendlichen hier, und er hatte Verantwortung zu tragen.

Für das Restaurant, für seine Eltern. Er stieg wieder auf und radelte, gemächlicher diesmal, über den Westgrodendeich zurück. Hier war die Landschaft flach und von Lagunen durchzogen, ein Paradies für die vielen Vogelarten Wangerooges. Bald schon würden sich die Zugvögel dazugesellen, die im Wattenmeer neue Kraft tankten für ihren langen Flug in den Süden.

Wieder grinste Tiziano. Nein. Er mochte sich vielleicht früher wie ein Zugvogel gefühlt haben, aber das war vorbei.

Während die Sonne nun langsam höher stieg und die Insel in ihr goldenes Licht tauchte, dachte er daran, wie erschrocken er über den Schwächeanfall seines Vaters gewesen war.

Sein Grinsen verschwand. Einen Monat war es her, dass Giuseppe Carmaleonte umgekippt war, und noch am selben Tag hatte Tiziano eine Entscheidung gefällt. Das »O Sole

Mio« sollte weiterbestehen – jedoch so, wie es ihm selbst vorschwebte.

Seine Mutter Rosanna war sofort auf seiner Seite gewesen, sein Vater blieb vorerst ahnungslos. Nach drei Tagen im Krankenhaus wurde er in eine Kurklinik auf Spiekeroog überwiesen, wo er nach und nach einen neuen, gesünderen Lebensstil erlernen sollte. Auf Wangerooge hatte sich so schnell kein Platz gefunden, und Tiziano war froh gewesen, dass der Vater auf die Nachbarinsel verbannt war. Giuseppe hatte sich ein bisschen wie Napoleon aufgeführt, als dieser nach Elba verfrachtet worden war, aber schließlich hatte er sich in sein Schicksal ergeben. Er sei nicht bereit, schon so früh abzutreten, hatte er seiner Familie verkündet, und sobald er wieder auf dem Damm sei, würde er auch wieder arbeiten. In der Zwischenzeit solle sich Tiziano um die Pizzeria kümmern.

Über seinen älteren Sohn verlor er kein Wort. Er hatte Lorenzo auch nicht mehr sehen wollen, bevor dieser nach Neapel abgereist war. Es würde wohl noch viel guten Zuredens von Seiten Rosannas bedürfen, bis sich der Patriarch mit seinem Ältesten aussöhnen würde.

Tiziano hingegen war schlagartig zu seinem Liebling befördert worden. Am Tag seiner Abreise in die Kurklinik hatte Giuseppe mit noch schwacher Stimme zu ihm gesagt: »Ich weiß von deiner Mutter, dass du ein ausgebildeter Koch bist. Warum du dein Geheimnis für dich behalten hast, ist mir zwar ein Rätsel, aber was soll's. Du übernimmst die Küche und führst das Lokal in meinem Sinn weiter.«

»Ja, Papà«, hatte Tiziano nur erwidert und den Blickkontakt mit Rosanna vermieden. Sonst hätte er sich womöglich noch verraten.

Tiziano hatte drei Wochen veranschlagt, um die nötigsten Änderungen vorzunehmen. Zunächst hatte er die Speisekarte zusammengestrichen und eine neue erstellt. Rosanna war ihm dabei eine große Hilfe. Als es nur noch je vier Vorspeisen, vier erste und vier zweite Gänge auf der Karte gab, waren sie zufrieden. Auch sämtliche Pizzen wurden gestrichen, künftig sollte es nur noch zwei Sorten geben: die klassische neapolitanische Pizza mit Tomatensoße, Büffelmozzarella und Basilikum, sowie eine schlichte weiße Pizza mit etwas Olivenöl und Rosmarin, die statt Brot zu den Hauptgängen gereicht wurde. Deshalb hieß das Lokal jetzt auch nicht mehr »Pizzeria O Sole Mio«, sondern »Ristorante O Sole Mio«, was wesentlich feiner klang, fand Tiziano.

Auf Desserts verzichteten sie schweren Herzens, weil Rosanna sich nicht überarbeiten sollte.

Als Nächstes war Tiziano mit Claras Hilfe der Einrichtung zu Leibe gerückt, hatte allen Kitsch rausgeworfen und ein schlichteres, aber eleganteres Ambiente geschaffen. Die Arbeiten waren noch lange nicht abgeschlossen, aber er hoffte, er würde zwischen den Jahren, wenn auch die Einheimischen kaum zum Essen ausgingen, Verbesserungen vornehmen können.

Der August war über all dem nur so dahingeflogen, wofür Tiziano dankbar gewesen war. Tagsüber hatte er kaum Zeit gehabt, über Marle nachzudenken, abends war er todmüde eingeschlafen, kaum dass er auf sein Bett gefallen war.

Als Giuseppe zwei Tage vor der Neueröffnung zurückgekehrt war, hatte Tiziano vor Sorge die Luft angehalten. Wenn sein Vater sich bloß nicht aufregen würde! Wenn er bloß keinen neuen Anfall bekam!

Aber Giuseppe Carmaleonte hatte seine Frau und seinen jüngeren Sohn überrascht, indem er sich in aller Ruhe umgesehen und lange mit gerunzelter Stirn über der neuen Speisekarte gebrütet hatte, bevor ihm ein langer Seufzer entfahren war.

»Davon habe ich als junger Mann geträumt. Aber die deutschen Gäste waren nicht bereit dafür.«

Das hatte Tiziano die Tränen in die Augen getrieben, und ihm war klar geworden, dass Giuseppe sich damals schweren Herzens angepasst hatte, um seiner Familie ein Auskommen zu sichern.

»Der Name bleibt übrigens«, hatte er seinem Vater versprochen. »Dir zu Ehren.«

Am Eröffnungsabend jedoch blitzte der alte Patriarch wieder auf, dem nichts recht gemacht werden konnte. Er saß im Gastraum und hatte an allem etwas auszusetzen. Bis Rosanna schließlich aus der Küche gestürmt kam und ihm drohte, sie werde sich auch nach sechsunddreißig Jahren Ehe noch scheiden lassen, wenn er nicht endlich Ruhe gäbe.

Darüber hatte Tiziano lachen müssen, dann war er schnell weitergegangen, mit einer großen Schüssel dampfender Spaghetti.

Erst als sein Kiefer schmerzte, merkte er, wie fest er die Zähne zusammenbiss.

Plötzlich war sie da gewesen, hatte inmitten der fröhlichen Runde um Rieke Peters gesessen, schön wie immer, aber auch verändert. Lebendiger hatte sie auf ihn gewirkt – stärker. Tiziano war unfähig gewesen, sich zu rühren, hatte sie angeschaut, hatte sich in ihrem Blick verloren. Irgendein Ausruf von Vicki war dann zu ihm durchgedrungen, und er hatte die Spaghetti endlich zum Tisch gebracht. Was danach geschehen war …

Tiziano zwang sich, die Muskeln zu lockern.

• • •

Er hatte fast wieder das Dorf erreicht, als sein Handy klingelte. Er hielt an.

Einen dummen Moment lang glaubte er, es könnte Marle sein – weil er eben an sie gedacht hatte, weil er sie vor sich gesehen hatte, in dieser hübschen Bluse, die so wunderbar zu ihren Augen passte.

Es war Fenja.

Er zögerte, das Gespräch anzunehmen, tat es dann doch. Mit Fenja durfte er es sich nicht verscherzen. Sie war eine tolle Servicekraft, ganz anders als die lustige, aber oft tollpatschige Vicki. Fenja schien die Wünsche der Gäste im Voraus zu erahnen. Sie arbeitete effizient, war immer freundlich und bekam zu Recht hohe Trinkgelder.

Er hatte sein Glück kaum fassen können, als Fenja Jensen sich vor zwei Wochen auf seine Anzeige beworben hatte. Sie war im Frühjahr nach Wangerooge gezogen, hatte sie erzählt, aber ihr Job am Frühstücksbüfett eines großen Hotels langweile sie.

Dafür schien ihr Tiziano umso mehr zu gefallen, und als

er sie einstellte, musste er zugeben, dass sie genau dem Typ Frau entsprach, der ihn immer interessiert hatte.

Allerdings war er ein anderer Mann als früher, und so vermied er es, mit Fenja zu flirten.

»Was gibt es denn so früh?«, fragte er unwirsch.

»Du bist ja ganz außer Atem«, sagte sie, ohne auf seinen Ton einzugehen. »Schwimmst du gerade einmal um die Insel?«

»Schwierig, es herrscht Ebbe.«

Fenja lachte. Sie besaß ein schönes, helles Lachen, und augenblicklich tat es ihm leid, dass er so grantig zu ihr war.

»Entschuldige«, sagte er. »Ich bin mit dem Fahrrad unterwegs.«

»Ah, deshalb.« Sie schickte ein zweites kurzes Lachen hinterher. »Und brauchst du noch lange?«

»Nein. Maximal zehn Minuten. Warum?«

»Wir sind zum Frühstück verabredet, schon vergessen?«

Das hatte er tatsächlich, aber jetzt fiel es ihm wieder ein. Irgendwann im Laufe des vergangenen Abends hatte Fenja ihm das Versprechen dazu abgerungen. Damit sie sich mal ohne Hektik unterhalten könnten, hatte sie behauptet.

Seiner Meinung nach dachte sie weniger an eine Unterhaltung als …

Stopp!, rief er sich selbst zur Vernunft. Er musste ihr ja nicht gleich bestimmte Absichten unterstellen.

»Wir können uns in einer halben Stunde im Café ›Pudding‹ treffen«, schlug er vor.

»Ich habe eine bessere Idee. Stell dein Fahrrad zu Hause

ab, und dann komm in den Rosengarten. Zum Musikpavillon. Ich bringe alles mit.«

Tiziano wusste nicht, was er von dem Vorschlag halten sollte. Er wusste noch nicht einmal, ob ein Picknick im Rosengarten überhaupt erlaubt war. Aber er stimmte zu, stieg auf sein Rad und fuhr den Rest der Strecke wieder in flottem Tempo.

Fenja hatte schon ab Mitte August im Restaurant gearbeitet, obwohl es zu dem Zeitpunkt noch keine Gäste zu bedienen gab. Aber sie machte sich überall nützlich, half Clara bei der Entrümpelung des Gastraumes, entlastete Rosanna in der Küche, wenn diese die neuen Gerichte zur Probe kochte, und entwarf die neue Speisekarte, nachdem sie Tiziano erzählt hatte, sie habe mal ein paar Semester Grafikdesign studiert. Kurz: Sie machte sich schnell unentbehrlich.

Wenn Tiziano mit seinem Bruder auf Skype sprach, schnalzte Lorenzo jedes Mal anerkennend mit der Zunge.

»Diese Fenja scheint ja perfekt zu euch zu passen«, meinte er dann zweideutig.

Bevor Tiziano ihn jedoch zurechtweisen konnte, erzählte Lorenzo lieber von seinem neuen, glücklichen Leben an der Seite seiner geliebten Silvana. Auch die Geschäftsführung des Restaurants seines Schwiegervaters gefiel ihm gut, und er betonte mehrfach, er werde höchstens mal zu Besuch nach Wangerooge zurückkehren.

Wenn Tiziano ganz ehrlich war, so musste er vor sich selbst zugeben, dass Fenja ihn durchaus reizte. Dennoch hielt er sich zurück, weil seine Gedanken den ganzen August über stets nur um Marle kreisten. Als er sie dann wiedersah, als sie sich fast küssten, als sie ihm zum zweiten Mal eine Abfuhr erteilte, da war etwas in ihm zerbrochen.

Seit einer Woche sagte er sich nun, dass er endlich der Wahrheit ins Gesicht sehen musste. Marle und er gehörten nicht zusammen. Basta.

Mochte ja sein, dass sie sich um ein neues Leben bemühte, aber ihm war klar, dass sie immer noch ihrem Mann nachhing. Und wie zum Teufel sollte er mit einem Toten konkurrieren?

Nein, es war genug. Er musste nach vorn schauen und Marle vergessen. Wenn er Glück hatte, würde sie nach dem Fiasko am Eröffnungsabend das Restaurant wieder meiden.

Und was sprach eigentlich dagegen, Fenja näherzukommen? Sie war offenkundig verrückt nach ihm.

• • •

Zu Hause ging er schnell unter die Dusche, zog sich ein frisches Hemd und Jeans an und lief dann zum Rosengarten. Der intensive Duft der blühenden Blumen stieg ihm in die Nase. Am liebsten wäre er wieder umgedreht, aber da hatte Fenja ihn bereits entdeckt und winkte ihm mit beiden Armen zu.

Es ist nur ein Frühstück, sagte sich Tiziano und ging weiter.

»Guten Morgen.« Sie stellte sich auf die Zehenspitzen und gab ihm einen Kuss auf die Wange, wobei sie wie zufällig seinen Mundwinkel streifte.

Unwillkürlich musste er an das Gefühl denken, als Marles Lippen ihn berührten. Wie ein elektrischer Schlag.

Fenja löste nichts dergleichen in ihm aus. Aber vielleicht war das ja gut so. Erholsam.

Er drückte sie kurz an sich und machte sich dann von ihr frei. Nur nichts überstürzen, sagte er sich, was sein einziger vernünftiger Gedanke an diesem Vormittag bleiben sollte.

»Komm, setz dich.« Fenja nahm seine Hand und zog ihn auf die alte Wolldecke hinunter, wo sie das Picknick aufgebaut hatte. Es gab mit Mettwurst oder Bückling belegte Brötchen, bei deren Anblick sich Tizianos Magen umdrehte. Mochte er seit fünfundzwanzig Jahren im Norden leben – seine Essgewohnheiten waren südländisch geblieben. Zum Frühstück nur ein Croissant und dazu schwarzen Kaffee.

Zu seiner Erleichterung entdeckte er auch ein paar süße Teilchen, griff sich eins davon und ließ sich von Fenja Kaffee aus einer Thermoskanne einschenken.

»Du verwöhnst mich«, sagte er mit vollem Mund. »Womit habe ich das verdient?«

Fenja grinste und verschlang ihrerseits ein Bücklingsbrötchen, was ihm erneut zu schaffen machte.

»Du bist der beste Chef der Welt und außerdem ein toller Typ«, sagte sie frei heraus. Sie kaute, schluckte und schien über etwas Wichtiges nachzudenken. Schließlich fügte sie hinzu: »Hör mal, Tiziano. Ich bin nicht besonders gut in so was. Außerdem laufen normalerweise die Kerle mir nach. Aber – ich bin allein, du bist allein, richtig?«

Ihr Blick schien ihn regelrecht zu röntgen. Wusste sie etwas von Marle? Nein, wahrscheinlich nicht. Fenja gehörte nicht zu seinem Freundeskreis, und für so wahnsinnig interessant, dass die ganze Insel über ihn sprach, hielt sich Tiziano nicht.

»Ist doch Verschwendung«, fuhr sie augenzwinkernd fort. »Ich ... also, ich würde gern mit dir zusammen sein. Uff! Nun ist es endlich raus.«

Ihr Puppengesicht glühte, ihr schwarzes Haar tanzte aufgeregt um ihren Kopf herum.

»Fenja«, begann Tiziano sanft, wusste dann aber nicht weiter. Er fühlte sich seltsam berührt von ihrem Mut.

Sie legte das halb gegessene Brötchen auf den Pappteller zurück und gestikulierte wie eine Neapolitanerin, als sie weitersprach. »Ich weiß, dass das keine gute Idee ist. Von wegen Verhältnis zwischen Chef und Angestellter. Aber ich schwöre dir, dass ich mich während der Arbeit immer absolut korrekt benehmen werde.«

Ihre Stimme erstarb, und auf einmal saß sie da wie ein Häufchen Elend. Sie hatte sich wahrscheinlich eine längere Rede zurechtgelegt, und sie hatte sich so viel Mühe mit dem Picknick gegeben. Dann hatte sie ihr Herz in die Hand genommen und gesagt, was sie zu sagen hatte. Nun jedoch war ihr ganzer Mut aufgebraucht, und es lag an ihm, Tiziano, die Situation zu klären.

Im Gegensatz zu Fenja war dies keine neue Erfahrung für ihn. Schon unzählige Male hatten sich Frauen an ihn herangemacht. Die meisten von ihnen Urlauberinnen, die nur begrenzt Zeit für ein erotisches Abenteuer hatten.

Sein Verstand sagte ihm, dass dies hier anders war. Dass

Fenja möglicherweise wirklich in ihn verliebt war und dass sie davon träumte, seine feste Freundin zu werden.

Zu dumm nur, dass er eben auch nur ein Mann war, der seinen Verstand bei Bedarf ausschaltete. Zumal, wenn er innerhalb von einem Monat zweimal von der Frau zurückgewiesen worden war, die er in Wahrheit begehrte.

Als ein älteres Paar an ihnen vorbeiging und missbilligend die Köpfe schüttelte, traf Tiziano eine Entscheidung.

»Wir sollten von hier verschwinden. Bestimmt ruft gleich jemand die Polizei.«

Fenja lachte. Es klang ein wenig gepresst. »Wir könnten ja bei dir zu Ende frühstücken.«

Tiziano nickte, obwohl er sich schon jetzt dafür hasste.

Sie räumten zusammen und machten sich auf den Weg. In seiner Wohnung nahm Fenja sich nicht die Zeit, seine karge, moderne Einrichtung zu kommentieren.

Auf Anhieb fand sie sein Schlafzimmer und schälte sich aus ihren Klamotten, noch bevor Tiziano so richtig realisiert hatte, was gerade geschah.

Normalerweise reagierte er wesentlich schneller, aber ihm schien, als liefe die Szene vor ihm im Zeitraffer ab. Die schwarzhaarige Frau, die ihr Top über den Kopf zog, aus ihren Shorts schlüpfte und ihm dabei einen auffordernden Blick zuwarf.

Der rundliche, hübsche Körper, der zum Vorschein kam und in der nächsten Sekunde nackt und lockend auf seinem Bett lag.

Tiziano zögerte nicht länger, wunderte sich nicht länger.

Er entledigte sich ebenfalls seiner Sachen, legte sich neben Fenja, küsste sie, streichelte sie.

Und dann geschah … nichts.

Nichts!

»Na, du Frauenheld?«, fragte sie neckisch. »Kann es sein, dass du zu Unrecht einen gewissen Ruf genießt?«

Tiziano war viel zu schockiert, um zu antworten. Er wusste instinktiv, dass sich an seiner schlappen Lage nichts ändern würde, egal, was er oder sie versuchte.

Also stand er auf, zog sich wieder an und bat sie zu gehen.

»Ist ja 'n Ding«, sagte Fenja. »Ist ja 'n Ding.«

Sie schien nicht verletzt, nur unglaublich amüsiert.

Als sie fort war, tigerte er eine ganze Weile in seinem Wohnzimmer auf und ab. Er fragte sich, was bloß mit ihm los war. Liebte er etwa Marle so sehr, dass er mit keiner anderen Frau mehr zusammen sein konnte? Das wäre sein Ende.

Oder hatte sein Versagen mit einem Bückling zu tun? In dem Augenblick, als er Fenja geküsst hatte, war ihm der strenge Fischgeruch entgegengeschlagen.

Wie auch immer – Tiziano fühlte sich auf seltsame Art erleichtert, auch wenn er sich mächtig Sorgen um seine Manneskraft machte.

• • •

Zwei Stunden später ging er zum Ristorante und nahm an, Fenja würde ihm mit Spott und Wut begegnen. Doch zu seiner Überraschung tat sie, als sei nichts geschehen, lächelte ihn strahlend an, unterbrach aber nicht ihr Gespräch mit Rosanna.

»Ich würde so gern von dir lernen, wie du diesen hauchdünnen Nudelteig hinbekommst«, sagte sie.

Rosanna lächelte geschmeichelt. »Sicher, mein Kind. Das kann ich dir beibringen.«

Sie warf dabei Tiziano einen Blick zu, der ihm wohl signalisieren sollte, dass sie mit Fenja als Schwiegertochter durchaus einverstanden wäre.

Er stöhnte auf.

20. Kapitel

An einem Samstagabend Mitte September lud Rieke Peters die Freunde wieder einmal zum Essen in ihre Pension ein. Die Teilnahme war Pflicht, darüber waren sich alle einig. Selbst Marle konnte sich nicht drücken, obwohl sie nach ihren ersten vier Arbeitstagen in der Klinik Sonnenhaus gern einfach nur zu Hause geblieben wäre und die Füße hochgelegt hätte.

Sie gähnte ausgiebig, während sie Wilhelm eine hellblaue Krawatte band.

»Na, na«, meinte er. »So erschöpft?«

Marle nickte und unterdrückte ein zweites Gähnen. »Ich habe nicht mehr gewusst, wie lebhaft Kinder sind.«

Wilhelm musterte sie prüfend. »Wird es dir zu viel?«

»Oh nein.« Sie lächelte und zog den Knoten hoch. »Es ist wunderbar, wirklich. Ich kann mir schon gar nicht mehr vorstellen, noch einmal etwas anderes zu tun. Ich fühle mich wieder … nützlich.«

»Du bist niemals nutzlos gewesen, Liebes.«

»Danke, Wilhelm. Aber jetzt ist es anders. Ich beschäftige mich gern mit den Kindern, und es ist schön zu sehen, wie gut sich ihre Mütter erholen, weil sie sich mal um sich selbst kümmern dürfen. Natürlich bin ich abends kaputt, aber ich gewöhne mich schon noch wieder an die ganze Action. Außerdem arbeite ich vorerst nur von Mittwoch bis Samstag. Danach habe ich drei Tage frei. Zeit genug, um wieder Energie zu tanken.«

»In Ordnung. Ich möchte nur, dass es dir gut geht und dass du dich nicht übernimmst.«

Marle tätschelte seinen Arm. »Das passt schon alles. Mach dir bitte nicht mehr so viele Sorgen um mich. Mir geht es prima.«

Das stimmte zwar nicht so ganz, aber Marle war nicht gewillt, das Thema Tiziano noch einmal anzuschneiden. Auch nach zwei Wochen fühlte sie sich schlecht, weil sie ihn weggestoßen hatte. Seitdem trug sie einen innerlichen Kampf aus. Sollte sie zu Tiziano gehen und mit ihm reden? Ihm erklären, was geschehen war? Ihn bitten, ihnen beiden noch eine Chance zu geben? Denn dies, so hatte sie inzwischen erkannt, war genau das, was sie sich sehnlichst wünschte. Marle hatte sich endlich eingestanden, dass sie tiefe Gefühle für Tiziano hegte. In diesen Wochen waren sogar ihre Träume von Konstantin seltener geworden. Und wenn er überhaupt noch einmal im Schlaf auftauchte, dann war er nicht mehr nah bei ihr, dann schien er von ihr fortzugehen.

Dennoch brachte sie es nicht fertig, eine Aussprache mit Tiziano zu suchen. Sie schämte sich viel zu sehr. Er hatte sich ihr gegenüber anständig verhalten, während sie mit ihm gespielt hatte – zwar ohne es zu wollen, aber mit demselben verheerenden Ergebnis.

Was musste er jetzt von ihr denken? Dass sie gern mal ein Feuer entfachte, es dann aber schnell ausblies, bevor es ihr gefährlich werden konnte?

Vicki, die als eine von zwei Personen Bescheid wusste, war der Meinung, Marle müsse endlich aufwachen, ihren armen toten Mann tot sein lassen und sich dem quicklebendigen Tiziano widmen.

Aber – wenn sie es recht bedachte, hatte Vicki schon seit Tagen nicht mehr davon angefangen. Ganz so, als habe sie inzwischen ebenfalls alle Hoffnung aufgegeben – als wüsste sie, dass die Magie Wangerooges in diesem schwierigen Fall versagte.

Wilhelm trat vor den Spiegel und musterte sich kritisch. »Meinst du, es ist übertrieben?« Er trug einen dunkelblauen Zweireiher mit weißem Hemd und Seidenweste. Seine Schuhe waren handgenähte Budapester.

»Für Rieke? Niemals. Sie liebt es doch, wenn du dich herausputzt.«

Täuschte sie sich, oder errötete ihr Schwiegervater?

Aber er sagte nichts, sondern griff nach seinem Spazierstock.

»Du siehst übrigens besonders hübsch aus, Marle.«

Sie tat, als hätte sie sein Kompliment nicht gehört, fühlte sich aber doch geschmeichelt. Tatsächlich hatte sie auf Vickis Anraten hin ein Kleid angezogen.

Die Freundin hatte sie extra am Morgen angerufen. »Es

könnte nämlich sein«, hatte sie geheimnisvoll geflüstert, »dass es eine Verlobung zu verkünden gibt.«

»Oh, wie schön.« Marle hatte sich sehr um einen fröhlichen Tonfall bemüht. »Wer ist es denn? Clara? Rachel, du? Oder sogar ihr alle drei? Das wäre ja fantastisch!«

Sie hatte gemerkt, wie ihre Stimme sich überschlug, war aber nicht dagegen angekommen.

Vicki war nicht gleich mit der Antwort herausgerückt, schließlich aber hatte sie gesagt: »Lass dich einfach überraschen.«

Was die Sache für Marle nicht unbedingt einfacher machte.

Das Kleid, das sie trug, war keins ihrer alten blumigen Flattergewänder, sondern ein schlichteres Modell in einem satten Grünton, das sie in einer Boutique im Ort entdeckt hatte. Es endete eine Handbreit über den Knien und gab so den Blick auf ihre inzwischen gebräunten langen Beine frei.

»Ich werde aufpassen müssen, dass kein junger Mann dich mir wegnehmen will«, fügte Wilhelm nun schmunzelnd hinzu.

»Die Gefahr besteht ganz sicher nicht.« Ihre Laune verdüsterte sich schlagartig. »Die sollen mir bloß alle vom Leib bleiben.«

Wilhelm seufzte. Er hatte sicherlich mitbekommen, dass wieder etwas schiefgelaufen war. Taktvoll, wie er war, hatte er bisher nicht nachgefragt. Außerdem schien es Marle, als sei er intensiv mit anderen Dingen beschäftigt.

Sie gingen gemeinsam die Treppe hinunter. In der Diele bat Wilhelm sie, einen Moment zu warten. Er verschwand in

Richtung Küche und kam gleich darauf mit einem Riesenstrauß roter Rosen zurück. Marle zählte mindestens anderthalb Dutzend und staunte.

»Ist das nicht ein bisschen übertrieben als Dankeschön für eine Einladung zum Essen?«

»Nun ja …«, begann Wilhelm, sprach dann jedoch nicht weiter.

»Oder sind die für das zukünftige Brautpaar? Vicki hat mir erzählt, dass es eine Verlobung geben wird. Oder gleich mehrere.«

Letzteres hatte sie selbst dazugedichtet, doch sie wunderte sich nun, dass Wilhelms Gesicht die Farbe der Rosen annahm.

»Mehrere?«, wiederholte er. »Das … wäre mir neu. Komm, Liebes. Rieke hat es nicht gern, wenn man zu spät erscheint.«

Marle wunderte sich immer mehr, sagte aber vorerst nichts weiter.

Die Uferpromenade war jetzt im September weniger belebt als im Hochsommer, dennoch drehten sich genug Leute nach dem eleganten alten Herrn mit dem großen Rosenstrauß in der Hand und der hübschen rotblonden Frau an der Seite um.

»Wir erregen Aufsehen«, meinte Wilhelm und kicherte. »Ich bin der steinreiche Lebemann und du meine blutjunge Geliebte.«

Marle lachte laut heraus. »Blutjung stimmt nicht mehr ganz. Ehrlich gesagt, ich bin so müde, dass ich mich heute eher wie fünfzig fühle.«

Einträchtig gingen sie weiter, und Marle merkte auf einmal, dass sie sich trotz aller Erschöpfung auf den Abend freute. Mochte eines der Paare an Riekes Tisch auch sein Liebesglück offiziell machen – sie würde sich einfach mitfreuen und im Übrigen froh und dankbar für diese neuen guten Freunde sein.

Sie waren schon fast angekommen, als ihr Handy klingelte.

»Es ist Olga«, sagte sie zu Wilhelm.

»Geh nicht ran«, bat er. »Sie hält uns nur auf mit ihren vielen Sorgen und Ratschlägen.«

»Das wäre aber unhöflich.«

Marle nahm das Gespräch an und bedeutete ihrem Schwiegervater, schon vorzugehen.

Er hob kurz die Brauen, entfernte sich dann jedoch.

»Hallo, Olga«, sagte sie. »Schön, von dir zu hören.«

Marle telefonierte regelmäßig mit Wilhelms ehemaliger Haushälterin. Sie war nach ihrem Schwiegervater ihr zweites Verbindungsglied zu ihrem vergangenen Leben mit Konstantin, und Marle wollte den Kontakt auf keinen Fall abbrechen lassen. Olga war außerdem die einzige andere Person, die über den Schlamassel mit Tiziano Bescheid wusste. Es war einfacher, mit einer Frau, die sie schon seit Jahren kannte, darüber zu reden. Olga besaß eine ganz andere Sichtweise auf die Dinge. Sie war im Gegensatz zu Vicki äußerst pragmatisch veranlagt.

»So einen Hallodri musst du gleich im Schlick ersticken«, hatte sie Marle schon vor Wochen geraten. »Der kann unserem Konstantin nicht das Wasser reichen. Nicht mal ein Schüsselchen voll.«

Marle war froh, dass es Olga in Hamburg gab, die ihr auf diese Weise den Rücken stärkte. Vickis Hang zur Romantik wurde ihr oft zu viel.

Natürlich hielt sie Olga auch über alles auf dem Laufenden, was in Wilhelms neuem Leben so passierte.

Na, vielleicht nicht wirklich über alles, wie sie jetzt feststellen musste. Denn offenbar war sie selbst nicht so gut informiert, wie sie dachte.

»Hör mir gut zu!«, rief Olga. »Ich habe gerade nicht viel Zeit. Aber pass auf, dass der alte Mann nicht in sein Unglück rennt!«

»Wie bitte? Was meinst du denn damit?«

»Das wirst du schon sehen. Seid ihr schon bei Rieke? Sie ist eine prima Frau. Manchmal telefonieren wir miteinander. Aber jetzt hat sie was läuten hören, was mir große, große Sorgen macht.«

Marle hatte schon einmal vermutet, dass die beiden Frauen in Kontakt standen, deshalb wunderte sie sich nicht. Trotzdem begriff sie nicht ganz die Zusammenhänge. Es sei denn …

»Das glaubst du doch nicht wirklich, Olga!«

»Ha! Und ob! Tu was, Marle! Wirf dich dazwischen!«

Mit dem Vorschlag konnte sie allerdings gar nichts anfangen, also beendete sie das Gespräch und beeilte sich, zur Pension zu kommen. Wilhelm war nirgends mehr zu entdecken, er musste bereits bei Rieke eingetroffen sein.

Dafür kam ihr zu ihrer Überraschung Rachel entgegen.

»Hallo«, sagten sie beide gleichzeitig und lächelten einander an.

»Ich wollte nur nachschauen, wo du bleibst«, meinte Rachel und hakte sich bei ihr ein, um das letzte Stück Weg mit ihr gemeinsam zu gehen.

»Wird Friedrich dich nicht vermissen?«

Rachel lachte. »Der schafft es schon mal ein paar Minuten ohne mich.« Sie musterte Marle von der Seite. »Gut siehst du aus.«

»Von wegen! Ich bin völlig kaputt!«

»Du weißt, was ich meine. Die neue Arbeit tut dir gut.«

»Ja, das stimmt.«

»Und sonst so?«

»Was meinst du?«

»Bist du über Tiziano hinweg? Trauerst du immer noch um deinen Mann?«

Marle musste schlucken. Rachel hatte eine Art, die Dinge offen auszusprechen, die sehr an Rieke erinnerte. Dass sie Witwe war, war unter den Freundinnen längst kein Geheimnis mehr, und die Geschichte mit Tiziano hatte sich ebenfalls rumgesprochen.

»Nein, und ... ich glaube nicht«, antwortete sie der Reihe nach.

Rachel nickte, als wäre das eine zufriedenstellende Antwort. »Es muss furchtbar sein, so plötzlich einen geliebten Menschen zu verlieren. Ich glaube, ich würde das nicht überstehen.«

»Doch«, widersprach Marle. »Wir sind alle stärker, als wir denken.«

»Na, ich weiß nicht.« Rachel zog nachdenklich die Stirn in Falten – etwas, was sie vor ein paar Jahren noch nicht gekonnt hätte, wie Marle von Vicki wusste. Damals hatte Rachel sich mit Botox vollpumpen lassen, um für ihren verheirateten Freund jung und schön zu sein. Marle war sehr froh für Rachel, dass diese Zeiten endgültig vorbei waren.

Dann schaute Rachel Marle ernst an. »Ich glaube, du musst dir über eine Sache klar werden.«

»Welche?«, fragte sie mit einem flauen Gefühl in der Magengegend.

»Wehrst du dich gegen deine Gefühle für Tiziano, weil er sich in deinen Augen schlecht benommen hat, oder hast du einfach nur Angst, noch einmal zu lieben, weil du den geliebten Mann wieder verlieren könntest?«

Marle spürte, wie sie erblasste. »Ja«, sagte sie leise. »Das ist es wohl auch.«

Rachel drückte ihren Arm. »Gut. Wenn dir das klar ist, wird es vielleicht leichter. Nun komm. Die anderen warten.«

• • •

Im Frühstückszimmer der Pension Peters waren mehrere Tische zusammengestellt worden. Auf der Terrasse war es abends inzwischen zu kalt. Marle und Rachel handelten sich einen strafenden Blick von Rieke ein, obwohl sie höchstens fünf Minuten zu spät waren.

Clara und Jonathan, Vicki und Samuel und auch Friedrich begrüßten Marle hingegen freundlich wie immer. Rachel beeilte sich, ihren Platz neben Friedrich wieder einzunehmen. Marle suchte nach dem großen Rosenstrauß, konnte ihn aber nirgends entdecken. Also setzte sie sich zu Vicki und beschloss, einfach den Abend unter Freunden und das köstliche Essen zu genießen.

Es gab Krebssuppe mit einer satten Rum-Note, Krabben und marinierte Heringe, Sardellensalat mit hart gekochten Eiern und dazu noch Lachsschnittchen und kleine Pastetchen, die köstlich dufteten.

Marle nahm sich eine davon, biss hinein und verdrehte verzückt die Augen.

»Lecker, nicht?«, meinte Vicki. »Das sind Blätterteigpasteten mit Miesmuscheln. Nach einem Rezept von Riekes Großmutter. Die habe ich vor zwei Jahren als Erstes auf meinem Blog vorgestellt, und seitdem ist unsere Rieke in aller Welt berühmt.«

»Übertreib man nicht«, schimpfte die alte Frau. »Wer liest schon den Quatsch, den du da im Internet verzapfst.«

Vicki grinste in sich hinein, und als Rieke ihre Aufmerksamkeit nun Wilhelm schenkte, raunte sie Marle zu: »Bloß eine halbe Million Leute.«

»Wow!«, stieß Marle anerkennend aus. »Ich wusste gar nicht, dass du so erfolgreich bist.«

Samuel, der an Vickis anderer Seite saß, legte seiner Freundin einen Arm um die Schultern. »Mein Schatz ist viel zu bescheiden.«

Marle gegenüber saß Jonathan, und ihr wurde schlagartig bewusst, dass dieselbe Tischordnung herrschte wie vor zwei Wochen während der Neueröffnung des »O Sole Mio«.

Bloß ein Zufall, sagte sie sich. Kein gemeiner Streich des Schicksals oder von Rieke.

»Wie waren die ersten Arbeitstage?«, fragte Jonathan.

»Ehrlich gesagt, ziemlich anstrengend, aber auch wunderbar.«

»Das ist schön zu hören.«

»Wenigstens hast du jetzt weniger Zeit zum Nachdenken über den Mistkerl«, meinte Vicki.

Die übrigen Gäste waren wieder in ihre eigenen Gespräche vertieft, nur Clara entschuldigte sich kurz. Sie müsse etwas Dringendes erledigen.

»Wieso Mistkerl?«, fragte Marle. »Bisher hast du Tiziano immer in Schutz genommen und für uns beide die große Liebe vorausgesagt.«

Vicki biss sich angestrengt auf die Lippen. »Äh ... ach, nichts ...«

»Vicki! Was ist los?«

Bevor die Freundin etwas erwidern konnte, stand am Kopfende Wilhelm auf und fiel vor Rieke auf die Knie.

Marle sprang auf. »Hast du dir wehgetan?«, rief sie und wollte zu ihm laufen.

Vicki hielt sie am Kleid fest. »Das ist Absicht, Süße. Sitzen bleiben.«

»Was?« Sie rieb sich über die Augen.

Clara kam wieder herein. Sie trug den Rosenstrauß und grinste wie ein Kobold. Feierlich legte sie Rieke die Rosen in den Schoß.

Marle bemerkte, dass die Pensionswirtin wie erstarrt auf ihrem Stuhl saß, und ein ungutes Gefühl ergriff sie.

Wilhelm zauberte ein kleines Schmuckkästchen aus seiner Hosentasche hervor, ließ den Deckel aufklappen und präsentierte einen prachtvollen Diamantring. Mindestens zwei Karat, soweit Marle das auf die Entfernung abschätzen konnte. Konstantin hatte ihr im Laufe ihrer Ehe viel Schmuck geschenkt. Aus dem materiellen Wert hatte sie sich nicht viel gemacht, aber sie liebte jedes einzelne Stück, weil es von ihm kam.

Jetzt räusperte sich Wilhelm umständlich und sagte: »Rieke Peters. Du hast meinem Leben einen neuen Sinn gegeben. Ich liebe dich. Bitte heirate mich.«

Alles hielt den Atem an.

Bis Rieke sich mit dem Zeigefinger gegen die Stirn tippte. »Bist du bekloppt, alter Mann? Wie kommst du darauf, dass ich deine Frau werden will?«

Entgeistert blickte Wilhelm sie an, kam mühsam wieder auf die Beine, ließ sich schwer auf seinen Stuhl fallen.

»Nicht? Aber wir lieben uns doch.«

Wieder wollte Marle zu ihm laufen, doch Vicki hatte inzwischen ihre Hand um Marles Arm gekrallt und hielt ihn gnadenlos fest.

»Jo, aber was hat das eine mit dem anderen zu tun?« Rieke lachte ihr Möwenlachen.

»Nun …« Ein leichter Ruck ging durch Wilhelms Oberkörper. Marle kannte ihn gut genug und sah, wie er um seine Haltung kämpfte. Sie bewunderte ihn mehr denn je.

»Wenn zwei Menschen zusammengehören«, fuhr er fort, »heiraten sie für gewöhnlich.«

»Dumm Tüch! Kiek dir doch nur mal die jungen Leute

hier am Tisch an. Die lieben sich alle schon seit zwei Jahren. Und siehst du irgendwo Verlobungsringe?«

»Das kommt noch!«, warf Friedrich ein.

»Wir arbeiten daran«, meinte Rachel.

»Im Frühjahr«, sagten Vicki und Samuel wie aus einem Mund.

»Und wir haben es nicht so eilig«, bemerkte Clara und nahm die Hand ihres Jonathan.

»Kinners, haltet einfach die Klappe!«

Alles verstummte schlagartig. Rieke beugte sich vor, legte mit der einen Hand das Schmuckkästchen auf den Tisch, kniff mit der anderen Wilhelm in die Wange. Es musste ziemlich wehtun, aber er verzog keine Miene.

»Hör mal, Herzchen. Ich liebe dich auch, was mich echt umhaut. Ich, die olle Rieke Peters, angelt sich einen Pfeffersack. Aber ich werde dich nicht heiraten. Ich habe drei Ehemänner unter die Erde gebracht und denk gar nicht daran, das mit einem vierten zu machen.«

»Verstehe«, meinte Wilhelm steif.

»Nee, tust du nicht. Bist bloß beleidigt, weil ich es wage, dir einen Korb zu geben.«

Sein Kinn hob sich, er wirkte jetzt ausgesprochen vornehm. »Nun, dann ... sollte ich jetzt wohl besser gehen.«

»Quatsch, wieso dat denn?«

»Offenbar willst du mich nicht.«

Wieder erklang das krächzende Lachen. »Natürlich will ich dich, du dummer Junge. Aber nicht mit diesem offiziellen Brimborium.«

Wilhelms Brauen wanderten bis zum Haaransatz. »Soll

das bedeuten, du möchtest in wilder Ehe mit mir zusammenleben?«

»Nenne es, wie du willst, aber ja, ich denke, das will ich.«

»Aber ... wird das nicht einen Skandal geben?«

»Ach, Herzchen. Du bist irgendwie im falschen Jahrhundert stecken geblieben. Eine Frau von einundachtzig und ein Mann von achtundsiebzig machen sich zusammen eine schöne Zeit. Wen soll das interessieren?«

Wilhelm wirkte ausgesprochen ratlos, fand Marle. Doch sie erkannte auch, dass Rieke klüger war als ihr Schwiegervater. Die alte Frau wollte die Jahre genießen, die ihr blieben. Ganz einfach.

Dennoch war Marle unsicher, wie Wilhelm reagieren würde. Sein Leben lang war er der korrekte Hanseat gewesen und hatte seine Frau Katharina auf Händen getragen.

Obwohl – in seiner Jugend hatte er auch mal über die Stränge geschlagen. Sie erinnerte sich daran, dass er einmal etwas in der Richtung angedeutet hatte.

Und so brach auf einmal dieser junge Mann in ihm durch, seine Gesichtszüge entspannten sich, ein Lächeln erschien in seinen Mundwinkeln. »Weißt du was, Rieke? Du hast recht. Ich bin ein Dummkopf.«

»Jo, passt schon.«

Sie küsste ihn laut und schmatzend, und am Tisch brandete Applaus auf.

Dann lief Vicki in die Küche und kam mit zwei Flaschen Champagner zurück.

»Oder ist das auch zu viel Brimborium?«, fragte sie Rieke.

»Rede keinen Stuss, Blondchen. Mach schon auf, und schenk ein.«

Als alle auf das glückliche Paar angestoßen hatten, meinte Clara: »Schade um den schönen Ring.«

Riekes Augen leuchteten kurz gierig auf, aber dann sagte sie: »Ich brauche so ’nen Klunker nicht. Der fällt mir nur in den nächsten Heringsauflauf.«

Wilhelm wirkte ratlos. »Möglicherweise kann ich ihn zurückgeben.«

»Kannst du«, entgegnete Rieke ruhig. »Hab dem Tammen schon Bescheid gesagt.«

»Du … du kennst den Juwelier an der Zedeliusstraße?«

»Herzchen, ich kenne jeden auf Wangerooge.«

Wilhelm lockerte seine Krawatte. »Dann hast du gewusst, was ich vorhabe.«

»Tja, irgendwie schon. Hätte aber auch sein können, du hast noch eine andere Frau im Blick.«

»Nein«, sagte er fest. »Niemals. Du bist einzigartig.«

Rieke nahm das Kompliment wie eine Königin an. Dann deutete sie auf den Ring. »Du kannst ihn für Marle aufheben. Über kurz oder lang …«

»Glaube ich nicht!«, stieß Vicki aus. »Tiziano ist ja jetzt in festen Händen, und so schnell wird sich kein anderer finden.«

Sie schlug sich die Hand vor den Mund, während Marles Herz zu Eis gefror.

»Was sagst du da, Blondchen?«, fragte Rieke streng.

»Hört nicht auf sie«, mischte sich Clara schnell ein.

»Wenn Vicki zu viel Champagner trinkt, kann sie den Mund nicht halten.«

Lautes Stimmengewirr erhob sich. Alle wussten um Marles Schwäche für Tiziano, alle wussten anscheinend auch über eine neue Frau in seinem Leben Bescheid. Mit Ausnahme offensichtlich von Rieke und Wilhelm.

Marle hörte nicht mehr zu. Sie stand auf und verließ die Pension – so leise, als wollte sie nicht dabei stören, wie über sie gesprochen wurde.

21. Kapitel

»Verschwunden?«, fragte Tiziano seine Mutter. »Was soll das heißen, sie ist verschwunden?«

Es war Montagmittag. Er saß im leeren Gastraum und grübelte über der Menükarte. Der Herbst hatte an der Nordsee Einzug gehalten, und es wurde Zeit, eine der Spezialitäten des Hauses, Tortellini in brodo, anzubieten. Andererseits waren am ersten Tag der Woche nicht viele Gäste zu erwarten, und vielleicht konnte er seiner Mutter die umfangreiche Arbeit ersparen. Eine Alternative wäre, die Tortellini selbst zu füllen und zu falten, aber Tiziano kannte seine Grenzen. Niemand schlug Rosanna Carmaleonte in dieser besonderen Kunst.

»Verschwunden heißt verschwunden«, erwiderte seine Mutter kummervoll. Sie schenkte ihm einen Espresso ein, nahm auch sich selbst eine Tasse und trank im Stehen.

Giuseppe kam herein, angelockt von dem würzigen Duft.

»Für dich nicht«, beschied ihn Rosanna. »Dein Kräutertee steht in der Küche.«

»Kräutertee! Pah!«, schimpfte Giuseppe, trollte sich

aber. Seit seinem Schwächeanfall gab er zwar noch gern den Patriarchen, aber in Wahrheit hatte er nicht mehr viel zu sagen. Vor allem nicht bei seiner Frau.

Als er mit einem dampfenden Becher zurückkehrte, schlürfte Tiziano genussvoll seinen Kaffee und grinste in sich hinein. Es war albern, aber es tat ihm gut, den Vater ein bisschen zu ärgern – als kleine Rache für viele Jahre der Schikanen.

Dann hakte er noch einmal bei seiner Mutter nach.

»Also, ich habe sie seit ein paar Tagen nicht mehr gesehen, aber das will nichts bedeuten. Sie lässt sich ja bei uns nicht mehr blicken.«

Und er war froh darüber, weil es ihm so irgendwann einmal vielleicht doch gelingen würde, Marle zu vergessen. Zumindest redete er sich das ein.

Rosanna klopfte ihm mit der flachen Hand gegen die Stirn. »Schnappst du jetzt über, mein Sohn? Du hast sie seit ein paar Tagen nicht gesehen? Und was ist mit vorhin?«

»Da hatte er vielleicht Kirschtomaten auf den Augen«, mischte sich Giuseppe ein.

»Du sei still, und trink deinen Tee.«

Giuseppe schnaubte in seinen Becher, sagte aber nichts mehr.

Tiziano rieb sich die Stirn. Dann verstand er. »Du sprichst von Fenja.«

»Natürlich. Und du?«

»Ich …«

»Ist jetzt nicht so wichtig. Jedenfalls ist sie weg. Vor einer halben Stunde hat sie noch mit mir in der Küche gestanden, dann wurde sie nach draußen gerufen und ist durch die Hintertür verschwunden.«

»Vielleicht wollte sie nur eine kurze Pause machen?«

Es war ihm herzlich egal, was Fenja trieb, solange sie ihre Arbeit erledigte. Seit dem Reinfall mit ihr war eine Woche vergangen, aber sie tat so, als wären sie jetzt ein festes Paar und als wäre gar nichts Peinliches zwischen ihnen geschehen.

Das machte ihm zu schaffen, doch er wusste nicht, wie er damit umgehen sollte. Und wenn er hundert Jahre alt werden sollte: Tiziano würde die Frauen niemals verstehen.

Rosanna stemmte die Hände in die Hüften. »Fenja ist eine sehr zuverlässige junge Frau. Sie macht nicht einfach so Pause. Nein. Es ist etwas anderes.«

»Was denn?«, fragte Tiziano, nun doch neugierig geworden.

»Sie ist entführt worden!«

Giuseppe lachte laut auf. »Deine Mutter guckt zu viele Mafiaserien!«

Diesmal genügte ein einziger Blick von Rosanna, um ihn wieder zum Schweigen zu bringen.

»Mamma«, sagte Tiziano sanft. »Es ist bestimmt nichts dergleichen passiert. Fenja ist ein großes Mädchen. Es ist mitten am Tag, und wir sind hier auf Wangerooge, nicht auf Sizilien.«

»Ich weiß es aber!«

»Und woher?«

»Weil sie mich eben angerufen hat.«

Er sprang auf, plötzlich beunruhigt. »Und das erzählst

du erst jetzt?« Vielleicht stand seine Mutter ja unter Schock. So etwas passierte in ihrem Leben nicht alle Tage. »Was hat sie gesagt?«

»›Hilfe! Hilfe! Entführung!‹« Rosanna ahmte erstaunlich gut eine panische Stimme nach.

Tiziano lief es eiskalt über den Rücken. »Und was noch?«

»Viel habe ich nicht mehr verstanden. Nur irgendwas von Pistazieneis. Dann war die Verbindung tot.«

»Pistazieneis?«, wiederholte er ungläubig.

»Ja, ja, ganz bestimmt.«

Ein, zwei Sekunden dauerte es noch, bis er begriff. Dann sprintete er los. »Ich weiß, wo sie ist!«, rief er über die Schulter zurück.

»Madonna mia!«, rief Rosanna. »Beschütze meinen Sohn!«

• • •

Keine fünf Minuten später erreichte Tiziano die Eisbude an der unteren Strandpromenade. Hier gab es das einzig gute Pistazieneis auf der ganzen Insel, und kurz nachdem er Fenja eingestellt hatte, war er mit ihr hierhergegangen, um das neue Arbeitsverhältnis mit zwei Eistüten zu besiegeln. Fenja hatte das wunderbar romantisch gefunden, während er nur froh gewesen war, mal eine halbe Stunde aus dem Ristorante rauszukommen.

Vielleicht, so überlegte Tiziano jetzt, war das mein erster Fehler gewesen. Er hatte ein falsches Signal ausgesendet.

Dafür besaß er offenbar ein besonderes Talent. Bei Marle hatte er von Anfang an nichts anderes getan.

Marle.

Während Tiziano atemlos die Promenade absuchte, krampfte sich seine Brust zusammen. Er vermisste den Schimmer ihres rotblonden Haars, ihm fehlte der tiefe, wissende Blick ihrer graugrünen Augen, er sehnte sich nach der Berührung ihrer vollen Lippen. Ihm war, als fehlte ihm ein Stück von sich selbst. Als sei er auseinandergebrochen und könnte nie wieder ein Ganzes werden, wenn er Marle nicht in seinen Armen halten konnte.

Mochte er die Frauen auch niemals verstehen – ohne Marle wollte er nicht mehr sein.

»Idiot!« Tiziano klopfte sich mit dem Fingerknöchel gegen die Schläfe. »So dumm, wie du dich bisher angestellt hast, wird das sowieso nichts mehr.«

Manchmal half es, die Wahrheit laut auszusprechen.

Tiziano rannte die Promenade auf und ab, konnte aber keine Spur von Marle entdecken.

Nein! Von Fenja! Er war hier, um nach seiner entführten Kellnerin zu suchen!

Als er wieder einmal an der Bude vorbeikam, rief ihm der Eisverkäufer zu: »Mann, Alter! Du verscheuchst mir die Kunden, wenn du hier so viel Hektik verbreitest. Suchst du die schwarzhaarige Puppe?«

Tiziano bremste abrupt ab. »Ja! Wo ist sie?«

Der Eisverkäufer deutete in Richtung Strand. »Schon vor ’ner Weile dahin gelaufen.«

»War sie gefesselt und geknebelt?«

»Hä? Haste 'n Sonnenstich? Dafür isses aber nich mehr heiß genug.«

Tiziano knirschte mit den Zähnen.

»War sie allein?«

»Nee, 'n paar Freundinnen waren dabei.«

Da stimmte was nicht. Fenja kam aus Jever. Sie war erst seit Juli auf Wangerooge und hatte sich mal bei ihm beklagt, wie schwierig es sei, Freunde zu finden, weil die sich alle schon ewig kannten. Er hatte ihr versprochen, ihr seine Clique vorzustellen, war dann aber nicht dazu gekommen, weil er selbst keine Zeit mehr für Sören, Jette und die anderen hatte.

»Wie sahen die Freundinnen aus?«, fragte er.

Der Eisverkäufer rollte mit den Augen. »Bin ich James Bond, oder wat?«

Tiziano rannte los. Nach wenigen Metern drang Sand in seine Sportschuhe, er achtete nicht weiter darauf. Nur wenige Strandkörbe waren aufgestellt, für die mutigen Gäste, die weder Wind noch Kälte scheuten.

Aus einem davon erklangen Stimmen, die er wiederzuerkennen glaubte.

Er schlich zur Rückseite und lauschte.

»Wir können dich auch wie ein Paket verschnüren und dann hier versauern lassen.« Das war Vicki, ohne Zweifel. Tiziano ballte unwillkürlich die Hände zu Fäusten.

»Spinnt ihr?«, rief Fenja angsterfüllt. »Was habe ich euch eigentlich getan?«

»Du hast Marle verletzt.« Claras Stimme, ganz eindeutig.

»Und sie gehört zu uns. Deswegen kümmern wir uns jetzt um die Sache.«

»Marle? Wer zum Teufel soll das sein?« Nun klang Fenja nicht ganz ehrlich, fand Tiziano. Er überlegte, ob er eingreifen sollte, blieb aber, wo er war. Zum einen war seine Rolle in dieser Geschichte nicht besonders rühmlich, zum anderen war er gespannt darauf, wie die Sache ausgehen würde. Sollten die Frauen zu weit gehen, konnte er immer noch Fenja zu Hilfe eilen. Allerdings traute er weder Clara noch Vicki noch Rachel eine echte Gewalttat zu.

Jetzt vernahm er Rachels Stimme, ein Stück entfernt. So als würde sie vor dem Strandkorb hocken, während Vicki und Clara wahrscheinlich Fenja in ihrer Mitte auf der Sitzbank festhielten. »Du weißt genau, wer sie ist.«

»Ja, ja, schon gut. Diese Rothaarige, die es auf Tiziano abgesehen hat.«

»So wie du.« Rachel sprach ruhig.

»Ich? Wieso? Ich arbeite da nur und …«

»Bullshit!« Vicki, ganz klar. »Du erzählst auf der ganzen Insel rum, dass ihr ein festes Paar seid.«

»Quatsch! Aua! Du hast mich gekniffen!«

Vielleicht, überlegte Tiziano, musste er das mit der Gewalttat noch einmal überdenken.

»Geschieht dir recht«, erwiderte Vicki ungerührt. »Und wenn du uns weiter anlügst, mache ich es gleich noch mal.«

Fenja schniefte ein wenig, sagte dann aber: »Okay, kann sein, dass ich ein bisschen mit ihm angebe. Er ist ja ein toller Typ, und ich dachte, ich finde so ein paar Freunde.«

»Dumm gelaufen«, meinte Clara ruhig. »Du findest gerade genau das Gegenteil.«

»Ja, falsche Schlangen, die behaupten, sie wollen mich in ihren Kreis aufnehmen, und mich dann in einen Scheißstrandkorb verschleppen. Aua!«

»Bei Beleidigungen kneife ich auch«, erklärte Vicki freundlich.

»Das ist Folter!«

»Stell dich nicht so an. Wenn du auf der Insel bestehen willst, solltest du was aushalten können.«

»Grmpft«, machte Fenja. Offenbar biss sie sich auf die Zunge, um nichts Verkehrtes mehr von sich zu geben.

Claras Stimme klang geduldig, als sie nun sagte: »Du musst noch ein ganzes Stück erwachsener werden, Fenja. Meine Tochter Lene ist ungefähr fünf Jahre jünger als du, aber sie ist bereits verheiratet und hat ein Kind. Vielleicht lernst du sie mal kennen, wenn sie herkommt. Sie besucht mich gern zusammen mit ihrem Mann und ihrem kleinen Sohn.«

»Du ... bist schon Oma?«

Clara lachte gleich noch einmal. »So ist es. Fühlt sich ein bisschen komisch an, ist aber auch schön.«

»Unser Clärchen ist die coolste Oma aller Zeiten«, meinte Vicki.

»Apropos Oma«, sagte Rachel. »An die Konsequenzen deines Tuns hast du wohl nicht gedacht, Fenja?«

»Was?«

»Die arme Rosanna freut sich wahrscheinlich schon auf Enkelkinder.«

»Enkelkinder? Ich … glaube nicht, dass ich so schnell eine Familie gründen möchte.«

»Tja, da bist du aber an den falschen Mann geraten.« Das war wieder Vicki. »Tiziano hat mir mal erzählt, dass er wenigstens ein halbes Dutzend Bambini haben will.«

Fenja stieß einen erschrockenen Laut aus, dann rief sie: »Ihr wollt mich ja nur veräppeln. Außerdem kann er wahrscheinlich gar …«

Sie brach ab, und er dankte dem lieben Gott im Himmel dafür. Sollte sich herumsprechen, dass er versagt hatte, wäre sein Ruf für alle Zeiten ruiniert. Was ihm zugleich aber auch herzlich egal war.

Von wegen Marle vergessen! Während der Wind ihm Sandkörner in die Augen wehte, wusste er, dass er immer nur eins gewollt hatte: Marle für sich gewinnen, irgendwie. Und die Freundinnen auf der anderen Seite des Strandkorbs wollten ihm anscheinend dabei helfen. Auf etwas unkonventionelle Art, aber das überraschte ihn bei den dreien nicht sonderlich. Vor zwei Jahren hatten sie einen Protestmarsch über die Insel veranstaltet, um Jonathan daran zu hindern, wieder fortzugehen.

Ein, zwei Minuten herrschte Schweigen im Strandkorb, schließlich meinte Fenja: »Darf ich etwas fragen? Ohne dass ich gleich wieder gekniffen werde?«

»Kommt ganz auf die Frage an«, erwiderte Vicki mit tiefer, düsterer Stimme.

»Nur Mut«, sagte Clara freundlich.

»Na gut, ich habe sowieso schon blaue Flecken. Warum

wollt ihr unbedingt, dass Marle und Tiziano zusammenkommen?«

Sie schnappte hörbar nach Luft, wurde aber offenbar nicht gezwickt, denn es erklang kein Schmerzensschrei.

»Ganz einfach«, erwiderte Vicki. »Sie gehören zusammen. Das wissen wir, das weiß Rieke, die wirklich ALLES weiß, nur die beiden wissen es noch nicht.«

»Aber warum mischt ihr euch da ein? – AUA!«

»Lass sie in Ruhe, Vicki«, mahnte Rachel. »Weißt du, Fenja, wir haben gelernt, dass man der Liebe manchmal auf die Sprünge helfen muss.«

»Echt? Wie geht das?«

»Das hätte ich auch gern gewusst«, sagte Tiziano und trat um den Strandkorb herum. »Woher wollt ihr wissen, dass Marle und ich zusammengehören? Wieso mischt ihr euch ein, und warum glaubt ihr, dass ihr damit Erfolg haben werdet?«

Clara, Vicki und Rachel grinsten einander an.

»Wurde ja Zeit, dass du endlich dahinter vorkommst«, meinte Rachel.

»Ihr ... wusstet, dass ich hier bin?«

»Ich habe dich kommen sehen«, erklärte Vicki lässig und hielt einen Taschenspiegel hoch. »Wir haben erst richtig angefangen, als du deine Position eingenommen hattest.«

Clara grinste. »Und wir haben das genau so geplant, lieber Tiziano. Erst haben wir Fenja mitgenommen, dann haben wir sie deine Mutter anrufen lassen.«

»Warum Rosanna und nicht mich?«

Clara warf Vicki einen vorwurfsvollen Blick zu. »Das

wollten wir eigentlich, aber die da hat so laut gekichert, dass du uns sofort durchschaut hättest.«

Vicki streckte Clara die Zunge raus. Die achtete nicht weiter auf sie, sondern fuhr fort: »Das mit dem Pistazieneis haben wir Fenja noch sagen lassen. Sie erzählt ja seit Wochen rum, dass du sie da zum ersten Mal geküsst hast.«

»Lügnerin«, sagte Tiziano zu Fenja.

Die sprang auf und warf sich Schutz suchend in seine Arme. »Bitte, hilf mir! Ich will nicht mehr gekniffen werden!«

Clara, Vicki und Rachel brachen in lautes Gelächter aus.

Tiziano stieß Fenja sanft von sich. »Ich denke, du hast deine Lektion gelernt.«

»Aber die sind verrückt. Ich werde sie anzeigen!«

Rachel trat vor. »Das solltest du dir noch einmal überlegen. Bist du nicht auf der Suche nach Freundinnen? Nun, hier sind wir. Ein bisschen verrückt vielleicht, aber gern bereit, dich in unseren Kreis aufzunehmen. Eine Frau in den Zwanzigern fehlt uns noch in der Runde.«

»Ich … äh …« Fenja kreuzte die Arme vor der Brust und schaute dann eine nach der anderen an. »Und würdet ihr mir genauso helfen, wenn es mal um mein Liebesglück geht?«

Die drei Kidnapperinnen tauschten kurze Blicke, bevor sie wie aus einem Mund sagten: »Wir schwören!«

Vicki steckte ihr einen Zettel zu. Fenja schaute kurz darauf, riss die Augen auf und presste die Lippen zusammen, als müsste sie sich zwingen, keinen Kommentar abzugeben.

Dann wandte sie sich an Tiziano. »Tut mir leid, dass ich mit dir angegeben habe. Ich laufe jetzt gleich zu Rosanna und bitte sie ebenfalls um Verzeihung. Das heißt ...«, sie schaute unsicher zu den drei Frauen, » ... wenn ich gehen darf.«

»Klar doch«, sagte Vicki. »Mir dir sind wir fertig. Jetzt ist unser Herzensbrecher dran.«

Unwillkürlich fragte er sich, ob Vicki bei ihm auch Gewalt anwenden würde, und während Fenja sich beeilte, wegzukommen, spannte er seine Muskeln an und ging in Verteidigungsstellung.

»Sei nicht albern«, meinte Vicki. »Ich kneife keine Männer.«

»Komm«, sagte Clara freundlich, »setz dich zu mir.«

Da Vicki neben Rachel stehen blieb, hielt Tiziano es für ungefährlich, sich zu Clara zu gesellen. Sie strahlte Wärme und Mitgefühl aus. Außerdem fühlte er sich erschöpft von dem Hin-und-her-Gerenne auf der Promenade, vielleicht auch von der Aufregung.

»Ganz schön stressig, die Liebe, was?«, meinte Vicki augenzwinkernd.

Er hob nur die Schultern.

Liebe. Wusste er überhaupt, was das war? Konnte es dieses schwindelerregende Auf und Ab der Gefühle sein? Oder die stille Sehnsucht im Herzen nach dem einen Menschen unter Millionen?

Er dachte daran, wie er sich als junger Student gefühlt hatte, als ihn Susanne betrogen und verlassen hatte. Damals glaubte er, sein Leben würde nie mehr einen Sinn haben. Wie er sich doch getäuscht hatte!

»Ich finde«, hakte Rachel ein, »wir brauchen jetzt ein Schlückchen.«

Tiziano verstand nicht. Sie wollten mit ihm anstoßen? Am helllichten Tag? Darauf, dass sie Fenja den Schreck ihres Lebens eingejagt hatten?

Aus einem Einkaufskorb, den er erst jetzt entdeckte, holte Rachel eine Flasche Küstennebel und vier Gläser.

Tiziano fuhr sich ratlos durchs Haar. Küstennebel war ein hochprozentiger Anisschnaps, der auch den stärksten Seemann umhauen konnte. Er hatte mal mit Sören ein paar Gläser davon gehoben, und sie waren beide ziemlich hinüber gewesen.

»Ich weiß nicht«, murmelte er, als Rachel ihm ein volles Schnapsglas reichte.

»Nich lang schnacken, Kopp in' Nacken«, zitierte Vicki einen beliebten ostfriesischen Spruch.

Endgültig verwirrt, tat er, wie ihm geheißen. Der Küstennebel schoss ihm sofort in die Blutbahn.

»Schön warm«, gab er zu.

»Nicht wahr?« Rachel schenkte ihm gleich noch einmal nach.

Tiziano kippte auch das nächste Glas. Er war sich nicht sicher, ob die drei Frauen mithielten. Hatte Vicki ihr Glas nicht eben im Sand ausgekippt? Oder konnte er schon nicht mehr klar denken?

Ihm fiel ein, dass er zum Frühstück heute nicht einmal sein übliches Croissant gegessen hatte. Nur ein paar trockene Kekse, die er zu Hause noch gefunden hatte. Keine gute Unterlage für Hochprozentiges.

Er schaute Clara neben sich an. Sie lächelte ihm aufmunternd zu.

»Wo ist Marle?«, fragte er geradeheraus.

»Tja, weißt du, mein Lieber, du und Fenja, ihr habt einen ziemlich üblen Schlamassel angerichtet.«

»Verstehe ich nicht. Ich habe gar nichts getan.«

»Mhm. Nichts tun ist auch ein Fehler.«

Er hielt Rachel sein Glas zum Nachfüllen hin, trank und sagte dann zu Clara: »Marle hat mich abgewiesen. Sie liebt immer noch ihren Mann.«

»Bullshit«, warf Vicki ein.

Clara hob die Hand. »Lass mich jetzt mal machen. Du warst bei Fenja dran.«

Ganz schön abgekartet, dachte Tiziano bei sich. Ihm kam der Verdacht, dass diese Frauen ihre Aktion generalstabsmäßig geplant hatten. Wahrscheinlich hatte der Admiral auch geholfen. Der war bestimmt Experte darin. Tiziano sah sich selbst als Zinnfigur auf einem nachgestellten Schlachtfeld.

Okay, er war nicht mehr ganz nüchtern.

»Also«, begann Clara, »dass Marle noch immer ihren Mann liebt, stimmt nicht. Sie hat ziemlich lange gebraucht, um sich aus ihrer Trauer zu befreien, aber wir wissen, dass sie inzwischen den Mut gefunden hat, sich wieder dem Leben zu stellen.«

»Woher?«, fragte er mit schwerer Zunge.

»Das hast du doch selbst gesehen, Tiziano. Sie hat keine Angst mehr vor Containerschiffen, sie zählt nicht mehr bis auf den Tag genau nach, wie lange sie schon Witwe ist, sie kleidet sich ein bisschen fröhlicher, und sie ist in ihren Beruf zurückgekehrt.«

Nicht alles davon hatte er gewusst. Die Sache mit dem Zählen, zum Beispiel. Aber er nickte, weil er endlich herausfinden wollte, was hier vor sich ging.

»Und außerdem ist sie in dich verliebt«, schloss Clara.

»Nein!« Er wollte aufspringen, aber sie hielt ihn mit erstaunlich viel Kraft fest. Sitzen war ohnehin sicherer. Ihm war inzwischen ziemlich schwindelig, und der Schnapsnachschub floss fleißig.

»Doch«, beharrte Clara. »Sonst wäre sie ja wohl kaum gestern geflüchtet.«

»Geflüchtet?«, wiederholte er dümmlich.

Clara nickte. »Samstagabend waren wir alle bei Rieke, und da hat Vicki sich leider verplappert.«

Diesmal leerte Vicki ihr Glas nicht aus, sondern trank eilig.

»War 'n Versehen«, murmelte sie. »Du weißt doch, wie schusselig ich sein kann.«

»Ist jetzt egal«, meinte Clara. »Jedenfalls glaubt Marle, dass du und Fenja ein festes Paar seid. Irgendwann gestern früh ist sie abgereist. Was schließt du daraus?«

»Was ich daraus schließe?«, fragte er zurück, nicht fähig, überhaupt noch klar zu denken.

»Na, dass sie dich liebt, du Hornochse«, mischte sich Rachel freundlich ein. »Welche Beweise brauchst du noch?«

»Ähm …«

Er verstand immer weniger, und so richtig hörte er auch nicht mehr zu.

Auf einmal ging es darum, dass Fenja die Anweisung bekommen hatte, seine Eltern zu beruhigen, weil er hoffentlich nur ein paar Tage fort sein würde.

Fort? Er? Was?

Ach, und Vicki werde im Restaurant mithelfen, bis er wieder da sei.

Wieder da? Von wo?

Außerdem würde die Speisekarte bis auf eine Handvoll Gerichte zusammengestrichen, damit sich Rosanna in seiner Abwesenheit nicht überarbeitete.

In seiner Abwesenheit?

Ob er immer noch unter Flugangst leide, wollte Vicki lange Zeit später wissen. Vielleicht waren auch nur ein paar Minuten vergangen.

»Ja«, nuschelte er und kroch tiefer in den Strandkorb. »Im Leben steige ich in keine dieser Blechbüchsen, die hier auf Wangerooge landen.«

Den Satz brachte er noch vollständig und einigermaßen klar heraus. Half bloß nicht viel, denn gleich darauf musste er mal eben kurz die Augen schließen, und als er wieder zu sich kam, saß er in einem Zweisitzer und sah festes Land unter sich.

• • •

Dunkel hatte er mitbekommen, wie die Frauen sich mit ihm abgeschleppt und ihn auf der Promenade in ein seltsames Gefährt gesetzt hatten. Er hätte schwören können, dass es sich dabei um eine Schubkarre handelte.

Danach gab es wieder einen Filmriss.

Tiziano starrte den Piloten an. Es war ein schlanker, kleiner Mann um die fünfzig, der stur geradeaus schaute.

»Was ist hier los?«

Der Pilot antwortete ihm nicht, reichte ihm aber einen Flachmann. »Und nicht ins Flugzeug kotzen, Kumpel.«

Also nahm Tiziano einen tiefen Schluck.

Er ahnte, wo er hingebracht wurde, hatte bloß keine Ahnung, wie der Plan der Freundinnen aufgehen sollte.

Sie hatten ihm Marles Handynummer und eine Adresse in Altona gegeben. Offenbar hatte sie Unterschlupf bei der früheren Haushälterin der Severins gefunden.

Aber wie stellten Clara, Vicki und Rachel sich alles Weitere vor? Dass er einfach dort klingelte und vor Marle auf die Knie sank?

Schwierig, schwierig. Sich ein bisschen mehr Mut anzutrinken, war vielleicht gar keine schlechte Idee.

So kam es, dass Tiziano am Abend in einer Kiezkneipe versackte. Dem Taxifahrer am Flughafen Fuhlsbüttel hatte er zwar die Altonaer Adresse genannt, aber St. Pauli war ja gleich in der Nähe, da konnte es nicht schaden, noch kurz einzukehren.

Auf den Küstennebel folgte guter norddeutscher Köm, ein hochprozentiger Weizenkorn, und seine letzte oder vielleicht einzig vernünftige Handlung an diesem Tag war, Marle anzurufen und ihr lallend zu erzählen, dass er bei seinem Kumpel Fiete war und auf sie wartete.

22. Kapitel

Das Häuschen von Olga und Szymon Kowalsky lag in der Nähe des Bahnhofs Altona und war in den Zwanzigerjahren des vorigen Jahrhunderts erbaut worden. Wie durch ein Wunder hatte es den Krieg überstanden und war von dem polnischen Ehepaar als abbruchreife Ruine gekauft worden. Szymon hatte sein ganzes handwerkliches Können eingesetzt, um es zu restaurieren, und gemeinsam hatten die Eheleute hart gearbeitet, damit sie im Alter ihr Heim genießen konnten.

Marle war nie bei Olga zu Hause gewesen, und als sie am Vortag gegen Mittag dort aufgetaucht war, hatte sie erst nach langem Zögern auf die Klingel gedrückt. Olga war zur Tür gekommen und hatte wenig überrascht gewirkt.

»Pünktlich zum Mittagessen«, hatte sie nur gesagt und Marle in eine altmodische, aber blitzsaubere Küche geführt. Dort saß bereits Szymon vor einem Teller mit Gulasch, nickte ihr freundlich zu, widmete sich ansonsten seiner Mahlzeit.

Auch Olga fragte nichts, sondern tat bloß Marle aus alter

Gewohnheit eine riesige Portion auf, die sie im Leben nicht würde essen können.

Marle nahm an, Olga sei von ihrem Schwiegervater vorgewarnt worden.

Später brachte die ehemalige Haushälterin sie ins Dachgeschoss, wo es ein erstaunlich großes Schlafzimmer mit angrenzendem Bad gab. »Das haben wir für die polnischen Verwandten eingerichtet, wenn die zu Besuch kommen«, sagte sie. »Ruhe dich aus, wir können uns später unterhalten.«

Marle jedoch wälzte sich bloß unruhig auf dem Bett hin und her. Seit sie bei Rieke erfahren hatte, dass Tiziano mit einer anderen Frau zusammen war, hatte sie kein Auge mehr zugetan.

Ihr Entschluss, Wangerooge zu verlassen, war schnell gefasst gewesen, nur hatte sie bis zum Morgen warten müssen, bis die erste Fähre fuhr. Wilhelm hatte noch versucht, mit ihr zu reden, aber Marle war nicht dazu bereit gewesen.

Die Freundinnen hatten ihr massenhaft Nachrichten geschickt – Vicki habe sich bloß verplappert, hieß es darin übereinstimmend. Tiziano sei gar nicht fest mit der Frau zusammen. Marle hätte es unbedingt glauben wollen, aber sie wusste, das waren nur hilflose Versuche, sie zu trösten. Nun, da sie wieder in Hamburg war, in einem fremden Haus, in einem fremden Bett, stürzten Gefühle auf sie ein, die sie nie gekannt hatte. Es dauerte Stunden, bis sie begriff, dass sie Liebeskummer hatte. Und es fühlte sich entsetzlich an.

Also stand sie wieder auf, ging hinunter und sagte Olga,

sie wollte einen Spaziergang machen, um den Kopf frei zu bekommen.

Olga stellte noch immer keine Fragen, sondern gab ihr nur einen Hausschlüssel mit. Stundenlang streifte Marle durch Altona, lief bis hinunter zur Elbe, schaute lange auf den großen Fluss und schreckte nicht auf, als ein riesiger Containerfrachter ihr die Sicht verdunkelte.

Erst spät am Abend kehrte sie zurück, körperlich völlig erschöpft und endlich müde genug, um zu schlafen.

Sie verpasste das Frühstück und war erst gegen Mittag richtig wach.

Szymon war außer Haus, aber Olga empfing sie mit einer großen Pfanne voller Bratkartoffeln und Rührei.

Marle gab sich redlich Mühe, etwas von dem Essen zu sich zu nehmen, und Olga beobachtete sie dabei voller Missfallen. Es war fast wie früher.

»Du isst immer noch wie ein Spatz«, sagte sie denn auch prompt.

Marle senkte den Blick auf ihren noch fast vollen Teller. »Es ist ein bisschen viel.«

»Pah! Rieke sagt auch, ich soll dich ordentlich füttern. Sie kümmert sich in der Zwischenzeit um Direktor Severin.«

»Rieke hat angerufen?«, fragte Marle alarmiert. »Wann? Was hat sie gesagt?«

»Vorhin, du hast noch geschlafen. Na, sie hat sich etwas merkwürdig ausgedrückt. Ich soll dir ausrichten, dass die Dinge selten so sind, wie sie aussehen.«

»Verstehe ich nicht.«

Olga setzte sich zu ihr an den Küchentisch. »Was ist passiert?«

»Weißt du es noch nicht von Rieke?«

»Hm, nein. Wir unterhalten uns über Rezepte oder über Direktor Severin.«

»Er hat ihr einen Antrag gemacht«, sagte Marle.

»Weiß ich. Den sie abgelehnt hat. Kluge Frau. Ich hatte ja ein bisschen Angst gehabt, sie könnte eine Erbschleicherin sein. Deswegen solltest du das Schlimmste verhindern. Aber ich habe sie unterschätzt. Sie hat ein Leben lang hart gearbeitet und hat es nicht nötig, sich von einem stinkreichen Pfeffersack heiraten zu lassen.«

Fast hätte Marle gelächelt. Sie nahm an, dass dies ziemlich genau Riekes Worte gewesen waren.

Olga lehnte sich zurück und verschränkte die Arme vor der Brust. »Ich kapiere nicht, was eigentlich los ist. Dieser italienische Hallodri hat dir das Herz gebrochen? Habe ich dich nicht gewarnt? Du solltest ihn doch im Schlick ersticken.«

»Am Telefon klang die Geschichte vielleicht nicht so gut«, meinte Marle vage.

»Dann erzähl sie mir jetzt noch einmal. Von Anfang an. Kann ja auch sein, dass ich nicht alles mitbekommen habe, weil ich mich immer um den Direktor gesorgt habe.«

Also holte Marle tief Luft und erzählte die ganze verworrene Geschichte mit Tiziano noch einmal in Ruhe. Von ihrem ersten Kennenlernen, als er sie wegen der Möwe ausgelacht hatte, und über ihre widersprüchlichen Gefühle für ihn. Sie schilderte, was in der Nacht von Wilhelms Geburtstag am Strand geschehen war, gestand, dass sie Tiziano während der Neueröffnung seines Restaurants abgewiesen hatte, und schloss endlich mit der niederschmetternden Neuigkeit, dass es nun eine andere Frau an seiner Seite gab.

Nachdem Marle geendet hatte, schwieg Olga lange. Als sie schließlich sprach, sagte sie etwas ganz und gar Unerwartetes. Olga Kowalsky, die jahrzehntelang der Familie Severin gedient hatte, die Wilhelms erste Frau Katharina verehrt und Konstantin geschätzt hatte, dessen Söhne wie eigene Kinder für sie waren – dieselbe Olga sagte also zu dessen Witwe: »Dieser Tiziano ist die große Liebe deines Lebens.«

Marle starrte sie an. »Was redest du da? Das war Konstantin. Ich habe immer nur ihn geliebt. Du hast selbst gesagt, der Hallodri könnte ihm nicht mal ein Wasserschüsselchen reichen.«

Olga blieb ganz ruhig. »Aber da kannte ich die Geschichte noch nicht in allen Einzelheiten und habe dich nicht vor mir gesehen.«

Sie hielt inne, schaute Marle prüfend an und fügte dann hinzu: »Das zwischen Konstantin und dir war auch Liebe, will ich gar nicht abstreiten. Aber deine Augen haben nie so geleuchtet, dein Haar hat nie in Flammen gestanden, dein Herz hat nie so laut geschlagen, dass sogar ich es fast hören kann.«

»Oh«, flüsterte Marle verlegen. »Man sieht es mir an?«

»Wer Augen im Kopf hat, schon.«

Marle seufzte tief. »Tja, zu spät. Ich habe alles vermasselt.« Sie pickte an einem Stück Rührei herum. »Warum musste ich bloß Konstantin vor mir sehen, als Tiziano und ich uns küssen wollten? Warum kann mich sein Geist nicht in Ruhe lassen?« Sie erschrak. »Oh Gott! So meinte ich das nicht. Ich bin nicht böse auf den armen Mann.«

Außerdem, so begriff Marle jetzt, stimmte das ja auch gar nicht mehr. Sie erinnerte sich an ihren letzten Traum von Konstantin, wie er sich von ihr entfernt hatte, und sie meinte ein friedvolles Lächeln auf seinem Gesicht erkannt zu haben.

Olga griff über den Tisch und nahm ihre Hand.

»Schon gut. Hör auf, dich ständig schuldig zu fühlen. Ich dachte, du hättest auf Wangerooge Fortschritte gemacht?«

»Das habe ich auch. Wirklich. Aber in dem einen Moment war Konstantins Bild so klar wie seit Langem nicht mehr, und ich habe wirklich gedacht, ich darf ihn nicht betrügen. Das ist doch verrückt!«

Olga ließ ihre Hand los und griff nach dem Teller. Ihr war offensichtlich klar geworden, dass Marle nichts mehr essen würde. Sie stand auf, brachte ihn zum Spülbecken und setzte sich dann wieder.

»Ich kann schon verstehen, dass du so empfindest. Aber das ist der Weg der Feiglinge.«

Marle glaubte, sich verhört zu haben. »Feiglinge? Na, hör mal.«

Olga ließ sich nicht aus der Ruhe bringen. »Doch, vertraue mir. Es ist nämlich leichter für dich, an der Vergangenheit festzuhalten, anstatt dich dem Leben zu stellen. Du liebst einfach deinen Mann weiter. Der ist ja schon tot und kann dich nicht mehr verletzen.«

Ein vages Gefühl sagte Marle, dass diese Weisheit nicht allein von Olga stammte. Das klang doch sehr nach Rieke, auch wenn die Pensionswirtin sicherlich drastischere Ausdrücke gewählt hätte.

»Für die Liebe muss man mutig sein«, fügte Olga hinzu. »Nimm mich und meinen Szymon. Als junger Mann saß er drei Jahre im Gefängnis, weil er bei der Freiheitsbewegung Polens mitgewirkt hatte. Wir waren damals frisch verlobt, und ich durfte ihn nur einmal im Monat sehen. Es war eine harte Zeit, aber wir haben es geschafft. Weil wir uns wirklich geliebt haben.«

»Drei Jahre«, wiederholte Marle ungläubig. Auf einmal fühlte sie sich beschämt. Offenbar waren andere Menschen fähig, wirklich zu lieben, während sie selbst sich nur irgendwelchen Illusionen hingab.

»Es ist sowieso alles zu spät«, meinte sie schließlich. »Tiziano hat eine Neue. Mich will er nicht mehr.«

»Falls das stimmt, kann ich den jungen Mann verstehen. Der hat anscheinend ziemlich genau gemerkt, was in dir vorgeht, und gegen einen Toten kann er nicht ankämpfen. Aber ... Warte mal.«

Ihr Handy hatte angefangen zu klingeln, und Olga meldete sich. Sie schaute dabei Marle an, hörte zu, nickte ein paarmal und sagte. »Ich verstehe. Ja, danke. Ich sage es ihr gleich.«

»War das Wilhelm?«, fragte Marle, als Olga aufgelegt hatte.

»Nein, Rieke. Sie sagt, Tiziano ist auf dem Weg nach Hamburg. In einem Flugzeug.«

»WAS?« Marle schlug die Hände vors Gesicht. »Was will er denn hier?«

Olga lachte kurz auf. »So genau weiß er das wahrscheinlich selbst nicht. Diese Freundinnen von dir haben ihn anscheinend mit Alkohol abgefüllt und dann entführt.«

»Entführt?« Das wurde ja immer schlimmer.

»Na ja, also nicht ganz, denn sie sind nicht mitgeflogen. Sie haben ihn eher wie ein ziemlich großes Paket mit Luftpost verschickt.«

»Aber warum das alles?«

Marle konnte jetzt selbst ihren Herzschlag hören, er klang wie ein galoppierendes Pferd.

»Sieht so aus, als wollten sie ein Happy End zwischen euch erzwingen.«

»So ein Blödsinn! Die können Tiziano doch nicht einfach betrunken machen und auf die Reise schicken. Was ändert das an seinem Beziehungsstatus? Nichts!«

Olga schaute sie nachdenklich an.

»Was?«, fragte Marle. »Was hat Rieke noch gesagt?«

»Ähm … nichts.«

Sie hatte den Eindruck, die Haushälterin verschweige ihr etwas. »Komm schon, verrate es mir.«

Olga schüttelte den Kopf. »Ich glaube, es haben sich schon zu viele Leute in eure Geschichte eingemischt. Jetzt solltet ihr zwei ganz allein dafür sorgen, dass sie gut ausgeht.«

»Ach ja? Und wie soll ich das anstellen? Ich habe nicht mal seine Handynummer.«

»Aber er deine. Lass ihn handeln. Ein richtiger Mann kämpft um die Frau seines Herzens.«

Damit konnte Marle nichts anfangen, und so verbrachte sie den Nachmittag damit, auf einen Anruf von Tiziano zu warten. Sie versuchte auch mehrfach, Vicki und die anderen Freundinnen zu erreichen, aber plötzlich schien niemand mit ihr sprechen zu wollen.

Am Abend saß sie wieder in der Küche, ratloser als je zuvor. Szymon war zurückgekehrt und tauschte mit seiner Frau besorgte Blicke.

• • •

Als dann der Anruf von Tiziano kam, konnte Marle ihn kaum verstehen. Er nuschelte irgendwas von einem Fiete, und im Hintergrund waren Kneipengeräusche zu hören. Leute redeten durcheinander, Gläser klirrten, jemand sang ein Seemannslied.

Die Verbindung brach ab.

»Er ist sturzbetrunken«, sagte sie zu Olga und Szymon. »Und ich glaube, er ist in einer Kneipe. Fiete. Kennt ihr die?«

Olga schüttelte den Kopf, aber Szymon nickte, während er bereits aufstand. »Das ist eine Kaschemme an der Großen Freiheit. Komm, ich fahre dich hin.«

Sie holten einen sternhagelvollen Tiziano aus dem Lokal. Szymon musste ihn fast tragen, und Marle erkannte den schönen Mann kaum wieder, in den sie sich so rettungslos verliebt hatte. Seine Augen waren blutunterlaufen, das Haar stand ihm wirr vom Kopf ab, und besonders gut roch er auch nicht. Er brachte auch keinen zusammenhängenden Satz mehr zustande. Sie fragte sich, wie jemand so hinüber sein konnte.

Zu Hause angekommen, verfrachtete Szymon den ungebetenen Gast nach oben ins Gästezimmer.

»Mehr kann ich nicht tun«, sagte er schlicht.

Marle blieb bei Tiziano, der in tiefen Schlaf gefallen war. Sie hockte sich auf einen Stuhl, schaute ihn an, sorgte sich um ihn. Manchmal wälzte er sich herum, meistens aber lag er da wie ein Stein, und sie prüfte seinen Puls, um sicher zu sein, dass er noch lebte.

Die ganze Nacht blieb sie wach, doch als er am Morgen langsam wieder zu sich kam, legte sie sich einfach neben ihn und schlief ihrerseits ein.

Bis Marle ihren eigenen Schlaf nachgeholt hatte, verging der ganze Tag.

Als sie aufwachte, war es bereits wieder Abend, und sie brauchte ein paar Minuten, um sich zu orientieren.

Auf der Bettkante saß Tiziano. Er hatte tiefe Ringe unter den Augen, war aber frisch geduscht.

»Ciao«, sagte er schlicht.

»Holzkopp«, gab sie zurück. Manchmal musste sie auf Riekes Vokabular zurückgreifen, um in einem Wort zu sagen, was sie dachte.

Er lächelte. »Stimmt. Aber ich bin das Opfer von drei sehr entschlossenen Frauen geworden.«

Marle setzte sich auf und rieb sich den Schlaf aus den

Augen. Sie sah bestimmt schrecklich aus, mit verstrubbelten Haaren und in den Klamotten vom Vortag.

»Du bist wunderschön«, sagte Tiziano.

»Bullshit!« Vickis Vokabular half auch.

»Ich liebe dich«, sagte er.

Das verschlug ihr vorübergehend die Sprache. Marle schaute ihm fest in die Augen. Sie strahlten nicht so hell wie auf Wangerooge, doch die Wärme in ihnen verriet seine Gefühle.

»Wirklich? Bist du nicht mit deiner Kellnerin zusammen?«

Tizianos Miene verdüsterte sich. »Fenja? Die hat ein Lügenmärchen erzählt, weil sie mit mir angeben wollte. Vielleicht war sie auch wirklich vorübergehend in mich verliebt. Keine Ahnung. Aber Clara, Vicki und Rachel haben sie kuriert.«

»Oh.«

»Eine Zeit lang wäre ich beinahe schwach geworden«, gestand er. »Als ich dachte, wir beiden hätten keine Chance.«

Er verstummte, und Marle ahnte, da war noch mehr. Sie fragte nicht nach. Tiziano würde es ihr erzählen, wenn er es für richtig hielt.

Etwas anderes interessierte sie plötzlich viel mehr. Sie vergaß, dass sie verschlafen aussah, und näherte ihr Gesicht dem seinen. Ihre Lippen waren nur Millimeter voneinander entfernt. Sie schloss die Augen und wartete.

Konstantin blieb fort, und sie begriff, dass sie ihren Frieden mit ihm gemacht hatte.

Also küsste sie Tiziano. Küsste, küsste, küsste ihn. Sie war ängstlich und mutig, erschrocken und stark, zögerlich und entschlossen. Alles zusammen. Aber Marle war auf einmal sicher, dass sie auf dem richtigen Weg war.

Sie blieben, wo sie waren, schliefen in dieser Nacht aber nicht mehr. Sie redeten, lachten, küssten sich und liebten sich. Irgendwann stieß Tiziano einen zutiefst erleichterten Seufzer aus.

»Was ist?«, fragte Marle, ganz entspannt vor lauter Glück.

»Ach, nichts, amore mio. Ich hatte gedacht, ich könnte nicht ... aber ... es ist alles gut.«

Sie war nicht sicher, ob sie verstand, was er meinte, doch als er sie erneut in die Arme nahm, dachte sie nicht länger darüber nach.

Epilog

Marle und ihr Schwiegervater gingen einträchtig nebeneinanderher. Sie hatten es sich angewöhnt, mindestens einmal in der Woche einen gemeinsamen Spaziergang zu unternehmen. Mal liefen sie nur über die Uferpromenaden, mal schlenderten sie runter ans Wasser. Oder sie wanderten an den Dünen entlang, wählten auch mal einen Weg über die Deiche und erkundeten so ihre Heimatinsel vom Strand im Norden bis zu den Salzwiesen im Süden, vom Leuchtturm im Westen bis zu den windgepeitschten Landschaften im Osten.

An manchen Tagen waren sie nur eine Stunde unterwegs, an anderen ganze Vormittage oder Nachmittage – so lange, bis sich entweder Rieke oder Tiziano aufregten und mit ihnen schimpften, weil sie einfach verschwunden waren.

Marle und Wilhelm kehrten dann schuldbewusst zurück, ließen sich diese gemeinsame Zeit aber trotzdem nicht nehmen.

Und im Grunde wussten sowohl die alte Rieke Peters als auch der junge Tiziano Carmaleonte um die besondere

Beziehung dieser beiden Menschen, und es fiel ihnen nicht ein, sich da einzumischen.

• • •

An diesem herrlichen Sommertag Anfang Juli hatten sie auf Marles Anregung hin nur eine kleinere Route durch das Sanddorntal eingeschlagen.

Wilhelm hakte sich bei ihr ein. »Weißt du, dass wir jetzt genau ein Jahr auf der Insel sind?«

Marle schaute ihn lächelnd an. »Natürlich. Die Zeit ist wahnsinnig schnell vergangen, findest du nicht? Unser Leben in Hamburg scheint ganz weit weg zu sein.«

Sie erschrak und fügte schnell hinzu: »Versteh mich nicht falsch. Ich habe auch gern mit dir in der Villa gewohnt, und ich werde Konstantin niemals vergessen, aber ...« Sie stockte.

Wilhelm hakte sich bei ihr ein. »Schon gut, Liebes. Ich weiß, was du sagen willst. Unser Konstantin gehört endgültig der Vergangenheit an. Genau wie meine Katharina.«

»Ja«, meinte sie leise. »So ist es wohl.«

»Damals«, sagte er leise, »waren wir eingesperrt. Heute sind wir frei.«

Sie schaute ihn an. »Genauso empfinde ich es auch.«

Nachdenklich fügte Wilhelm hinzu: »Die Trauer ist der dunkelste Ort der Welt, an dem man gefangen sein kann.«

»Ja«, flüsterte sie. »Ich weiß. Und du hast uns hinausgeführt.«

Wilhelm winkte ab. »Ohne deine Hilfe wäre es mir nicht gelungen.«

Marle entdeckte eine Holzbank und steuerte darauf zu. Wilhelm hob die Brauen, sagte aber nichts, sondern spann den Faden ihres Gesprächs fort, als sie sich setzten.

»Die Zwillinge gehören natürlich weiterhin zu meinem Leben, und dafür bin ich sehr dankbar.«

»Weißt du, wo sie im Augenblick sind?«

»So ungefähr. Sie haben mir eine Karte aus Kroatien geschickt. Irgendwo nördlich von Split liegen sie derzeit vor Anker.«

Marle nickte und verschwieg ihm, dass sie mit den Zwillingen Kontakt über WhatsApp hielt. Bei Wilhelms Ablehnung gegenüber allen modernen Kommunikationsformen wären sonst Wochen ohne eine Nachricht der Jungs verstrichen. Aber da Marle ihn nicht verletzen wollte, tat sie manchmal so, als wüsste sie nicht, wo sie waren.

Wie angekündigt, hatten sich Patrick und Tim nach ihrem Abitur zu einem großen Segeltörn aufgemacht.

»Und wann kommen sie zurück?«

Ihr Schwiegervater schmunzelte. »Das überlasse ich ganz ihnen. Aber ich denke, sie werden pünktlich ihr Studium aufnehmen. Sie sind zwei sehr verantwortungsbewusste junge Männer geworden.«

Eine Weile schwiegen sie einträchtig, betrachteten die Sanddornbüsche um sie herum und den hohen blauen Himmel über ihnen. Von den Dünen wehte der salzige Duft des Meeres herab, und aus der Ferne hörte man das fröhliche Treiben der Badegäste am Strand.

»Bist du eigentlich gern Großvater?«, fragte Marle schließlich.

Wilhelm warf ihr einen Seitenblick zu. »Es war nicht immer einfach. Als Konstantin sich scheiden ließ und ich die Zwillinge nur selten sah, haben sie mir gefehlt. Später fühlte ich mich von ihrer Energie leicht überfordert. Aber inzwischen bin ich stolz auf die beiden und liebe sie mehr denn je.«

Eigentlich hatte Marle nicht nach Patrick und Tim gefragt, nickte aber.

»Wie geht es mit dem Haus voran?«, erkundigte sich nun Wilhelm.

»Langsam«, gestand sie und grinste. Nach Weihnachten hatte sie mit Tiziano ein zweistöckiges Haus am südlichen Ortsrand erstanden. Es war ein Nachkriegsbau und ziemlich renovierungsbedürftig, aber es war ihr eigenes Heim, und sie waren sehr glücklich dort. Bei der Finanzierung hatten die Carmaleontes und auch Wilhelm geholfen. Als Hochzeitsgeschenk, wie sie alle betont hatten. Wobei Marle und Tiziano es zum besonderen Kummer der gläubigen Katholikin Rosanna mit dem Heiraten gar nicht so eilig hatten.

»Was ist das nur für eine neue Mode?«, hatte sie geklagt. »Die Alten leben in Sünde zusammen, und jetzt auch die Jungen.«

Dabei hatte sie Rieke einen besonders vorwurfsvollen Blick zugeworfen, woraufhin die alte Frau in ihr kreischendes Möwenlachen ausgebrochen war. Marle hatte dazu nichts weiter gesagt. Tief in ihrem Herzen wünschte sie sich durchaus, Tiziano zu heiraten. Aber sie war in dem Punkt altmodisch. Der Antrag musste von ihm kommen.

Rieke lebte inzwischen mit Wilhelm in dem schönen großen Inselhaus zusammen, aber ehelichen wollte sie ihn nach wie vor nicht. Er schien sich damit abgefunden zu haben und wirkte so zufrieden, wie Marle ihn vielleicht noch nie erlebt hatte. Von dem steifen Hanseaten war nicht mehr viel übrig geblieben, nur seine Kleidung blieb elegant. Da ließ er nicht mit sich reden.

»Das Dach ist neu gedeckt«, zählte Marle nun auf, »aber das obere Badezimmer muss noch gemacht werden. Und wahrscheinlich werden wir auch die Fußböden und die Heizungsanlage erneuern müssen.«

»Wenn es zu ungemütlich wird, könnt ihr eine Zeit lang gern bei uns unterkommen«, bot Wilhelm sofort an.

»Danke. Aber wir haben ja auch noch Tizianos Wohnung.« Marle ahnte, dass sie ihrem Schwiegervater manchmal fehlte, genauso wie er ihr. Sie hatten viele Jahre miteinander verbracht, und ihre gemeinsamen Spaziergänge füllten die Lücke nur schlecht.

Sie fragte sich auf einmal ängstlich, wie er reagieren würde, wenn sie ihm die Neuigkeit mitteilte. Seit Wochen schon wollte sie es ihm sagen, aber noch wartete sie auf den richtigen Moment.

Tja, dachte sie, der kommt wahrscheinlich nie. Oder erst, wenn es schon zu spät ist. Also holte sie tief Luft, aber Wilhelm kam ihr mit seiner nächsten Bemerkung zuvor.

»Das Kleid sieht sehr hübsch aus.«

»Oh … ähm. Danke …« Seit einigen Wochen schon trug sie wieder ihre alten, weiten Flatterkleider.

»Aber ich mache mir doch Sorgen um dich, Liebes.«

»Warum das denn? Ich bin topfit.«

Wilhelms Blick wurde prüfend. »Ich weiß nicht. Du siehst zwar ein bisschen voller aus, ganz im Gegensatz zu mir, aber da sind ja auch Hopfen und Malz verloren, behauptet Rieke. Trotzdem ist mir aufgefallen, dass du sehr schnell müde wirst. Ist alles in Ordnung?«

»Mir geht es sogar sehr gut«, gab sie lächelnd zurück und strich sich über den Bauch.

Wilhelm folgte stirnrunzelnd ihrer Handbewegung.

Manchmal, dachte Marle, ist der blitzgescheite Admiral wirklich schwer von Begriff.

»Wilhelm, ich bin schwanger.«

Er starrte sie an, sprang dann auf. »Lass uns sofort zurückgehen! Du musst dich ausruhen, du musst …«

Marle lachte laut heraus. »Das hat noch ein paar Monate Zeit. Drei, um genau zu sein.«

»Du bist im sechsten Monat und hast mir noch nichts erzählt?«

»Ich … wusste nicht, wie du reagieren würdest.«

Seine Brauen zogen sich zusammen. »Mit größter Freude natürlich, wie denn sonst?«

»So siehst du aber gerade nicht aus.«

Er fuhr sich über das Gesicht, lächelte sie dann an. »Entschuldige, Liebes. Ich freue mich sehr für dich. Nur eines macht mir zu schaffen.«

»Was denn?«, fragte sie mit einem mulmigen Gefühl in der Magengegend.

»Nun ja, der Großvater ist ja dann wohl Giuseppe …«

»Und du, natürlich!«

»Aber ich bin mit dem Kind nicht verwandt.«

Marle strich ihm sanft über die Wange. »Seit wann ist das wichtig?«

Da strahlte Wilhelm über sein ganzes faltiges Gesicht, und sie gingen langsam und in schönster Eintracht zurück.

Auf Höhe der Aussichtsdüne kam ihnen Tiziano entgegengelaufen.

Erschrocken blieb Marle stehen. »Ist was passiert?«

Tiziano nahm sie fest in seine Arme. »Du hast mir gefehlt, meine Liebste.«

Sie schmiegte sich an ihn, soweit ihr wachsender Bauch das zuließ. »Aber wir waren keine Stunde weg.«

»Eine Ewigkeit!«

Wilhelm tippte ihr auf die Schulter. »Ich lasse euch mal allein und gehe kurz zu Riekes Pension. Ich glaube, sie hat den Ring aufgehoben.«

»Welchen Ring?«, fragte Marle.

»Den ich ihr zur Verlobung schenken wollte. Ich hatte vor, ihn zurückzugeben, aber sie hat ihn versteckt. Jetzt weiß ich auch, warum. Rieke ist eine sehr weise Frau.«

Marle und Tiziano sahen ihn verständnislos an.

»Na, na«, sagte Wilhelm mit leisem Tadel in der Stimme. »Ihr wollt doch wohl nicht, dass euer Kind unehelich geboren wird? Die arme Rosanna würde das wohl kaum verkraften.«

»Oh«, machte Marle.

»So hatte ich mir das nicht vorgestellt«, meinte Tiziano. »Ich dachte, ich würde dir irgendwann ganz romantisch einen Antrag machen.«

»Bist eben ein Holzkopp«, gab sie gutmütig zurück.

Wilhelm lachte, winkte mit seinem Spazierstock und entfernte sich eilig.